ANNI DARES

Game of this Summer

Anni Dares

Game of this Summer

Jugendroman

Originalausgabe, Auflage 1

Lektorat: www.scriptdoktor.com
Korrektorat: Petra Jecker
Covergestaltung: www.damonza.com
Coverabbildung: ©Shutterstock
ISBN: 978-3-732293-28-5

Auch erschienen als:
ebook: 978-3-947819-00-3
Hardcover: 978-3-752869-25-5

Herstellung und Verlag: BoD – Books on Demand, Norderstedt

Bibliografische Informationen der Deutschen Nationalbibliothek:
Die Deutsche Nationalbibliothek verzeichnet diese Publikation in der Deutschen Nationalbibliografie; detaillierte bibliografische Daten sind im Internet über www.dnb.de abrufbar.

Für Lena.
Du bist der wundervollste Mensch, den ich kenne und
genau richtig, so wie du bist.
Lass dir nie etwas anderes einreden und glaube an
dich.

Kapitel 1 - Leo

ie schwere, hölzerne Aula-Tür fällt hinter mir ins Schloss, wie der Richterhammer auf einen Resonanzblock.

»Mist!« Verlegen weiche ich den mitleidigen Blicken der wartenden Eltern auf den Fluren des Paulsen-Gymnasiums aus. Zu sehr schäme ich mich für meine heutige Leistung und meinen Gefühlsausbruch. Den ganzen Frühling habe ich jeden Nachmittag und Abend für dieses Turnier trainiert. Manch eine Nacht nur fünf Stunden geschlafen, was sich deutlich auf meinem Zeugnis widerspiegelt. Doch alle Anstrengung war umsonst. Mein großer Traum ist binnen weniger Stunden geplatzt. Nur mit der Qualifikation zu den deutschen Einzelmeisterschaften im Schach hätte ich endlich die

Mädchenmannschaft in meiner Schule trainieren dürfen. Doch dieses Turnier habe ich gründlich vermasselt. Wie bringe ich das nur meinen kleinen Schachmäusen aus der Jahrgangsstufe 5 bei?

Trotz Davids Geheimtricks und Tipps konnte ich nichts reißen. In Gedanken gehe ich noch einmal alle Züge durch. Was ist schiefgelaufen? Hätte ich die Dame opfern sollen, um eine Chance zu haben, den Gegner in den nächsten Zügen mit dem Springer matt zu setzen? Ich hatte doch alles so getan, wie David es mir beigebracht hat.

Wie sehr hätte ich ihn heute gebraucht. Gerade als mein Freund und Trainer sollte er an diesem Tag an meiner Seite sein. Auch wenn er mir in der Vorbereitungsphase immer zur

Seite gestanden hat, heute lässt er mich eiskalt im Stich.

Seit der Zeugnisausgabe kann ich ihn auf dem Handy nicht erreichen. Nach fünfzehn erfolglosen Anrufversuchen und mindestens genauso vielen Nachrichten habe ich es aufgegeben. Und mich gleich mit. Verzweifelt schüttle ich den Kopf und atme gegen das unsichtbare Korsett an, das sich um meine Brust legt.

»Och, Kleene!« Isa legt ihren Arm um meine Schultern, als wir die Schule verlassen und uns auf den Heimweg machen. Ich schaue zu meiner besten Freundin auf, denn mit meinen ein Meter neunundfünfzigeinhalb bin ich ein Winzling und so fühle ich mich heute auch.

Der Lärm des Berliner Feierabendverkehrs

wölbt sich über uns wie eine Glocke. Die Abgase und die Hitze drücken auf meinen Kreislauf. Während wir nebeneinanderher schlendern, wühle ich im Rucksack und krame meinen blauen Buchkalender und einen Kugelschreiber heraus. Ich hasse mich. Wieso habe ich das gestern getan? Die Seite des heutigen Tages wird durch einen Pokal verunstaltet, den ich nun mit meinem schwarzen Kuli kraftvoll überkritzeln muss. Tut das gut! Wenn ich mir jetzt noch vorstelle, es wären Lennards und Max' Gesichter, bekomme ich glatt einen Energieschub.

Neben David sind die beiden die absoluten Lieblinge von Herrn Fuchs, dem Trainer der Jungenmannschaft, und dürfen sich alles erlauben. Vor allem, wenn es darum geht, es mir zu zeigen. Niemals würde Herr Fuchs zulassen, dass ein Mädchen an der Spitze des Vereins steht. Und dann überrumpelt Max mich auch noch mit dem Schäferzug, das Erste, was Anfänger lernen. Beschämt schließe ich für einen Moment die Augen.

Bis zu diesem Augenblick dachte ich, es kann nicht schlimmer werden, doch die Siegerehrung hat alles getoppt. Obwohl ich den letzten Platz belegt habe, musste ich zuerst auf die Bühne. Damit habe ich zu diesem Zeitpunkt überhaupt nicht gerechnet und mich beim Trinken vor Schreck mit Wasser bekleckert, so dass meine Sternchen-Unterwäsche durch das helle Vereins-Shirt schimmerte. Unser Direktor musste sich ganz schön mühen, das schallende Gelächter und die anzüglichen Pfiffe zu unterbinden. Für Lennard und Max war es das Highlight des Schuljahres. Wie können diese blöden Idioten nur so gut im Schach sein? Ich verstehe die Welt nicht. Und genau wegen solcher Typen möchte ich andere Mädchen für Schach begeistern und sie selbstbewusst in den Wettkampf schicken. Sie sollen sich mutig dem männerdominierten Denksport stellen und sich dabei nie unterlegen fühlen.

Nachdem ich mich etwas abreagiert habe, schreibe ich mir im Gehen ein paar Stichpunkte auf. Dinge, die ich unbedingt an diesem Tag noch erledigen muss. Die heutige Niederlage zwingt mich, neben meinen normalen Freizeitbeschäftigungen ein paar Extra-Übungseinheiten einzuschieben. Allerdings erschlägt mich die Aufgabenlast. Zuerst der langweilige Klavierunterricht, wo ich doch viel lieber E-Gitarre spielen würde, dann die Schachaufgaben und zuletzt noch Kofferpacken für den Urlaub ... Ich atme tief durch.

Die grauen Neubaublöcke auf beiden Straßenseiten werfen lange Schatten auf den Gehweg und malen das perfekte Bild zu meiner momentanen Laune auf den Asphalt.

Isa schaut mich mitleidig an. »Komm schon, Leo, das ist doch kein Weltuntergang. Beim nächsten Mal klappt es bestimmt.«

»Hast du gesehen, wie Herr Fuchs mich

ausgelacht hat?« Ich schniefe und streiche mir meine Haare aus dem Gesicht. Mit jedem Schritt vollführen meine orangen Locken einen Freudensprung vor meinen Augen und es wirkt, als machen sie sich über mich lustig. »Vielleicht hat er tatsächlich recht? Schach ist nichts für Mädchen.«

»Hat der Idiot das zu dir gesagt?«

»Hat er, echt.«

»Und nun glaubst du das? Der is einfach 'n Arsch. Und sowas darf unsere Jungs trainieren!« Isa bleibt stehen und wartet, bis ich ihr in die Augen sehe. Ihr Berliner Dialekt ringt mir immer ein Schmunzeln ab.

»Denk an was Schönes. Unsere letzten Sommerferien vorm Abi und wir fliegen mit der ganzen Clique nach Mallorca. Da wird dein David dich schon auf andere Gedanken bringen. Wo ist der überhaupt?«

»Keine Ahnung.« Ich bemühe mich um einen beiläufigen Ton, denn Isa mag David nicht und nutzt jede Chance, um ihn mir auszureden.

»Wie, keine Ahnung? Er weiß doch, wie wichtig dir das heute war.« Sie runzelt ihre Stirn.

»Ja, ich weiß auch nicht.« Mit einem gezwungenen Lächeln rede ich weiter. »Ich glaube, er ist mit den Reisevorbereitungen beschäftigt und macht was mit den Jungs. Irgendeine Überraschung für uns Mädels.«

Isas Augen werden groß. »Klar, wer's glaubt.«

»Isa, verdirb mir nicht den Spaß.« Ich schiebe meine Unterlippe vor und drehe mich beleidigt weg.

Sofort pikt sie mir mit ihren langen, schreiendbunten Stiletto-Fingernägeln in die Seiten. Ich quietsche kurz.

»Sag mal, wie siehst du überhaupt aus? Seit wann trägst du denn Lila?« Bewundernd schmeiße ich ihre Haare in die Luft.

»Da staunste, was?«

»Nicht schlecht. Was sagen deine Eltern?«

»Besser als blau«, imitiert sie die Stimme ihres Vaters und gackert.

»Meine würden mich erwürgen.« Ich greife mir mit der rechten Hand an den Hals und verziehe mein Gesicht zu einer nach Luft ringenden Fratze.

Mein Handy vibriert und ich krame es aus meiner Tasche. Eine Nachricht von David:

<Musstest du mich so blamieren?>

Erschrocken sehe ich zu Isa, die auf mein Display schielt und verständnislos ihren Kopf schüttelt.

Wie peinlich.

Dabei habe ich nur gemacht, was er mir beigebracht hat. Die nächste Nachricht geht ein.

<Hast du es bei Lennard wirklich mit dem Königsangriff probiert?>

Was soll ich darauf antworten? Natürlich habe ich. Aber wir sind alle Taktiken vorher durchgegangen und ich habe mich sicher gefühlt. Verleugnen oder sich rausreden hilft jetzt auch nicht mehr. <Ja>

Nach ein paar Sekunden vibriert mein

Smartphone wieder.

<Kein Wunder, dass du deine Partien alle verloren hast.>

Wow, so fühlt sich bestimmt ein Schlag in die Magenkuhle an. Er führt sich wie das größte Arschloch der Welt auf und ich fühle mich wie die letzte Versagerin.

Mit zitternden Fingern schreibe ich eine entschuldigende Erklärung, da reißt Isa mir mein Handy aus der Hand. »Willst du dir das gefallen lassen?«

»Er hat ja recht. Ich hab Mist gebaut und das, nachdem er jeden Tag mit mir geübt hat.«

»Schon mal darüber nachgedacht, dass es vielleicht an seinen Trainingsmethoden liegt?« Isa legt ihren Kopf schief.

»Wäre er dann so erfolgreich?«, schleudere ich ihr entgegen. »Anstatt dich zu entschuldigen, frag ihn lieber, warum er so gemein zu dir ist. Du hast dir nichts vorzuwerfen.« Meine beste Freundin bringt es mal wieder auf den Punkt. Sie drückt mir mein Handy in die Hand.

<Was hab ich dir getan? Wieso bist du so fies?>, tippe ich.

Bevor ich es absende, sehe ich zu Isa, die mir ihren erhobenen Daumen zeigt.

Wir gehen weiter. Große, hellgraue Wolken schieben sich zusammen und nur vereinzelt schafft es noch ein Sonnenstrahl hindurch. Der Wind frischt zunehmend auf. Mir fliegen meine Locken um den Kopf und ich muss sie mir beständig aus dem Gesicht streichen.

Wieder dauert es nur einen kurzen Moment und ich erhalte eine Antwort.

<Ich, fies? Ist das der Dank für meine Unterstützung?>

Was soll das denn? Ich hake nach. <Merkst du eigentlich, wie gemein du gerade bist?> Ich behalte mein Smartphone in der Hand, denn ich rechne gleich mit einer Antwort.

Der Himmel ist mittlerweile dunkelgrau und heftige Sturmböen zerren an mir. In meinem Gesicht landet der erste dicke Regentropfen, zeitgleich mit Davids Nachricht.

<Wenn es dich stört, können wir ja mal beobachten, wie du ohne meine Gemeinheiten auskommst. Ich besorg gleich ein paar Trostpreise.>

In meiner Kehle beginnt es verdächtig zu brennen, doch ich kämpfe mit aller Kraft dagegen an.

<So war das doch gar nicht gemeint.> Schnell sende ich ab.

»Och, Leo, jetzt hast du wieder eingelenkt. Wenn er so scheiße zu dir ist, soll er sich gefälligst entschuldigen.« »Sagt jemand, der noch nie 'ne Beziehung hatte.«

»Komm, Leo, werd nicht unfair.« Sie stemmt ihre Fäuste in die Hüften.

»Sorry, war nicht so gemeint.« Ich stupse sie mit meinem Ellbogen an.

»Aber mal ehrlich, wo is'n dein Märchenprinz?

Was kann wichtiger sein an diesem Tag als seine Freundin?«

»Weiß ich nicht, aber versuch ihn doch auch zu verstehen. Er ist enttäuscht, genau wie ich.«

Isas Nasenflügel weiten sich. »Sag mal, bist du wirklich so blind? David manipuliert und verarscht dich. Er macht dir nur was vor.«

»Hör auf, Isa! Er liebt mich.«

»Macht er nicht!«, schreit sie. »Die Mädels lachen schon über deine Naivität.« Isa schlägt sich erschrocken ihre Hand vor den Mund und ich starre sie an.

»Was?« Mein Herz steckt in einem Kompressionsstrumpf.

»Tu jetzt nicht so, als ob ich dich nicht schon tausendmal gewarnt habe vor diesem Arschloch.«

Ein Knall durchbricht die Stille, wie ein Startschuss für das anrollende Gewitter. Die ersten Blitze erhellen den dunkelgrauen Himmel. Ich gehe ein paar Schritte rückwärts, bevor ich mich umdrehe und losrenne. Isa ruft mir nach, doch mir ist das im Moment zu viel. Ich will nur noch weg. Regen peitscht mir ins Gesicht und bei jedem Schritt spritzen Wassertröpfchen an meine Beine. Überall liegen kleine Äste und Blätter herum, die der Wind von den Bäumen reißt.

Den gesamten Weg über frage ich mich, ob mit mir was nicht stimmt. Hat David mir wirklich was vorgemacht? Ich versuche mich an unsere letzten Treffen zu erinnern und ob er irgendwie komisch war, doch ich kann nicht klar denken. Wieso haben sich die anderen Mädels über mich lustig gemacht? Und wenn nichts wäre, warum sollte meine beste Freundin so etwas Fieses behaupten? Sie hat mich noch nie belogen. Der Wasserpegel in meinen Augen steigt, denn mein Unterbewusstsein sagt mir, dass mit David tatsächlich etwas nicht stimmt. Ich habe mir selbst was vorgemacht, weil er so umwerfend gut aussieht und ich so verknallt in ihn war.

Auf keinen Fall kann und will ich jetzt noch mit ihm und den anderen nach Mallorca. Auf die hinterhältigen Seitenblicke und das Rumgelästere habe ich keinen Bock. Außerdem verzichte ich lieber darauf, weiter allen eine heile Welt vorzuspielen. Ich muss mit David Schluss machen. Das bedeutet aber auch, ich müsste mich meinen Eltern anvertrauen und ihnen sagen, dass ich nicht mit nach Mallorca fliege. Leichter gesagt als getan. Ich höre meine Mama schon jetzt keifen, weil der Flug und alles bereits gebucht sind. Mir wird schlecht, wenn ich nur daran denke.

Nach ein paar Minuten hört es auf zu regnen und die Straßen riechen wieder frisch und sauber. Es herrscht eine unheimliche Stille, nur vereinzelt singt eine Amsel.

Ich schlendere den Rest des Weges, denn an meinem Ziel erwartet mich der schlimmste Teil des Tages.

Stufe für Stufe schleppe ich mich meiner Moralpredigt entgegen. Hoffentlich ist mein Vater auch schon zu Hause. Meistens gelingt es ihm, meine Mama wieder runterzuholen. Ich stecke den Schlüssel ins Schloss und drehe ihn ganz vorsichtig. Vielleicht bemerkt sie meine Ankunft nicht und ich kann schnell in mein Zimmer verschwinden.

»Leopoldine? Ich bin in der Küche.«

Mist! Mein Plan geht nicht auf. Ich ziehe meine Ballerinas aus, schleudere meinen Rucksack neben die Flurgarderobe und gehe in die Küche.

»Hi, Schatz.« Sie umarmt mich mit ihren nassen Händen, küsst mich auf die Wange und wäscht dann ihr Gemüse weiter.

Äußerlich sieht sie aus wie mein Spiegelbild, die Locken, dieselbe Haarfarbe, die gleichen blauen Augen. Nur innerlich ist meine Mutter ganz anders als ich.

Auf Zehenspitzen verschwinde ich in mein Zimmer, setze mich auf meinen durchgesessenen Zweisitzer, klemme mir ein Kissen vor den Bauch und starre auf die hellen Holzdielen. Es dauert nicht lang und meine Mama folgt mir. Sie nimmt neben mir Platz und betrachtet mich von der Seite.

»Nun zeig schon dein Zeugnis. Ich bin ganz aufgeregt.«

In Zeitlupe hole ich das Kursheft aus meinem Rucksack und drücke es ihr in die Hand. »Tut mir leid.«

Meine Mama schlägt es auf und überfliegt die Schul-Jahresendnoten. »Das ist doch wohl nicht dein Ernst. Da muss man sich ja schämen.« Ihre Lautstärke wächst stetig an. »Eine Drei in Biologie? Hast du nicht gelernt?« Sie schreit wie eine Furie.

»Sprichst du vielleicht mal mit mir?«

»Ich sagte bereits, es tut mir leid. Glaubst du, ich freue mich über die Drei in Bio?«

Sie springt von meiner Couch auf, feuert das Heft auf den Tisch und stapft aus meinem Zimmer. Na, das kann noch was werden.

Eine Sekunde später steht sie wieder vor mir. »Wie war das Schach-Turnier?«

Ich sehe betreten zu Boden.

An ihrem Blick erkenne ich, dass sie etwas ahnt.

»Hast du es wieder nicht geschafft?« Sie gibt sich erst gar keine Mühe, ihre Enttäuschung zu verbergen.

»Nein«, flüstere ich fast.

»Oh nein, ich glaub es einfach nicht. Du treibst dich jeden Tag in der Weltgeschichte rum und erzählst, du seist gut vorbereitet, und dann das?«

»Ich war gut vorbereitet«, schmettere ich ihr nun entgegen und schluchze auf.

»Weißt du, wie peinlich das für uns ist?« Ihre Stimme wird immer lauter und sie kneift ihre Augen bedrohlich zusammen.

Tränen bahnen sich ihren Weg über meine Wangen und ich wische sie mit meinem Handrücken fort.

Hinter ihr öffnet sich die Eingangstür und mein Vater kommt endlich heim.

»Dass du dich nicht für deine klassische Klavierausbildung begeistern kannst, ist schon schlimm genug, aber wenn jetzt auch noch deine schulischen Leistungen darunter leiden, dann ist

Schluss mit dem Schach.« Je lauter sie schreit, desto deutlicher tritt ihre Halsschlagader hervor.

Mein Vater hat sich hinter meine Mutter gestellt und holt tief Luft. »Henriette, es reicht. Was ist denn los?«

»Ihr Zeugnis ist los.« Meine Mama erreicht Maximallautstärke. »Und beim Schach hat sie auch wieder versagt. Was sollen die Leute von uns denken?«

Ich gehe mit gesenktem Kopf an ihnen vorbei und halte meinem Papa das Kursbuch entgegen. Er nimmt es mir ab und blättert darin, während ich meinen Weg fortsetze.

In der Küche decke ich den Tisch und fülle Wasser und Kaffee in die Kaffeemaschine, bevor ich sie anschalte. Mir koche ich einen grünen Tee.

Mein Papa erhebt die Stimme. »Ich weiß gar nicht, was du hast. So wie du dich aufführst, könnte man denken, Leo sei sitzengeblieben.« Er lässt meine Mama auf dem Flur stehen und kommt mit ausgebreiteten Armen auf mich zu. Ich schmiege mich an ihn und halte mich ganz fest. »Gut gemacht, Kleine. Nicht so gut wie sonst, aber der Stoff wird bekanntermaßen nicht leichter.«

Meine Mama düst in die Küche. »Du lobst sie noch dafür?«

»Ja, mach ich, weil es eine gute Leistung ist.« Er zieht die Augenbrauen hoch und sieht sie provozierend an.

»Gute Leistung? Brauchst du eine neue Brille?«

»Ich denke, deine Eltern hätten sich über

derartige Noten riesig gefreut.«

Meine Mama schnappt nach Luft. »Das ist nicht vergleichbar.«

»Warum nicht?«

»Weil Leopoldine es besser kann, aber zu faul ist.« Sie zeigt mit dem Finger auf mich.

»Henriette, es reicht!« Ein Urschrei lässt sie endlich verstummen. »Hörst du dir selbst mal zu? Unsere Tochter tut ihr Bestes.«

Abwechselnd sehe ich von einem zum anderen. »Ich muss euch noch was sagen.«

»Aha.« Der scharfe Ton meiner Mama läutet die nächste Runde ein. »Na, dann mal los.«

Hilfesuchend gucke ich zu meinem Papa, der seine Hand auf meine legt. »Ich kann nicht mit David nach Mallorca.«

Meine Mama reißt ihre Augen auf. »Was denkst du dir? Du sparst fast ein ganzes Jahr für diesen Urlaub und zwei Stunden vorher fällt dir ein, du willst nicht mit? Was sagt David dazu?«

»Der weiß es noch nicht.«

Meine Mama holt tief Luft. »Kannst du dir vorstellen, dass er das nicht gutheißen wird?«

Gleich platze ich. »Gutheißen? Fragst du vielleicht auch mal, was ich gutheiße oder ob es vielleicht David ist, wegen dem ich nicht mitfahren möchte?« Als ich aufspringe, rutscht der Stuhl lautstark über die Dielen. »David, David, David.« Wütend renne ich in mein Zimmer.

»Bleib hier!« Ihre Stimme überschlägt sich fast. »Nicht, dass David sich noch von dir trennt.«

Kurz bevor ich meine Zimmertür zuknalle, höre ich meinen Papa. »Na und? Dann ist es eben so.«

»Bernd!« Meine Mutter klingt erschrocken. »Leopoldine hat wirklich Glück mit ihm. David ist aus so gutem Hause.«

Die Tür fällt ins Schloss und es kehrt Ruhe ein. Ich nehme mein Smartphone, doch bevor ich meine Nachrichten checken kann, klingelt jemand bei uns und kurz danach stürzt Isa in mein Zimmer. »Hey, Kleene. Tut mir leid wegen vorhin.«

Gerührt lächle ich sie an. »Mir auch. Hab wohl etwas überreagiert.«

»Alles wieder gut?«

»Klar.« Ich druckse rum. »Was meintest du eigentlich damit, David verarscht und manipuliert mich?«

Sie setzt sich auf meine Couch. »Neulich war er mit Niklas bei Stef.«

Moment mal. »Bei Stef?«

Isa sieht mich verwundert an. »Da sind die Jungs doch öfter.«

»David geht zu Stef?«

»Ja, was ist so schlimm daran?«

»Er hat nur noch nie erzählt, dass er sich mit den Jungs dort trifft.«

»Siehste, er verarscht dich.«

Beschämt senke ich den Blick. »Und was noch?«

»Du nervst ihn mit Schach. Er würde lieber …« Isa macht eine eindeutige Geste. »Du weißt schon. Aber du kennst nur Bauern und Pferde.«

»Springer meinst du.« Ich kann es nicht fassen.

»Und das erzählt er den anderen?«

Sie nickt. »Nicht nur das. Er sagt, dein Training sei pure Zeitverschwendung, du bist und bleibst schlecht. Völlig talentfrei.«

Diese Aussage klatscht mir ins Gesicht und hinterlässt rote Abdrücke auf meinen Wangen. Der Gedanke, wie er mich verraten hat, schmerzt höllisch. Ich unterdrücke den Reiz, hemmungslos loszuheulen. »Wieso ist er dann noch mit mir zusammen?«

»Weiß nicht, wahrscheinlich hast du andere Stärken.« Isa zwinkert mir zu, doch ich bin nicht zu Späßen aufgelegt. »Mal ohne Quatsch, der weiß, was er an dir hat, der macht nicht Schluss.« Sie steht auf. »Am besten, du fragst ihn gleich, wir sind doch alle auf einen Latte vorm Packen verabredet. Komm, wir müssen los.«

Ich schüttle den Kopf. »Geht nicht.«

»Wie?« Meine beste Freundin sieht mich irritiert an.

»Nach allem, was passiert ist, kann ich nicht mit euch in den Urlaub fahren. Ich muss das für mich erstmal klarkriegen.«

»Hör auf, Kleene, lass mich nicht im Stich.«

»Ehrlich, Isa, ich kann das nicht.«

»Bist du dir sicher?«

»Hundertprozentig.«

»Weiß David Bescheid?«

»Ich schreib ihm gleich.«

»Gut, ich halte dich auf dem Laufenden.« Sie breitet ihre Arme aus und ich werfe mich hinein.

»Und meld dich mal. Haste verstanden?«

»Klar, was glaubst du denn!« Ich drücke sie ganz fest. »Und bleib anständig.«

»Nichts, was du nicht auch machen würdest.« Wir wiegen uns hin und her. »Jetzt reicht's.« Isa löst sich von mir und geht los.

Ich lümmle mich auf meinen Zweisitzer und schnappe mir mein Handy. Ein paar Nachrichten von den Mädels und von David sind bereits eingegangen, weil sie wissen wollen, wo ich bleibe, doch ich schreibe nur David zurück. <Komme nicht mit. Brauche Zeit für mich und zum Nachdenken über uns. Kann nicht länger mit dir zusammen sein.> Er antwortet nicht und versucht auch nicht, mich zu erreichen. Enttäuscht schleudere ich mein Handy neben mich aufs Bett. Mein Magen verkrampft sich.

Mit hängenden Schultern gehe ich ins Wohnzimmer, wo meine Eltern gerade Nachrichten schauen. Meine Mama klopft neben sich aufs Sofa und ich folge ihrer Aufforderung.

Mit der schwarzen Fernbedienung schaltet sie den Fernseher stumm. »Was machst du jetzt in den Ferien?«

Mein Papa wendet sich mir ebenfalls zu und wartet auf eine Antwort.

»Tja, ich bleib einfach zu Hause. Oder? Keine Ahnung.« Ich hoffe nur, meine Mama hält mir nicht gleich wieder einen Vortrag.

Mein Papa ist es jedoch, der zuerst antwortet.

17

»Auf keinen Fall! Mama und ich fahren morgen weg und du wirst nicht drei Wochen allein bleiben.«

Verwundert sehe ich ihn an. »Und warum bitteschön nicht?«

»Ich muss Papa zustimmen. Du kannst nicht allein bleiben. Du kommst die drei Wochen mit zu Oma und Opa nach Neustrelitz.«

»Nein!« Das kommt für mich überhaupt nicht infrage. Niemals halte ich es mit den Launen meiner Mama aus. »Ob ich das vielleicht selbst entscheiden möchte?« Das ist wie ein Schlag ins Gesicht. »Drei Wochen zusammen in dem kleinen Haus? Und das soll gutgehen?«

Meine Mama winkt ab. »Genau genommen sind wir nicht alle in dem Haus. Papa und ich wohnen in ihrem Bungalow in Papiermühle. Da ist ausreichend Platz für uns drei.«

Verzweifelt lache ich auf. Vielleicht wäre Mallorca unter diesen Umständen doch nicht so schlecht gewesen. »Kommt schon, ich bin siebzehn. Da fährt man doch nicht mehr mit seinen Eltern in den Urlaub.«

»So schlimm ist das nun auch nicht.«

Ich sehe meinem Papa an, dass ich ihn verletzt habe.

Trotzdem schnelle ich hoch und funkle ihn wütend an. »Das ist doch nicht euer Ernst.«

Mein Papa atmet einmal tief durch. »Pass auf, Leo, morgen fahren wir los. Und du kommst mit.«

Kapitel 2 - Ole

Vincent lehnt lässig an der Birke vor unserem Haus und tippt auf seinem Handy. Seine schwarzen Haare hat er nach hinten gestylt. Seit Neuestem achtet er auf sein Äußeres und Trends und so. Mir ist das egal, für mich gibt es Wichtigeres. Ich liebe es, draußen zu sein, dann fühle ich mich frei.

Die pinkfarbenen Pfingstrosen meiner Mutter zieren den Weg zum Gartentor und verströmen einen strengen süßen Geruch.

Mein bester Kumpel hebt immer mal wieder seinen Arm in verschiedene Richtungen in die Luft, was wohl am schlechten Handyempfang in unserem Dorf liegt. Mein ganzes Leben wohne ich schon in Papiermühle und Vincent in Godendorf, einen Ort weiter. Seine blaue Schwalbe prunkt neben ihm. Sein ganzer Stolz und ein echter

Hingucker.

Ich hab bis jetzt nur ein Fahrrad, aber ich hoffe, das ändert sich in ein paar Tagen, genau genommen an meinem sechzehnten Geburtstag. Mein größter Wunsch ist nämlich ein eigenes Moped. »Ey, Alter!« Ich halte meine Hand hoch, Vincent schlägt ein und unsere Schultern treffen sich kurz. Dabei bückt er sich ein bisschen, um den Größenunterschied von gut fünfzehn Zentimetern auszugleichen. »Was geht?«

Er starrt immer noch auf sein Handy und tippt wild darauf umher.

»Vince?«

»Jo.« Nun steckt er sein Handy weg und reibt sich die Hände.

»Ich muss dir was zeigen.«

Auf meinem Smartphone öffne ich das Foto, das ich gestern Abend noch geschossen habe, und halte es Vince entgegen.

»Was'n das?« Er kneift seine Augen etwas zusammen, um besser sehen zu können.

»Guck doch mal.« Ich vergrößere das Bild noch mehr.

»Alter, was soll da sein?« Das Handy ist nur noch wenige Zentimeter von Vincents Augen entfernt.

»Vielleicht versuchst du's mal mit deiner Brille?« Ich stoße ihn mit dem Ellenbogen in die Rippen.

»Never.« Vince tippt sich mit seinem Zeigefinger an die Stirn. »Was ist denn da nun zu sehen?«

»Autos, bei dir hinten am Godendorfer See, an der Angelstelle.«

Er winkt ab. »Das waren bestimmt die Karpfenangler.«

»Mit Sicherheit nicht. Es war zwar schon schummrig, aber es sah aus, als ob sie mit einem riesigen Netz rumhantiert haben. Das müssen Wilderer gewesen sein. Und das im Revier meiner Mutter! Wir müssen was unternehmen.«

»Alter, du siehst Gespenster.« Vincents Augenbrauen bilden ein großes V.

»Lass uns nachsehen.«

»Ich weiß nicht.« Er fährt sich durch seine Haare.

Was ist denn mit ihm? Sonst stürzt er sich doch ohne nachzudenken in jedes Abenteuer. »Schiss?«

»Quatsch.« Er senkt seinen Blick. »Ich glaube halt nur, du übertreibst. Aber wenn du darauf bestehst … Dann schwing dich mal rauf.« Vincent tritt die Schwalbe an und ich setze mich hinter ihn.

Wir knattern durchs Dorf, am Röthsee vorbei, und halten kurz vor Godendorf am Friedhof. Es riecht nach frisch umgegrabener Erde.

Vince parkt seine Schwalbe hinter einem Gebüsch und wir pirschen den Waldweg lang. Es dämmert schon. Wir nähern uns der Stelle, an der ich die Autos parken gesehen habe. Alles sieht aus wie immer.

Vince läuft ein paar Schritte hinter mir in meinem Windschatten und hält in alle Richtungen

Ausschau.

»Kommst du endlich?«

»Psst. Wenn uns einer hört.« Nachdem er nichts weiter sagt, gehe ich ein Stück bergab zum See und suche mit den Augen den gesamten Uferbereich ab. Nichts. Ich lasse mich auf die Bank aus Fichtenholz fallen. Die Sonne verschwindet langsam hinter einer schwarzen Silhouette von Baumkronen. Der See ist spiegelglatt und die Vögel zwitschern. Ab und zu schreit ein Eichelhäher durch die abendliche Stille.

Vincent setzt sich neben mich. »Wer kommt eigentlich alles zu deiner Party?«

»Die üblichen Verdächtigen, Finn, Lasse, Malte und die Mädels.«

»Und welche Mädels?« Er schaut auf seine schwarzen Turnschuhe und ich verkneife mir ein Lachen.

»Merle, Nele, Jette und Lilly.«

»Haben die schon alle zugesagt?« Vincent schielt mich von der Seite an.

»Jup.«

»Lilly ist echt heiß. Findest du nicht?«

Ich ziehe eine Augenbraue hoch. »Geschmackssache, aber nicht schlecht.«

»Alter, bist du blind?« Langsam entspannt Vince sich etwas.

»Wer blind ist, haben wir heute gesehen.« Ich ahme ihn nach, wie er mit zusammengekniffenen Augen auf das Handy gestarrt hat.

Er rempelt mich von der Seite an.

Plötzlich wandert ein Lichtstrahl über den See. Ich verstumme und springe hinter einen Brombeerbusch. »Komm her«, zische ich in Vince' Richtung.

Der lässt sich nicht lange bitten und hockt sich neben mich. »Siehst du? Da sind die wieder«, flüstere ich, ziehe mein Handy aus der Hosentasche und zoome die gegenüberliegende Uferseite heran. »Dreck, man kann nichts erkennen.«

»Komm, wir hauen ab.« Vincent zerrt an meiner Jacke.

»Spinnst du? Vielleicht können wir die heute Nacht stellen.« Mit starrem Blick beobachte ich jede vermeintliche Bewegung. Mein bester Kumpel sitzt hinter mir und sagt keinen Ton. Sein Handy vibriert.

In meinem Rücken erhellt es sich, so dass wir in einem Umkreis von fünf Kilometern für jeden sichtbar sein müssen. Ich drehe mich um und verziehe keine Miene. »Nicht dein Ernst, Sherlock?«

Vincent drückt schnell auf einen Knopf und das Display verdunkelt sich wieder.

Er zappelt herum und räuspert sich. »Ich muss los.«

»Wohin?«

»Nach Hause.«

»Seit wann hast du eine feste Zeit?« Den misstrauischen Unterton in meiner Stimme kann Vincent nicht überhören.

Er druckst rum. »Meine Eltern wollen heute

noch was mit mir besprechen.«

»Hör auf zu spinnen. Wo willst du hin?«

»Nach Hause.« Vincent erhebt sich und geht los. Mit jedem seiner Schritte raschelt das Laub. »Soll ich dich noch schnell fahren?«

»Nö?« Völlig verdattert sehe ich ihn an. »Ich muss herausfinden, was da drüben passiert.« Irritiert von seinem Verhalten bleibe ich sitzen und gucke in die Dunkelheit.

Nach ein paar Minuten schmeißt Vince seine Schwalbe an und knattert davon. Am Geräusch kann ich ausmachen, dass er tatsächlich nach Hause fährt.

Für mich steht fest, heute werde ich nicht aufgeben. Ich ärgere mich, dass ich Idiot mein Nachtsichtfernglas vergessen habe. Eine Schwierigkeit mehr neben den Stechrüsseln in der Haut. Doch den Tieren und dem Angelverein zuliebe, in dem ich Mitglied bin, muss ich da durch.

Erneut wandert ein breiter Lichtstrahl über das Wasser und den Uferbereich. Hier passiert heute Nacht etwas. Ganz sicher.

In diesem Moment springt am Badesteg gegenüber ein Auto an und fährt los. Deprimiert seufze ich auf. Vielleicht hatte Vince recht und die Karpfenangler haben doch nur die Fangbedingungen analysiert. Ich lausche in die nächtliche Stille und das Motorengeräusch entfernt sich. So ein Dreck! Nochmal gehe ich runter zum Ufer und sehe über den See. Alles schwarz, alles mucksmäuschenstill. Zeit für den Heimweg. Ich

24

latsche durch das alte Laub. Die Laute eines Waldkauzes echoen durch die Bäume und verleihen der Szenerie etwas Schauriges.

Plötzlich rast wie aus dem Nichts ein Auto heran und biegt in den Waldweg ein. Mit einem Hechtsprung rette ich mich in hohes Farnkraut und liege starr wie ein Baumstamm. Ein torfiger Geruch steigt um mich herum auf. Hoffentlich haben die Zecken keine Lust auf mich.

Das Auto fährt nun in Schrittgeschwindigkeit ohne Licht an mir vorbei. Ich horche, ob weitere Autos folgen. Nachdem keine Motorengeräusche auszumachen sind, stehe ich auf und laufe den Waldweg zurück. Der Mond steht hoch am Himmel und wirft silbernes Licht durch die Baumkronen, so dass man sich einigermaßen orientieren kann. Ganz leise pirsche ich mich heran. In zwanzig Metern Entfernung sehe ich bereits das Auto und überlege, wie ich an die Nummernschilder komme. Allerdings habe ich mir umsonst den Kopf zerbrochen. Sie wurden abgeschraubt.

Obgleich mir die Gefahr bewusst ist, setzen meine Füße sich in Bewegung. Mein Atem geht ganz flach und mein Herz schlägt mit zweihundert beats per minute. Stückchenweise arbeite ich mich vor und erkenne die Umrisse von drei Personen.

Ich muss näher ran, um sie zu belauschen und mir eine Strategie zu überlegen. Allerdings schlägt mir genau in diesem Moment das Schicksal ein Schnippchen.

Mein Hosenbein verfängt sich in einem quer liegenden Ast und ich stürze wie ein Stein zu Boden. Die Dornen wildwachsender Brombeersträucher löchern mich mit ihrer ungehemmten Neugier. Um auf keinen Fall ein Geräusch von mir zu geben, beiße ich in meinen Jackenärmel.

»Was war das?« Die Typen trampeln hektisch umher und ich halte die Luft an.

»Ruhig, Männer. Das war bestimmt nur ein Dachs«, ertönt eine raue Stimme.

Halt mal, die kenne ich! In meinem Kopf rattert es, jedoch ohne Erfolg. Ich weiß genau, dass ich sie schon mal gehört habe.

»Lasst uns abhauen.« Jetzt spricht der erste Typ wieder.

Mit ein paar Schritten erreichen sie das Auto. Ist das ein silberner Skoda? Schwer zu erkennen. Sie reißen ungeduldig die Türen auf und schwingen sich hinein. Der Motor wird gestartet und das Fahrzeug setzt sich in Schrittgeschwindigkeit in Bewegung, denn der holprige Waldweg mit den herausquellenden Baumwurzeln gibt einfach nicht mehr her. Als der Skoda ein paar Meter gefahren ist, puste ich erleichtert die Luft aus und rapple mich auf.

Mit langen Schritten laufe ich in einem Sicherheitsabstand hinterher, in der Hoffnung, noch etwas Wichtiges zu entdecken, doch mein Tempo genügt nicht.

Gerade als das Auto auf die Straße fährt, nehme ich das knatternde Geräusch von Vincents Schwalbe wahr.

Das Auto biegt ohne Rücksicht auf die Landstraße ab, wodurch das Moped eine Vollbremsung hinlegen muss. Dann jagt es los. Jetzt beschleunigt auch das Zweirad wieder und fährt in die entgegengesetzte Richtung. Was will Vincent mitten in der Nacht hier? Oder ist er es gar nicht? Irgendetwas geht hier vor und ich muss herausfinden, was.

Nach einer Viertelstunde öffne ich mit schlechtem Gewissen unsere Gartenpforte und gehe hinein. Dreiundzwanzig Uhr dreißig. Ich bin viel zu spät. In fast allen Räumen brennt Licht.

Ganz leise schließe ich auf und schlüpfe hinein. Der Fernseher läuft und es riecht nach Popcorn. Ein typischer Familienabend im Hause Eickhoff.

Meine Mutter fegt um die Ecke. »Wo warst du? Wir haben uns Sorgen gemacht.« Sie umarmt mich.

»Du musst mir helfen.« Flehend sehe ich sie an.

Mein Vater trottet aus der Stube und reibt sich die Augen. »Sie zu, dass du ins Bett kommst, sonst helf ich dir gleich.« Er stützt sich am Türrahmen ab und gähnt.

»Am Godendorfer See sind Wilderer!«

»Jetzt übertreib nicht.«

»Ich hab's doch gesehen!«

»Ab ins Bett. Morgen früh kannst du mir alles

erzählen.« Sie streichelt mir über den Rücken.

»Du glaubst mir nicht! Da passiert heute Nacht was. Hundertprozentig.«

»Ole, bitte, jetzt reicht's. Wir sind alle müde. Mach dich bettfertig.«

Schniefend stampfe ich ins Bad. Es ist stickig und der aufdringliche Geruch des After Shaves meines Vaters hängt schwer in der Luft. Ich öffne das Fenster.

Meine Gedanken kreisen immer wieder um meine Beobachtungen.

Während sich der Minzgeschmack der Zahnpasta in meinem Mund ausbreitet, überlege ich weiter krampfhaft, woher ich diese merkwürdig raue Stimme kenne. Es fällt mir einfach nicht ein.

Dann lege auch ich mich endlich hin, werfe mich aber nur von einer Seite auf die andere, denn Vincent spukt mir im Kopf umher. Warum ist er zurückgekommen?

»Ooole!« Die krächzende Stimme meiner kleinen Schwester dringt an mein Ohr und ich habe das Gefühl, nur zwei Stunden geschlafen zu haben. Sie steht an meinem Bett und rüttelt an meinem Arm. »Ooole!« Das O wird immer länger. Sie klingt langsam sauer. Ich reagiere weiterhin nicht und ihre Ungeduld wächst. Nachdem sie auch mit Nasezuhalten nichts erreicht, greift sie zu rabiateren Methoden. Rieke wirft sich aufs Bett, grabscht unter die Decke und kratzt an meinen Fußsohlen. Auch wenn ich sonst nicht kitzelig bin, an dieser

Stelle habe ich keine Kontrolle. Laut grölend schnelle ich nach oben. »Rieke! Hör auf!« Im gleichen Moment versuche ich sie zu fassen, greife daneben und sie gackert. Mit großer Mühe strecke ich mich noch ein Stück weiter nach vorn, doch meine fünfjährige Schwester durchschaut mich und rückt weiter ab. »Rieke, ich warne dich.« Ruckartig ziehe ich meine Beine an, doch sie hängt an meinen Knöcheln wie festgeklebt. Zumindest habe ich sie jetzt und bearbeite ihre Rippen, bis sie vor Lachen um Hilfe brüllt und einen Schluckauf bekommt.

Das reicht wohl. Ich lasse von ihr ab und werfe mich zurück auf mein Kissen. Rieke tut es mir gleich und schmeißt sich neben mich.

»Ole?« Den Ton kenne ich. Ein Nein ist quasi unmöglich.

»Was ist?«

»Wann stehen wir auf?«

Mit meiner rechten Hand greife ich auf meinen Nachttisch und schnappe mein Handy. Sieben Uhr zehn. Ich schlage mir meine Hand über die Augen. »Willst du nicht nochmal in dein Bett?«

»Nö.« Sie gackert erneut. »Und weißt du, wieso nicht?« Jetzt dreht sie ihren Kopf zu mir.

»Das sagst du mir bestimmt gleich.«

»Weil wir jetzt Flitzi besuchen.«

Meine Mundwinkel wandern nach oben. Flitzi ist ein junges Eichhörnchen, das meine Mutter von einer ihrer Touren mitgebracht hat. »Der schläft noch.«

»Du schwindelst.« Rieke setzt sich auf und

verschränkt ihre Arme vor der Brust. Mir ist klar, dass sie nicht nachgeben wird. Schließlich habe ich es ihr gestern versprochen, als ich zu Vince wollte.

Ich stütze mich auf meine Ellbogen und sie lugt über ihre Schulter.

»Na gut, aber erst waschen wir uns und frühstücken.«

Mit einem Satz springt Rieke aus dem Bett und sprintet los. »Juchhu!« Sie ist nicht mehr aufzuhalten. »Ich wecke Mutti und Vati.«

Nach einer guten halben Stunde sitzen wir alle am Frühstückstisch auf unserer Terrasse, mit einem einmaligen Blick auf uralte Erlen am Ufer des Schliesees. Die Baumwipfel regen sich gechillt im Wind. Eine Stockentenfamilie zieht ihre Bahnen auf dem See und die Sonnenstrahlen brechen sich in den aufgeregten Wellen. Es riecht herrlich nach Pfefferminztee und frisch aufgebackenen Brötchen.

Rieke rutscht unruhig auf ihrem Stuhl hin und her. »Ole, beeil dich.«

»Was ist denn los, Maus?« Mein Vater legt sein Brötchen ab und wartet auf eine Antwort.

»Ole und ich gehen gleich Flitzi besuchen.«

Als Revierförsterin fährt meine Mutter regelmäßig alle Waldgebiete ab. Manchmal bringt sie ein verletztes oder verlassenes Tier mit nach Hause und pflegt es, bis es wieder ausgesetzt werden kann. Unser Flitzi muss aus dem Kobel gefallen sein, denn meine Mutter fand ihn auf dem Waldboden und er konnte nicht mehr klettern. Anfänglich sah es nicht gut aus für den kleinen

Kerl. Im Moment entwickelt er sich aber bestens und kann wahrscheinlich schon bald zurück in den Wald. Der Abschied wird nicht nur Rieke schwerfallen. Die sind schon verdammt niedlich, die kleinen Viecher.

Meine Mutter scheint von der Idee nicht so begeistert zu sein, denn ihre Stirn kräuselt sich. Bitte nicht wieder einen dieser ellenlangen Vorträge zur Erhaltung der Naturinstinkte. Ich grüble, wie ich dem entgehen kann. »Hast du schon mit deinem Kollegen gesprochen, wann ihr zum *Godendorfer See* wollt? Wegen der Wilderer.«

Sie weicht meinem Blick aus. »Es ist Samstag und die meisten Leute schlafen erstmal aus. Ich versuch's gegen zehn bei Hartmut.«

»Gegen zehn? Dann sind alle Spuren weg.«

»Wenn es überhaupt welche gibt.« Meine Mutter hält ihre Hand abwehrend vor ihren Oberkörper.

Ich schleudere mein restliches Brötchen zurück auf den Teller. »Komm, Rieke, mir ist der Appetit vergangen.«

Sie gleitet von ihrem Stuhl und hopst singend neben mir her. »Ei, ei, ei, ei, Eichhörnchen.«

»Psst. Flitzi erschrickt sich sonst.«

Sofort verstummt sie und schleicht auf Zehenspitzen zu dem riesigen Gehege.

Flitzi sitzt auf einem Ast und schaut neugierig in alle Richtungen. Nachdem ich das Schloss geöffnet habe, schlüpfen wir beide hinein. Das Eichhörnchen legt seinen Kopf schief und beobachtet uns. Ich bedeute Rieke, sich eine

Walnuss aus dem kleinen Jutesack zu nehmen. »Streck deine Hand nach vorn aus.«

Zaghaft folgt sie meiner Aufforderung. Ich lege meine Hand um ihre und schiebe die Nuss in Flitzis Richtung. Der Kleine hüpft nach unten und krabbelt geduckt auf uns zu. Er beginnt mit seinem Schwanz zu wedeln, wie ein Hund.

Rieke lacht leise und flüstert mir zu: »Flitzi freut sich.«

»Genau wie du, wenn du Schokolade kriegst.«

Das Eichhörnchen nähert sich stückchenweise, beißt über die Nuss und fasst diese mit seinen beiden Vorderkrallen. Blitzschnell springt es zurück auf seinen Ast.

»Oh, jetzt ist er wieder weg. Ich will ihn noch streicheln.« Riekes Schultern sacken nach unten.

»Das geht nicht, und das weißt du auch.«

Vorsichtig schiebe ich sie vor mir her in Richtung Ausgang. »Der Kleine muss sich jetzt wieder ausruhen.«

»Mhm.« Rieke lugt um mich herum und winkt. »Tschüss, Flitzi.«

Durch die Terrassentür gehe ich zurück in die Küche, wo meine Eltern gerade den Geschirrspüler einräumen. Meine Mutter vermeidet jeglichen Blickkontakt zu mir, aber sie hat mir etwas versprochen.

Ich lehne mich an den Tresen und beobachte die beiden. »Hat Hartmut eigentlich schon ausgeschlafen?«, frage ich meine Mutter mit einem provokanten Grinsen.

»Ole, bitte. Es können nicht alle Leute Gewehr bei Fuß stehen, wenn du etwas auf dem Faden hast.« Sie stiert weiter in den Geschirrspüler, als wolle sie das Geschirr saubergucken.

»Das ist wichtig! Da waren Leute nachts am See.«

Meine Mutter holt tief Luft und wendet sich mir zu. »Ich werde heute nachsehen, nur nicht sofort.«

»Ist dir egal, dass die Typen in unseren Gebieten wildern und unschuldige Tiere qualvoll sterben? Ganz zu schweigen von den Kosten für die Ämter und Vereine.«

Mein Vater packt mich an den Oberarmen, doch ich schüttle ihn ab. »Wenn es so weitergeht, können wir den Angelverein bald auflösen.«

»Nun übertreib mal nicht.« Beschwichtigend hebt er seine Hände.

Meine Mutter holt das Telefon aus dem Flur und flüchtet auf die Terrasse. »Ich ruf jetzt Hartmut an und frage ihn, ob er Zeit hat.«

Nach ungefähr fünf Minuten kommt sie strahlend zurück. »Hartmut holt mich nach dem Mittag ab.«

Warum freut sie sich so? Es kotzt mich nur noch an. »Mittag?« Ich lasse sie stehen und hole meinen Rucksack und mein Handy aus meinem Zimmer. Durch die Vordertür stürme ich aus dem Haus und knalle sie zu. Mein Fahrrad lehnt noch an der Hauswand und ich schiebe es vom Hof.

Nach zwanzig Minuten radle ich auf das

blumenbewachsene Grundstück des Einfamilienhauses der Langhammers, das aus hellen Ziegeln erbaut ist. Vincents Eltern haben es vor ungefähr zwei Jahren modernisieren lassen und das ganze Dorf spricht über die knallroten Fensterrahmen. Ich klingle und seine Mutter öffnet mir. Freundliche, braune Augen mustern mich durch eine rotgerahmte Brille und ihr Pony hängt ihr schräg über die Stirn. »Hallo Ole. Vincent schläft noch. Ihr wart gestern Abend aber auch lange unterwegs.«

Mein Lächeln gefriert, denn ich bin ein schlechter Lügner. »Mhm. Kann ich trotzdem zu ihm?«

»Versuch dein Glück.« Sie tritt einen Schritt zur Seite. Ich ziehe meine Schuhe aus und hüpfe die schmale Treppe hoch. Dreimal klopfe ich an, aber als dann immer noch niemand reagiert, stürme ich ins Zimmer.

Es ist dunkel und stinkt nach verbrauchter Luft. Vince liegt oberkörperfrei auf dem Rücken und schnarcht leise. Seine Bettdecke mit bunter Blümchenbettwäsche hängt über seine Hüfte.

Für meinen Geschmack hat er genug geschlafen. Ich ziehe die Gardinen zur Seite und reiße die Fenster auf. »Morgen«, trällere ich.

Vincent stöhnt und fasst mit geschlossenen Augen nach seinem Zudeck. An einer Ecke halte ich es fest und da er erfolglos bleibt, legt er sich seinen Arm über die Augen. »Ey, Alter, was soll'n das?«

»Du willst mir was erzählen.« Ich setze mich auf seinen modernen Schreibtischstuhl und drehe mich hin und her.

»Ähm.« Vincent stammelt vor sich hin.

»Schieß los.« Mit einem leichten Schmunzeln beobachte ich ihn.

Er rappelt sich hoch. »Was meinst'n du?«

»Mich interessiert, wo wir uns gestern Nacht rumgetrieben haben. Wenn ich schon für irgendwas dein Alibi sein soll, will ich auch wissen, wofür.« Gespannt warte ich, ob er von seiner nächtlichen Schwalben-Tour erzählt.

Vince wuschelt sich durch die Haare. »Ich war mit Malte im VZ.«

Gut, das erklärt zumindest seinen gestrigen Ausflug.

»Seid ihr doch öfter. Und wieso erzählst du deinen Eltern, wir waren unterwegs? Versteh ich nicht.« Jeder weiß von meiner Abneigung, in solchen Läden wie dem VZ zu feiern.

»Ich will sie nicht beunruhigen.« Er streicht seine Bettdecke glatt.

»Was meinst du?« Irritiert sehe ich ihn von der Seite an.

Vincent schiebt seinen Kopf ein Stück nach vorn, als wolle er mir etwas zuflüstern.

»Seine Eltern sollen uns nicht zusammen sehen.«

»Was ist denn das für'n Quatsch?«

»Ist besser so. Und hältst du dicht?«

Ich gehe zum Bett und wir ditschen unsere Fäuste gegeneinander. »Klar, Alter.« Bis jetzt hört sich alles harmlos an. »Was war gestern eigentlich noch am Friedhof los? Ich hab euch vorbeifahren sehen.«

Vincent zieht seine Oberlippe hoch und überlegt einige Sekunden. »Ach so, da kam 'ne Karre aus dem Feldweg geschossen und hat mir voll die Vorfahrt genommen. Eh Mann, wir sind fast hingeflogen.«

»Konntest du jemanden im Auto erkennen?«

»Nee. Wieso?«

Ich erzähle Vince, was ich beobachtet habe und seine Augen werden immer größer. Er stellt ein paar Fragen, doch meine Geduld ist am Ende. Ich muss endlich nachsehen, ob was passiert ist, und reiße ihm ungeduldig seine Bettdecke weg. »Los, komm jetzt, wir geh'n zur Badestelle.«

»Nun bleib mal ruhig, ich dusche nur schnell und esse was. Willst du auch?«

Ich wackle mit den Augenbrauen. »Duschen?«

»Spinner.« Vince feuert mir sein Kissen entgegen. Dann verlässt er das Zimmer.

Frisch geduscht und mit nassen Haaren steuert er sein neues Sideboard mit den Parfums an. Er greift eine kleine dunkelblaue Flasche und dieselt sich damit ein, wodurch ein dezenter holziger Geruch das Zimmer einnimmt.

»Was hast du denn vor? Willst du die Mücken betören?«

»Nee, die Bienen.« Mit einem Auge zwinkert er mir zu und sprüht sicherheitshalber noch zweimal nach. »Lilly war gestern auch im VZ. Und ich sage dir …« Er deutet mit den Händen einen enormen Vorbau an und schiebt seine Unterlippe bewundernd vor.

»Ach, deswegen.« Ich ahme ihn beim Sprayen nach.

»Spinner.«

Nachdem Vincent sich zwei Sonnenblumenkern-Brötchen und eine halbe Kanne Kaffee reingepfiffen hat, startet endlich unsere Mission. Von hier aus sind es ungefähr zweihundert Meter und wir schlendern den trockenen Schotterweg entlang. Es ist wieder brechend heiß.

Auf halbem Wege joggt uns zufällig genau die Lilly Möller auf ihrer Morgenrunde oder vielmehr ihrer Mittagsrunde entgegen, über die wir gerade gesprochen haben. Ihr langer blonder Pferdeschwanz schleudert von links nach rechts und kleine Staubwolken steigen auf, wenn ihre Turnschuhe auf den schmutzigen Sand treffen. In den knappen Laufshorts und dem engen, weißen Neckholder-Shirt sieht sie nicht schlecht aus. Bisher schreckt mich jedoch ihr kindisches Verhalten und ihr Charakter ab. Lilly ist eine Klasse unter uns und muss immer im Mittelpunkt stehen.

Als wir auf gleicher Höhe sind, bleibt sie stehen. »Hey, Jungs!« Sie strahlt uns aus ihren braunen

Augen an und pustet minimal. Erstaunlich an so einem schwülen Tag. Kleine Schweißperlen glitzern in ihrem Haaransatz, die sie sich mit ihrem Shirt abwischt. Vince wirft mir einen Seitenblick zu und flippt fast aus, als Lilly mehr Haut zeigt, als sie ahnt.

»Wo warst du denn gestern, Ole?« Der aufreizende Unterton in ihrer sonst hellen Kleinmädchenstimme widert mich an. Als ich darauf nicht reagiere, klimpert sie Vince mit ihren schwarz getuschten Wimpern zu. »Und, Vinci, bist du heut Abend wieder dabei?« Lilly suhlt sich in seiner Aufmerksamkeit und mein bester Kumpel sieht irgendwie verlegen zu mir. Was ist denn mit ihm los? Sonst schießt er doch immer schlagfertig um sich.

»Weiß noch nicht.«

»Wär wirklich schade, wenn du nicht kommst.« Sie zwinkert ihm mit dem linken Auge zu und setzt sich wieder in Bewegung. Nach ein paar Schritten dreht sie sich und läuft rückwärts weiter. »Ach, und Ole?«

Nein, bitte nicht noch eine Peinlichkeit.

»Hinten auf dem Weg liegen tote Fische.« Sie winkt und verschwindet um die nächste Biegung.

Augenblicklich setze ich zu einem Sprint in die Richtung an, aus der Lilly kam.

»Ey, Alter, warte!« Vincent versucht mitzuhalten.

Während ich laufe, rieche ich bereits die toten Fische und werde wütend, weil meine Mutter mir gestern Abend nicht geglaubt hat.

Zuerst erreiche ich die Badestelle. Ein Bild des Grauens bietet sich mir. »So ein Dreck!« Der gesamte Strand sieht aus, als hätte es Fische geregnet, aber nur kleine. Offensichtlich bringen die nicht genug Geld und werden einfach liegengelassen. Da keine Edelfische dabei sind, vermute ich, sie sind das Ziel der Wilderer.

Vince kommt keuchend neben mir zum Stehen. »Shit!« Er presst seine Lippen fest aufeinander und stemmt seine Hände in die Hüften. »Was'n das?«

»Na, was wohl!« Mit geballten Fäusten nähere ich mich der silberschimmernden Rasenfläche. Immer mal nehme ich einen der spindelförmigen Körper hoch und suche nach Lebenszeichen. Alle tot. »Wusst ich's doch.«

Die plattgedrückten Grashalme kämpfen sich langsam zurück in ihre Ursprungsposition. Ein deutliches Zeichen für die Nutzung riesiger, schwerer Netze. An manchen Stellen zeigen Abschürfungen der Grasnarbe, mit welcher Last der Boden gekämpft hat. Mit jeder Minute verschlimmert sich der Gestank und wir müssen etwas unternehmen.

Ich wähle die Nummer meiner Mutter. Nach zweimal Klingeln nimmt sie das Gespräch entgegen. »Was gibt's?«

»Vince und ich sind an der Badestelle.«

Meine Mutter seufzt. »Und?«

»Rate mal.« Den sarkastischen Ton kann ich mir einfach nicht verkneifen.

Es entsteht eine kurze Pause. »Bin gleich da.«

Ich schniefe verächtlich. »Ruf schon mal die Polizei, damit wir nicht so lange warten müssen.«

»So schlimm?«

»Glaubst du, ich ruf aus Spaß an?« Damit beende ich das Gespräch und stecke das Handy zurück in meine Hosentasche. Nie nimmt sie mich ernst.

»Was war'n das eben?«

Ich ziehe eine Augenbraue hoch. »Meine Mutter denkt, ich übertreibe.«

Es dauert eine Viertelstunde, bis meine Mutter mit unserem weißen Caddy vorfährt. Sie begrüßt Vince und die beiden kommen zu mir rüber. Bei dem Anblick, den die Frau Revierförsterin jetzt genießen darf, schlägt sie sich die Hand vor den Mund. Vielleicht wacht sie jetzt endlich aus ihrer Tiefkühlstarre auf.

»Na, hab ich zu viel versprochen?« Ich stecke meine Hände in die Hosentaschen und grinse sie provozierend an.

Sie reagiert nicht.

»Konnte Hartmut es noch nicht einrichten?«

Mit leicht heruntergezogenen Mundwinkeln wendet sie sich mir zu. »Er ist gleich da.«

Ich nicke in die Richtung des Waldwegs. »Da hinten sind Lkw-Spuren.«

»Das zeigen wir nachher der Polizei.« Sie tut nicht mal so, als ob sie das interessiert. Kopfschüttelnd starrt meine Mutter auf die hässliche Szene.

Kaum hat sie ausgesprochen, fährt der Einsatzwagen der Polizei in Schrittgeschwindigkeit in den Waldweg ein und die beiden Beamten hieven sich an den Haltegriffen aus ihrem Fahrzeug. Während sie auf uns zuschreiten, rümpfen sie ihre Nasen, denn der penetrante Fischgeruch löst fast einen Brechreiz aus und ich bin wahrlich nicht zimperlich. Noch extremer wird das Ekelgefühl durch hunderte von Schmeißfliegen, die mit ihren Leckrüsseln an den toten Fischen saugen und deren Surren zu einer enormen Lautstärke anwächst, als ob sie einem Rausch verfallen. »Hallo Frau Eickhoff.« Sie geben ihr die Hand.

»Herr Martin, Herr Schultz.«

»Das ist Ole, mein Sohn, und sein Freund Vincent.«

»Kumpel!«, verbessere ich und die Polizisten grinsen.

»Die beiden haben die Badestelle so vorgefunden und mich gleich informiert.«

Herr Schultz holt aus seiner Brusttasche einen kleinen, zerfledderten Notizblock, an dem ein angenagter Kugelschreiber klammert. Er lässt den Stift laut abschnappen und macht sich bereit zum Schreiben. »Wann habt ihr das hier entdeckt?« Während er spricht, wedelt er mit seinem Block vor seinem Gesicht umher, um die Viecher zu vertreiben, die auch mal an ihm rüsseln wollen.

»Ungefähr gegen dreiviertel zwölf.«

»Waren außer euch noch andere Leute hier?«

Vincent und ich schauen uns kurz an. »Lilly Möller ist hier langgejoggt.«

»Wer ist das?«

»Eine Mitschülerin aus der Achten.« Herr Schultz lacht überheblich und winkt ab.

»Sonst noch jemand?«

»Nein.«

»Ist euch etwas Besonderes aufgefallen?«, fragt diesmal Herr Martin.

Meine Mutter funkelt mich warnend an, doch den Wilderern muss das Handwerk gelegt werden.

»Gestern Abend sind hier Autos gewesen und drüben an der Angelstelle auch.« Ich zeige mit meiner linken Hand in die entsprechende Richtung, denn die Rechte halte ich als Fliegenschutz vor meine Nase.

Die Beamten reißen ihre Augen auf. »Und das weißt du, weil …?«

»Ich die Autos gesehen hab, naja, zumindest eins.«

»Und warum warst du so spät am See?«

»Weil ich einen Verdacht hatte.« Ich erzähle den Polizisten alles, was ich am gestrigen Abend beobachtet habe.

»Hast du dir das Nummernschild gemerkt?«

»Der Wagen hatte keins.«

Der Polizist schreibt etwas auf. »Hast du erkannt, was für ein Auto es war?«

»Nicht richtig, aber ich glaube ein silberner Skoda, ein Kombi.«

Die Beamten schmeißen sich vielsagende Blicke zu. »Gibt es noch etwas, was wir wissen sollten?«

»Nein.«

Herr Schultz tritt einen Schritt auf mich zu. »Die Ermittlungsarbeit überlässt du uns. Mit den Wilderern ist nicht zu spaßen. Sie sind skrupellos und gefährlich. In Priepert haben sie vor zwei Wochen einen Mann bewusstlos geschlagen.«

Vince sieht mich erschrocken an.

Herr Martin holt aus dem Einsatzwagen einen Fotoapparat und dokumentiert damit alles. Ich zeige ihm noch die Lkw-Spuren, die er ebenfalls mit der schwarzen Digitalkamera festhält. Währenddessen telefoniert Herr Schultz, um die Fischkadaver abtransportieren zu lassen.

Ich schätze, das Ganze dauert dreißig Minuten. Danach kommen die Beamten auf uns zu. »Wir haben alles aufgenommen und müssen nur noch auf das Entsorgungsfahrzeug warten.«

»Was passiert jetzt?«

»Montag besprechen wir alles auf dem Revier und dann sehen wir weiter.« Herr Schultz steckt seinen Notizblock zurück in seine Brusttasche.

Meine Nasenflügel beben. »Was ist, wenn die wiederkommen?«

Herr Martin klopft mir auf den Rücken. »Da kann ich dich beruhigen. Hier sind sie fertig.«

Ich hebe mein Kinn ein Stück. »Das ist ja wohl nicht der einzige See in der Gegend.«

»Ole, es reicht.« Meine Mutter sieht mich mit

wutverzerrter Miene an.

Ich fahre mir durch die Haare.

Auch wenn sie sagen, dass ich mich heraushalten soll: Ich verlasse die Badestelle und weiß bereits, was ich als Nächstes tue. Denn wenn ich mich nicht kümmere, werden die Wilderer wieder unbehelligt zuschlagen.

Kapitel 3 - Leo

Am nächsten Morgen stürmt mein Papa zu mir ins Zimmer und zerrt die Jalousie hoch. Die Sonnenstrahlen blenden mich und ich lege das Kissen über mein Gesicht. »Guten Morgen, Engel. In einer Viertelstunde gibt es Frühstück.«

Mein Papa wedelt mit dem Geschirrhandtuch vom Flur in mein Zimmer, damit ich die Rühreier riechen kann. Schmollend schiebe ich meine Lippen vor und tue, als wäre ich immer noch eingeschnappt.

»Komm schon, Leo. Sei nicht so zu mir.« Er stemmt seine Fäuste in die Hüften und das Handtuch hängt seitlich an ihm herunter wie eine Peitsche.

Dann schieße ich hoch und blinzle auf mein Handy. Ob ich eine Nachricht von David erhalten habe? Nichts. Zumindest mit einem Versuch, unsere Beziehung zu retten, hätte ich gerechnet.

Ich lasse mich zurück auf mein Kissen fallen. Das war es dann wohl mit uns. Beim Gedanken an David fühle ich mich komisch, ein bisschen, als fehle mir etwas, aber es macht mich zugleich wütend. Hätte er mir nicht sagen können, dass ich kein Talent habe? Nein, er erzählt es lieber der größten Lästerziege der Schule. Stef ist ja bekannt dafür, nie ein Sterbenswörtchen zu verraten. Ich muss überlegen, was ich jetzt mache. Wenn ich mich trotz aller Anstrengungen nicht weiterentwickle, sollte ich vielleicht mit Schach aufhören. Ich sehe, wohin es mich gebracht hat. Meine Beziehung ist kaputt, mein Zeugnis so schlecht wie noch nie, mir stehen die schrecklichsten Sommerferien überhaupt bevor und mit meinen Eltern liege ich im Clinch. Es ist die einzig vernünftige Lösung. Mit Schach ist ab sofort Schluss.

Ich quäle mich aus dem Bett.

Pünktlich nach fünfzehn Minuten pflanze ich mich auf meinen Platz. Meine Mama stürmt knapp nach mir in die Küche, küsst mich auf die Schläfe und setzt sich ebenfalls.

Pfeifend füllt mein Papa uns meine Leibspeise auf. Rührei mit Kräutern und Tomaten.

Ich schiebe mir eine übervolle Gabel in den Mund und genieße jeden Bissen. Die Schnittlauchstückchen drapiere ich mit meiner Gabel zu einem D.

Mein Papa plappert unaufhaltsam von unseren gemeinsamen Ausflugs-Plänen in den nächsten drei Wochen und meine Mama grinst die ganze Zeit. Als wir fertig sind, gehe ich in mein Zimmer und durchforste meinen Koffer, der ja eigentlich für Mallorca gepackt ist. Ein paar Klamotten müssen ausgetauscht werden, denn ich brauche unbedingt Jogginghosen und weniger Kleider. Außerdem muss ich mir etwas zum Lesen einpacken. Mein E-Reader liegt noch auf meinem Schreibtisch und ich hole ihn. Dabei fällt mein Blick auf meine Schachbücher und Hefte und ein sehnsuchtsvoller Drang, sofort alles an mich zu reißen, ergreift mich. Unentschlossen stehe ich davor, doch meine Entscheidung, mit Schach aufzuhören, habe ich bereits getroffen. Ich seufze. Meine Hand wandert wie verzaubert zu meinem Übungsheft, das ich fleißig führe, wenn David mit mir trainiert. Nur das eine, das wird mir schon nicht schaden, rede ich mir ein. Es verschwindet in null Komma nichts in meinem Rucksack und ich fühle mich schlagartig besser.

Nachdem ich alles Lebensnotwendige verstaut habe, setze ich mich an meinen Schreibtisch und plane den heutigen Tag grob durch. Das brauche ich für meine innere Ruhe. Dafür notiere ich mir einige Schlagwörter und geschätzte Uhrzeiten in meinem Buchkalender und muss mich am Ende damit zufriedengeben, denn eine genauere Planung ist heute einfach nicht drin.

Danach schließe ich den Reißverschluss meines Koffers, zerre ihn hoch und schiebe ihn in den Flur.

Mein Papa kommt gerade das dritte Mal die Treppe hoch und rollt mit den Augen. »Das wird eng im Auto.« Er beäugt mein riesiges Reiseutensil und rauft sich die Haare. Während er abschätzt, wie er alles verstauen kann, gesellt sich meine Mama zu uns. Ein Blick reicht und ich weiß Bescheid: Die gute Laune von heute Morgen ist verflogen. Ihre Mundwinkel hängen herab und ihre Nasenflügel sind aufgebläht. »Seid ihr dann auch soweit?«, giftet sie in unsere Richtung.

Ich schlucke und hoffe, es eskaliert nicht gleich wieder.

»Komm Schatz, gib mir deine Tasche und die Jacken und dann kann es losgehen.« Papa hält ihr die Hand hin.

»Und was ist mit Leopoldines Sachen?« Sie weist mit ihrem Kopf in die Richtung meines Koffers.

»Hol ich gleich. Du setzt dich bitte schon ins Auto, ja?« Sofort ist klar, was er damit bezweckt.

Dieses Schauspiel kenne ich schon seit meiner frühesten Kindheit. Der erste Urlaubstag ist immer der schrecklichste. Meine Mama ist gestresst vom Klamottenpacken und mault, weil wir ihr angeblich nie helfen.

Als sie durch die Tür geht, gibt mein Papa ihr einen Klaps auf den Po und sie schnaubt wütend. Er überhört das Geräusch, schnappt meinen Koffer und dann geht es los.

Während wir gerade erst den Hausflur verlassen, steht meine Mama bereits am Auto und fächert sich mit einer Hand Luft zu. Über meiner Oberlippe bildet sich ein Schweißfilm, den ich angeekelt wegwische.

Für ein paar Sekunden bleibe ich noch im Schatten des Wohnhauses stehen. Mit einem lauten Klicken springt die automatische Türverriegelung auf und erlöst meine Mama von ihren Qualen. Seit ein paar Wochen kämpft sie mit Hitzewallungen, die durch das Wetter noch verschlimmert werden. Jetzt trotte auch ich zum Wagen und steige hinten ein. Sie haben sich letztes Jahr einen Kombi in einem klassischen Rotmetallic gekauft und es riecht immer noch nach Neuwagen. Ich lümmle mich in meinen Sitz, stecke mir die Stöpsel meines iPods in die Ohren und schließe die Augen.

Mein Papa schmeißt den Motor an und wir fädeln uns in den stockenden Berufsverkehr ein. Samstags ist es zwar nicht so schlimm wie werktags, dafür kommt heute der Ferienbeginn dazu.

Irgendein Uralt-Hit brüllt uns aus dem Radio an. Um einen Brechreiz zu verhindern, regle ich die Lautstärke meines iPods nach oben und presse meine Stirn zur Abkühlung an die Autoscheibe. Die Klimaanlage braucht ewig, um auf Hochtouren zu laufen.

Nach ein paar Minuten erreichen wir die Stadtautobahn und bewegen uns wie in einem Schwarm bunter Fliegen in Richtung Ostsee. Es dauert nicht lange, bis wir in Oranienburg auf die B96 fahren und von hier vergeht die restliche Stunde bis nach Neustrelitz wie im Fluge.

Die prachtvollen Alleebäume biegen sich schützend über die Straße, so dass es nur vereinzelt ein Sonnenstrahl hindurchschafft. Das intensive Grün schmeichelt meinen Augen und ich denke an die vielen Spaziergänge, die ich zusammen mit meinen Großeltern hier unternommen habe. Ich fahre meine Scheibe ein Stück herunter, um die frische Waldluft zu riechen und es ist fantastisch, nach der bedrückenden Enge Berlins.

Das kleine Dorf Papiermühle liegt eingebettet in einen riesigen Nadelwald, der zur Feldberger Seenlandschaft gehört und unter Naturschutz steht. Gleich hinter dem Ortseingangsschild steht das kleine, weiße Häuschen, in dem ich einen großen Teil meiner Kindheit verbracht habe.

Beim Aussteigen nehme ich diesen mir so gut bekannten, leicht erdigen Geruch nach Wald wahr und atme tief ein. In den Baumkronen rauscht sanft der Wind. Zwischen den Häusern erhasche ich einen Blick auf den Schliesee. Sofort habe ich Bilder vor Augen, wie mein Opi mir in diesem See das Schwimmen beigebracht hat. Wie lange bin ich eigentlich nicht mehr hier gewesen und habe meine Großeltern besucht?

»Ist das nicht schön?« Mein Papa stellt sich neben mich, legt mir seinen Arm um die Schultern und ich lehne meinen Kopf an seinen Brustkorb.

»Kommt ihr endlich?« Meine Mama läuft wieder zu ihrer Höchstform auf.

Ich schleudere mir meinen Rucksack über die Schulter, schnappe mir eine Reisetasche und gehe durch die Vordertür ins Haus.

Sie schießt direkt durch in die Küche und setzt Kaffee an.

Gleich rechts hinter der Schlafzimmertür führt eine helle Holztreppe nach oben, an die ich mich nicht erinnern kann. Einen kurzen Augenblick benötige ich, um mich zu orientieren. »Was ist denn das?«

Meine Eltern werfen sich verräterische Blicke zu. »Geh doch mal nachsehen.«

Das lasse ich mir nicht zweimal sagen. Ruckzuck ziehe ich meine Schuhe aus, stelle die Tasche ab und husche die Stufen hoch.

Unter dem Dach ist ein neues Zimmer eingerichtet. Mein altes Jugendbett steht rechts an der Wand mit dem dazugehörigen kleinen Nachttisch. Sogar meine grün-lila Bettwäsche mit Schmetterlingen ist aufgezogen. Mein ehemaliger Schreibtisch befindet sich unter der Dachschräge und die beiden kleinen Sideboards schließen auf der gegenüberliegenden Seite bündig mit dem Drempel ab. Das Buchenholz passt perfekt in diese helle Atmosphäre. Und ich hatte gedacht, die Möbel sind entsorgt worden.

Gerade will ich die Treppen runterpreschen, da stehen meine Eltern neben mir. »Schön, oder?«

»Schön? Das ist unbeschreiblich. Seit wann …?«

Weiter komme ich nicht, denn mein Papa spricht dazwischen.

»Opa und ich haben hier im vorletzten Herbst und Winter ausgebaut.« Er zieht überall die Jalousien hoch. »Er hat immer gehofft, dass du mal wieder mit herkommen würdest.«

Oh Gott, ich hätte echt mal wieder mitkommen sollen. Ganz fest umarme ich ihn.

»Wir lassen dich jetzt erstmal in Ruhe auspacken.« Meine Mama steigt vor meinem Papa die schmale Treppe hinunter. Ich bestaune mein neues Reich und räume meine Klamotten in die Kommoden.

Es dauert nicht lange und meine Eltern streiten heftig über alle möglichen Kleinigkeiten. Da habe ich jetzt echt keinen Bock drauf, es verdirbt mir die Laune.

Ich werfe mir meinen Rucksack über, fülle mir einen Coffee-to-go in einen Pappbecher mit Plastikdeckel und verlasse unbemerkt das Haus. Draußen lege ich meinen Kopf in den Nacken, sehe zu den Baumwipfeln und überlege für ein paar Sekunden, wo ich jetzt hingehe. Früher gab es eine kleine Holzbrücke über den Kanal vom ersten zum zweiten See und ich beschließe nachzusehen, ob dieses idyllische Plätzchen noch existiert.

Ich begebe mich auf den sandigen Waldweg, der hinter dem Bungalow verläuft. Es riecht herrlich nach Harz. Vögel zwitschern fröhlich und jagen durch die Äste der alten Bäume.

Nach ein paar Metern kommen mir zwei Herren entgegen. Ein kleiner, stämmiger mit hellen, kurzen Haaren und ein großer, schlanker mit Platte. Zuerst überlege ich, was die hier wollen, aber zumindest der Große sieht wie ein typischer Schreibtischhengst aus. Nur Spaziergänger, harmlos.

Ich lächle sie freundlich an, aber sie reagieren nicht. Sie sind vertieft in ihr Gespräch. Beim Vorbeigehen höre ich, wie der Kleine fragt: »Wie steht's mit dem Angelverein? Bist du schon weiter?«

»Ich bin dran«, antwortet der andere mit einer merkwürdig rauen Stimme.

Hätte nicht gedacht, dass es schwer ist, in einen Angelverein einzutreten. Beim Schachclub gab es keine großen Hürden.

Die Männer gehen an mir vorbei und beachten mich nicht.

Ich folge der Abbiegung, die meines Erachtens zu meinem Ziel führt, und freue mich, als ich tatsächlich nach ungefähr fünfzig Metern eine Lichtung erreiche.

Mein Weg führt mich einen schmalen Pfad an einer hölzernen Umzäunung entlang. An beiden Seiten wuchern Brennnesseln, die zum Teil größer sind als ich. Der Untergrund wird immer matschiger, je weiter ich mich dem Kanal nähere. Und dann entdecke ich endlich die Brücke.

Ich steige die drei Stufen hinauf, bleibe in der Mitte stehen und stütze mich mit den Unterarmen auf das Holzgeländer. Das Wasser fließt seicht dahin und kleine Fische schnappen an der Oberfläche nach Luft. Ich beschließe, für eine Weile hierzubleiben, setze mich auf eine Stufe, stelle meinen Coffee-to-go neben mich und öffne meinen Rucksack. Auf der Suche nach meinem Buchkalender halte ich beim zweiten Versuch das Objekt meiner Begierde in der Hand. Auf der Seite des heutigen Tages stehen ein paar Stichpunkte und ich begutachte meine Aufzeichnungen. Warum schreibe ich mir überhaupt jeden Tag einen Zeitplan? Ich rede mir immer ein, sonst meine vielen Hobbys und Kurse nicht zu schaffen oder den Überblick zu verlieren, aber ist es das tatsächlich? Wann habe ich eigentlich damit begonnen? Ich kann mich nicht genau erinnern. Besonders intensiv betreibe ich es jedoch, seitdem ich mit David zusammengekommen bin. Ich weiß, wie wichtig es ihm ist, eine intelligente und erfolgreiche Freundin zu haben, und sehnte mich nach den anerkennenden Blicken, die er anderen Mädchen im Schach schenkt, wenn die ein Turnier gewonnen haben. Bis jetzt habe ich mir eingebildet, auch irgendwann mal auf dem obersten Treppchen zu stehen und in diesen Genuss zu kommen. Diese Hoffnung habe ich nun begraben.

Ich stecke meinen Kalender zurück, trinke einen Schluck Kaffee und halte mein Gesicht ein paar aufdringlichen Sonnenstrahlen der späten Nachmittagssonne entgegen.

Während ich mich auf das lustige Vogelgezwitscher, das beruhigende Blätterrauschen und das sanft dahinplätschernde Wasser konzentriere, versuche ich abzuschalten. Doch meine Gedanken haben sich zu einem unentwirrbaren Knäuel verheddert. Am schlimmsten sind die vielen Schachstellungen, die sich ständig in den Vordergrund drängen, echt egoistisch. Ich halte es einfach nicht aus.

Etwas ungeduldig ziehe ich mein Übungsbuch heraus, schlage es auf und blättere darin. Es ist endgültig vorbei. Mein Traum vom Schach ist geplatzt und ich habe begriffen, dass ich dafür nicht geeignet bin. Um mit der Sache abzuschließen, muss ich mich von meinem größten Schatz trennen.

Ratsch! Ich halte die erste Seite in der Hand.

Einfach zerknüllen und wegwerfen wäre zu einfach. Aus diesem Grund zerkleinere ich es in zwei Zentimeter breite Streifen, doch bei jedem Millimeter zucke ich zusammen, denn das Blatt scheint mit meinem Herzen verbunden zu sein. Aber ich schaffe es. Dann zerlege ich die Streifen in kleine Quadrate, bis ein Haufen auf meinem Schoß liegt. Ich lasse die Papierschnipsel durch meine Finger rieseln. Es fühlt sich endgültig an und ich muss es akzeptieren.

Durch meinen tränenverschleierten Blick sehe ich auf das Blatt, das als Nächstes dran ist. Auf diese Seite hat David mir einen Hinweis geschrieben. Damit ich es durch die Tränen sehen kann, muss ich blinzeln, aber der Sachverhalt bleibt der Gleiche. Ich gehe es einmal, zweimal, dreimal durch. Dann schüttle ich mich und beginne nochmal von vorn. Was ist denn das für ein Quatsch? Das stimmt doch überhaupt nicht. Ich schlage um und lese weiter. Auch dort gibt es Fehler in den Strategien, die ich mir aufgeschrieben habe, doch ich weiß genau, David hat sie mir diktiert.

Es ist, als schütte jemand einen Eimer mit eiskaltem Wasser über mir aus. Kann das sein? Hat mir David mit Absicht etwas Falsches beigebracht? Habe ich es durch meine rosarote Brille nicht erkannt? So dämlich kann nicht mal ich sein.

Ich verabschiede mich doch noch nicht von meinem Block. Sobald ich David sehe, werde ich ihm das Ding um die Ohren schlagen. So ein Arsch. Von wegen talentfrei.

Dann blättere ich eine besonders schwierige Variante des Endspiels auf und beginne die Fehler zu korrigieren, da knackt es laut hinter mir. Mein Kopf schnellt herum und ich scanne alles ab. Nichts zu sehen. Vielleicht höre ich schon Waldgeister? Ich widme mich wieder meiner Aufzeichnung, als es erneut knackt. Mein Kopf fährt herum. Wieder nichts. Jetzt wird mir ein wenig mulmig und ich packe das Heft ein, während ich die Umgebung im Auge behalte. Mit meinem Rucksack kämpfe ich mich durch das Gestrüpp zurück. Mit forschem Schritt eile ich zum Hauptweg und atme erleichtert durch, als ich diesen erreiche. Unauffällig blicke ich über meine Schulter und zum Glück ist weit und breit niemand zu sehen. Mist! Ich habe meinen Coffee-to-go stehenlassen. Und nun? Mein schlechtes Gewissen meldet sich wegen des nicht entsorgten Abfalls, aber auf keinen Fall gehe ich dorthin zurück.

Nach ein paar Minuten Fußmarsch betrete ich den Bungalow und wundere mich über die seltsame Stille. Normalerweise streiten sich meine Eltern den gesamten ersten Urlaubstag. Ich schaue in allen Räumen nach, doch sie bleiben verschollen. Plötzlich vernehme ich das Lachen meiner Mama. Sie haben sich einen kleinen Tisch und Stühle auf die Freifläche neben dem Bungalow gestellt und quatschen.

»Na, ihr zwei?«

»Na, du eine? Wo hast du dich denn rumgetrieben?« Meine Mama kneift ihre Augen zusammen, denn die letzten Sonnenstrahlen blenden sie.

»An der Waldbrücke. War echt schön.«

Auf dem dunkelgrauen Metalltisch stehen zwei leere Teller, bei deren Anblick mein Magen laut knurrt. »Habt ihr schon gegessen?«

»Ja, aber komm zu uns und setz dich. Ich bediene dich, Prinzessin.« Mein Papa steht auf und ich gehe von der Terrasse zu ihnen hinunter. »Das nenn ich Service.« Als er an mir vorbeikommt, klopfe ich ihm auf den Po. »Ein bisschen schneller, bitte.«

Mein Papa beschleunigt. »Jawohl, Mylady, Ihr Wunsch ist mir Befehl.«

Nach fünf Sweet Peppercaps, mindestens genauso vielen Oliven und einer frischen Mischbrotstulle stelle ich meinen leeren Teller zurück auf den Tisch. Rund und satt hänge ich in meinem Stuhl. Man merkt gar nicht, wie die Zeit verfliegt, allerdings brennt auf unserem Tisch mittlerweile eine Kerze und um uns herum ist es fast dunkel.

Gerade als ich nachschauen will, ob ich eine Nachricht von Isa oder David habe, fällt mir auf, dass mein Handy noch im Auto liegt. Ich bitte meinen Papa mir die Autoschlüssel zu geben und renne hinter den Bungalow zur Parkfläche, denn die Mücken piesacken mich regelrecht. Nachdem das Schloss entriegelt ist, wühle ich auf der Rücksitzbank nach meinem Smartphone. Das Innenlicht des Wagens reicht nicht aus, und mir bleibt nichts anderes übrig, als die Polsterung abzutasten.

Endlich halte ich es in meinen Händen, werfe die Autotür zu und drücke den Knopf für die automatische Türverriegelung. Genau in diesem Moment durchbricht ein lautes Knacken die Stille. Ich wette, es war nicht einmal zehn Meter von mir entfernt. Als ich stumm in diese Richtung schaue, knackt es erneut und ich meine, Schritte zu hören. Mein Herz schlägt mir bis zum Hals und ich renne los.

»Du bist ja ganz blass. Hast du ein Gespenst gesehen?« Mein Papa lacht mich provozierend an, als ich die Haustür hinter mir schließe.

»Nicht gesehen, sondern gehört.« Ich hechle immer noch schnell und flach.

»Wieso? Was war?«

»Als ich gerade am Auto war, hat es hinter mir voll laut geknackt und ich glaube, ich habe Schritte gehört.«

»Ach, Schatz.« Er kommt auf mich zu und legt mir seine Hände auf die Schultern. »Das war bestimmt ein Reh oder ein Wildschwein.«

»Ja, kann sein.« Trotzdem habe ich das Gefühl, da war jemand.

Nachdem ich mich gewaschen und mir die Zähne geputzt habe, steige ich die Treppe hoch und kuschle mich in mein Bett. Nach genau zwei Sekunden strample ich mir die Decke runter, denn es ist so was von heiß hier oben.

Ich drücke die Home-Taste meines Handys und wundere mich über nur eine einzige Nachricht. Als ich aber den Empfangsbalken sehe, erklärt sich, wieso. Um die Nachricht zu öffnen, muss ich die wildesten Verrenkungen machen. Mit ausgestrecktem Arm und auf einem Bein stehe ich auf meinem Bett wie ein Wetterhahn auf dem Dach. Doch meine Mühe wird belohnt und ich bin überrascht, dass David der Absender ist. Ich rechne fest mit einer Entschuldigung. Doch es trifft mich wie ein Schlag.

<Glaubst du, du findest einen Besseren?>

Mir schnürt sich die Kehle zu und ich starre völlig schockiert auf mein Display. Sofort schreibe ich Isa eine Nachricht, doch wegen des schlechten Empfangs kann ich nicht senden. Was ist David nur für ein selbstverliebtes Arschloch?

Ich liege sehr lange wach und denke über alles Mögliche nach. Obwohl ich weiß, dass er mich schlecht behandelt hat und ich froh sein kann, ihn los zu sein, plagt mich die Angst. Vielleicht finde ich wirklich keinen Besseren?

Kapitel 4 - Ole

Hartmut, der Kollege meiner Mutter, kommt mir im Schlenderschritt entgegen. Er ist groß und schlank. »Hallo Ole.«

»Hartmut. Du hier?« Meine Antwort trieft nur so vor Sarkasmus, aber ich kann mich nicht zurückhalten. Er kennt mich seit Ewigkeiten und weiß um mein besonderes Engagement für die Natur. Zumindest sagt er, er wünscht sich, sein Sohn wäre wie ich.

»Wie meinst du das? Deine Mutter hat mich doch angerufen, ich soll herkommen.« Er kratzt seine glänzende Glatze und ist sich offensichtlich keiner Schuld bewusst.

Was für ein Blitzmerker. »Vor zwei Stunden vielleicht.«

Irritiert sieht er mich an. »Ist alles gut bei dir?« Dann rümpft er seine Nase. »Und was stinkt hier so?«

Ich weise mit meinem Arm in die Richtung, aus der ich komme. »Immer geradeaus.«

Als ich bei Vince ankomme, schnappe ich mein Fahrrad, schwinge mich auf den Sattel und trete ordentlich in die Pedale. Meine Wut muss irgendwie raus. Die Polizisten behandeln mich wie einen kleinen Jungen, meine Mutter nimmt mich nicht ernst und an Hartmut läuft das Leben vorbei. Glauben die Beamten ehrlich, ich höre auf sie?

Als ich auf unser Grundstück fahre, ist mein Vater glücklicherweise nicht in Sichtweite. Ich stelle mein Bike an die Hauswand und schleiche in die Garage unter der Veranda. Zuerst stopfe ich eine alte, braune Wolldecke in meinen Rucksack, dann sicherheitshalber drei Taschenlampen und zum Schluss das Nachtsicht-Fernglas. Schnell schlüpfe ich in meine Angelklamotten, pirsche wieder zu meinem Fahrrad und verschwinde in Richtung Wald.

Heute erkunde ich den zweiten See, denn der ist bestimmt als Nächstes dran. Rundherum steht nirgends ein Haus, also ist er ideal für Wilderer. Nachdem ich ein paar Meter dem Waldweg gefolgt bin, fahre ich eine kleine Böschung zu den Landbootschuppen der Bungalowsiedlung hinunter und schließe mein Fahrrad an. Von dort schlage ich mich zu Fuß durchs Dickicht bis zum Kanal, der den ersten und den zweiten See verbindet. Ich wandere am Ufer entlang, bis ich mein Ziel erreiche. Eigentlich heißt das Gewässer *Hinterer See*, doch die Anwohner nennen ihn seit jeher den *zweiten See*.

An einer gut zugänglichen Angelstelle, von wo aus ich den gesamten See überblicken kann, breite ich meine Decke aus und ordne meine mitgebrachten Utensilien.

Mein Gefühl sagt mir, in den nächsten Tagen wird hier was passieren.

Als Sichtschutz für meinen Beobachtungsposten besorge ich mir ein paar lange Äste mit Blattwerk. Nachdem ich alles zusammengepfriemelt habe, schaue ich auf den See und erfreue mich an quirligen Haubentauchern.

Ich entschließe mich, noch ein Stück zu gehen und nach dem Rechten zu schauen. Vorsichtig nähere ich mich der Biberburg. Was war das damals für ein Hochgefühl, als wir festgestellt haben, dass der Biber sich wieder angesiedelt hat. Zwar jammern alle über die Schäden, die er anrichtet, doch bis jetzt hält es sich in Grenzen, nur der ein oder andere umgenagte Baum.

Wieder wandere ich am Kanal entlang. Gelbe Sumpfdotterblumen, wildwachsende Erdbeeren und blaue Wieseniris zieren den Uferbereich, neben Brennnesseln, Gräsern und Schilf.

Von Weitem erkenne ich die alte Holzbrücke, die über den Kanal führt. Ich kann mich nicht erinnern, wie oft ich schon dort gesessen und versucht habe, diesen Ort zu zeichnen, ohne auch nur ein Detail zu vergessen. Doch heute ist irgendetwas anders.

Ich bleibe stehen und mustere den gesamten Bereich. Plötzlich schnellt wieder etwas in das perfekte Bild. Beim genaueren Betrachten erkenne ich lange, rötliche Locken. Habe ich doch richtig gelegen. Zwar dachte ich nicht, dass die schon am helllichten Tag ihre Späher aussenden, aber egal, einen von denen kann ich bald identifizieren – ich meine natürlich eine. Mich wundert zwar die weibliche Beteiligung, denn die meisten Mädels ekeln sich vor Fisch, aber dann fällt mir ein, auch Lilly ist eine begeisterte Anglerin.

Fest steht, ich muss dichter ran. Erschrocken taste ich meine Brusttaschen ab, atme dann aber erleichtert auf, als ich die Kanten meines Notizbuchs und einen Stift fühle.

Tief geduckt schleiche ich von einem Baum zum nächsten. Dabei achte ich auf umherliegende Äste.

Bis jetzt kann ich noch nicht erkennen, was das Mädchen dort macht. Das heißt, ich muss noch ein Stück dichter ran.

Langsam wird es gefährlich, denn wenn sie aufmerksam wäre, und das sollte sie als Spionin, dann könnte sie mittlerweile meine Schritte hören.

Offensichtlich konzentriert sie sich aber auf andere Dinge, was mir zugutekommt. Wie dämlich müssen die Wilderer sein, so eine Dummbratze zu schicken. Die bekommt ja gar nichts mit. Innerlich schütte ich mich aus vor Lachen und halte mir die Hand vor den Mund, um nicht loszuprusten. Wartet ab, Freunde, euch krieg ich.

Inzwischen sitze ich auf einem Baumstumpf, der geschützt hinter einer dicken Ulme aus der Erde ragt. Von hier aus habe ich einen fantastischen Blick. Ich hole mein Notizbuch und den Kuli heraus und zeichne die Umrisse des Mädchens auf die nächste leere Seite.

Sie steht in der Mitte der Brücke und lehnt sich mit ihren Unterarmen auf das Holzgeländer. Ihre rötlichen Locken hängen ihr über die Schulter und ähneln der Fellfarbe von Flitzi. Auch sonst erinnert sie mich irgendwie an unseren Kleinen, doch ich kann nicht genau sagen, warum. Die kurze Nase, die großen, runden Augen und die schön geschwungenen Lippen, echt süß. Ich schlucke und verbiete mir auf der Stelle so schnulzige Gedanken. Was ist denn in mich gefahren? Sachlichkeit ist jetzt gefragt. Mit den Klamotten, die sie trägt, weist sie sich außerdem als typische Großstadt-Tusse aus, hellblaue Hotpants und ein weit ausgeschnittenes Shirt mitten im Wald. Wahrscheinlich hat sie noch nie was von Zecken und Bremsen gehört. Aber mit der Figur kann sie es sich leisten. Ole, jetzt ist aber Schluss!

Ich versuche mich nur noch auf meine Zeichnung zu konzentrieren. Plötzlich setzt sie sich in Bewegung, bevor das Bild fertig ist. So ein Dreck. Um einen letzten Blick zu erhaschen, beuge ich mich vor und genau in diesem Moment bricht ein kleiner Stock unter meinem Fuß. Ihr Kopf schnellt hoch und mein Oberkörper zurück. Was bin ich nur für ein Tollpatsch.

Noch einmal wage ich einen Versuch und es knackt wieder heftig unter meinem Fuß. Das darf doch wohl nicht wahr sein. Ihr Kopf schießt in die Höhe und sie fasst ihre Umgebung ins Auge. Ich lehne mich weit nach hinten. Eigentlich darf sie nichts gesehen haben, packt dann aber alles in ihren Rucksack und verschwindet übereilt.

Als sie außer Sichtweite ist, gehe ich den kleinen, ausgetrampelten Pfad zur Brücke und auf den ersten Blick bestätigt sich mein Eindruck: Großstadt-Tusse. Hat die hier wirklich ihren Müll stehenlassen? Ob sie eine Ahnung hat, was so ein Zeug für eine Verletzungsgefahr für Tiere darstellt? Ich schäume fast vor Ärger und grapsche nach dem Becher. Den entsorge ich nachher zu Hause. Mit einem Mal kommt mir eine Idee. Ich wette, die kommt nochmal hierher. Bestimmt nicht heute, aber wenn, dann erlebt sie eine große Überraschung. Die nächste freie Seite in meinem Skizzenheft muss dran glauben. In großen Buchstaben schreibe ich einen Kommentar.

Mit langen Schritten springe ich über Äste und Sträucher, denn ich weiß nicht genau, ob die Tusse nicht doch gleich nochmal zurückkommt, um ihren verdammten Kaffeebecher zu holen. Ich reiße den Zettel aus meinem Notizbuch und hämmere diesen mit einer Reißzwecke am Holzgeländer der Brücke fest. Das Ende der Taschenlampe muss dabei als Werkzeug herhalten, doch ich höre schnell damit auf, weil es ziemlich laut ist und durch den Wald hallt. Zufrieden betrachte ich mein Werk und spüre jetzt eine gewisse Vorfreude. Die werden ihr blaues Wunder erleben.

Langsam fehlt der Sonne die Kraft, das Blattwerk zu durchdringen, und ich schlendere zurück zu meinem Lager.

Im Schneidersitz beobachte ich den gesamten Uferbereich, doch alles ist ruhig. Dann nehme ich eine leichte Bewegung im Wasser wahr, die mir ein breites Grinsen aufs Gesicht zaubert. Ich erkenne einen ausgewachsenen Biber und zwei Biberjunge. Wie lange hat es das hier schon nicht mehr gegeben. Gefühlte hundert Male fotografiere ich die drei mit meinem Smartphone. Sind die niedlich! Ich kann mein Glück kaum glauben und meine Mutter wird erst Augen machen. Wenn sie fragt, warum ich mich hier herumgetrieben habe, erzähle ich ihr einfach, dass ich zufällig auf die Tiere gestoßen bin. Eine kleine Sensation in ihrem Revier.

Nochmal nehme ich mir mein Notizbuch zur Hand, um meine Beobachtungen aufzuschreiben. Wichtig sind das Datum, die Uhrzeit und dann ein paar Stichpunkte, damit es valide ist. Beim Zuschlagen des Büchleins erhasche ich einen Blick auf meine Zeichnung und muss sie einfach erneut ansehen. Ich kann mir gar nicht vorstellen, dass das Mädchen was mit den Wilderern zu tun hat. Sie ist so unaufmerksam und scheint überhaupt nicht interessiert an möglichen Stellen, wo sie an den See gelangen können. Vielleicht soll sie aber auch nur beobachten, wie oft hier jemand vorbeikommt? Richtig schlüssig ist das alles nicht.

Langsam verschwindet die Sonne hinter den Bäumen und die Dämmerung setzt ein.

Ich hole mein Nachtsicht-Fernglas heraus, drehe mich damit auf den Bauch und observiere das Ufer.

Nachdem ich ungefähr eine Stunde in dieser Position gelegen habe, ohne etwas Erfolgversprechendes ausgemacht zu haben, entschließe ich mich zu gehen.

Meinen Rucksack werfe ich mir schwungvoll auf den Rücken, schalte die Taschenlampe an und breche auf.

Als ich endlich den Hauptweg erreiche, atme ich erleichtert aus, denn hier läuft es sich angenehmer. Unter meinen Schuhen knirscht leise der Sand und ich muss nicht jeden meiner Schritte bedenken.

Von Weitem sehe ich die ersten Lichter der Bungalowsiedlung. Es dauert auch nur ein paar Minuten, bis ich mein Bike gefunden habe und den Anstieg hochschiebe. Ich muss zweimal hinsehen, um es zu glauben. Bei Krögers brennt Licht, zwar nur spärlich, aber sie müssen mal wieder hier sein. Ganz besonders freue ich mich auf den alten Herrn. Ob ich gleich mal vorbeisehe?

Lieber nicht, sonst jage ich ihm und seiner Frau noch einen Riesenschrecken ein. Die rechnen doch zu dieser Uhrzeit nicht mehr mit Besuch.

Trotzdem steuere ich auf den Bungalow zu. Tatsächlich. Sie sitzen auf ihrer kleinen Freifläche und eine Kerze spendet ihnen Licht. Moment mal, das sind nicht die Krögers.

Drei Personen lehnen in ihren Stühlen und quatschen. Plötzlich stehen sie auf und räumen ab. Ich strecke meinen Hals, um besser sehen zu können, denn das Kerzenlicht reicht nicht aus und ich kann schlecht mit meiner Taschenlampe in die Richtung leuchten. Das Mädchen von vorhin ist dabei.

Gerade will ich mich auf den Heimweg begeben, da rennt sie aus dem Bungalow zum Auto. In dem Moment, als sie das Schloss entriegelt, dreht sich mein Vorderrad ein, das Fahrrad rutscht an meiner Hüfte runter und es knackt laut, als es auf den Boden fällt. So ein Dreck.

Das Mädchen hält inne, doch nur ein paar Sekunden. Dann wühlt sie weiter im Auto. Bevor sie mich noch entdeckt, will ich mich unauffällig vom Acker machen, doch ich kann mein Bike nicht greifen. Ich mache einen Schritt nach vorn. Wieder durchbricht ein geräuschvolles Knacken die Stille. Heute ist wohl mein Glückstag. Augenblicklich hebe ich das Fahrrad an und trage es leise aus dem Wald, während sie das Auto verriegelt und wie der Wind ins Haus huscht.

Auf der Straße schwinge ich mich auf mein Mountainbike und radle nach Hause. Meine Eltern schlafen bereits, zumindest brennt nirgends Licht. Diesmal stelle ich meinen fahrbaren Untersatz in die Garage. Nachdem ich von innen abgeschlossen und meine schmutzigen Klamotten ausgezogen habe, gehe ich durch den Keller nach oben.

Innerhalb von ein paar Minuten dusche ich, putze mir die Zähne und schleiche lautlos in mein Zimmer, wo ich mich sofort ins Bett schmeiße.

Ich liege auf dem Rücken und versuche zu schlafen, doch mich beschäftigt noch immer das Mädchen. Ob sie wirklich als Spionin für die Wilderer fungiert?

Meine innere Unruhe treibt mich wieder hoch und ich schalte die Schreibtischlampe an. Aus meinem Rucksack hole ich mein Handy und mein Notizbuch.

Da meine Erinnerungen noch ziemlich gut sind, entscheide ich mich, die Skizze auf ein größeres Blatt zu übertragen. Vielleicht benötigt die Polizei es irgendwann als Fahndungsfoto. Völlig vertieft in die Konturen des Gesichts, bemerke ich nicht, wie sich meine Tür einen Spalt breit öffnet.

Als Rieke urplötzlich in mein Zimmer rennt und sich neben mich stellt, zucke ich zusammen und lege sofort meinen Arm über die Zeichnung.

Mit ihrer krächzenden Stimme fragt sie mich: »Was machst du da?«

»Ein paar Notizen.« Unauffällig schiebe ich mich vor die Arbeitsfläche, damit mein Oberkörper alles verdeckt. »Ich hab heute einen Biber mit zwei Babys gesehen.«

Rieke reißt die Augen auf. »Was? Zeigst du sie mir auch?«

»Aber nicht mehr heute. Jetzt ist Schlafenszeit.«

Rieke versucht, um mich rumzugucken. »Malst du die?«

»Ich versuch's.«

Sie legt ihre Hände flehend zusammen. »Bitte, bitte, Ole, zeig sie mir.«

»Nein, erst wenn ich mit meiner Zeichnung zufrieden bin. Schnell ins Bett mit dir.«

Rieke trippelt zur Tür. »Bringst du mich?«

Ich lächle und schleiche hinter ihr her. Plötzlich schießt sie an mir vorbei, zurück in mein Zimmer. Dieses kleine Biest. Natürlich bin ich zu spät und sie starrt auf meine Zeichnung. »Das ist aber ein komischer Biber.« Erhobenen Hauptes marschiert sie an mir vorbei, schnurstracks in ihr Zimmer.

Dann räume ich auf und verstaue alles auf meinem Kleiderschrank, damit es niemand findet.

Gerade habe ich mich in mein Bett gelegt, als mich ein mir bekanntes Geräusch aus meinen Gedanken reißt.

Mit fast hundertprozentiger Wahrscheinlichkeit wette ich, dass eben Vincent mit seiner Schwalbe hinten aus dem Waldweg in Richtung Neustrelitz gefahren ist. Ich gucke auf mein Handy, ob er versucht hat mich zu erreichen, aber es zeigt nichts an.

Bestimmt fährt er wieder ins VZ. Aber warum nimmt er dann den Umweg durch den Wald, anstatt an meinem Haus vorbeizufahren? Irgendetwas verheimlicht mir mein bester Kumpel.

Kapitel 5 - Leo

Am nächsten Morgen stopfe ich mein Brötchen in Lichtgeschwindigkeit in mich rein und trinke meinen Matcha-Tee auf ex, denn ich habe beschlossen, meinen Eltern heute ihre Privatsphäre zu lassen. Mit meinem Handy und meinem Rucksack verlasse ich den Bungalow.

Mir wird zwar etwas mulmig, als ich an gestern denke, entscheide mich jedoch wieder für die kleine Waldbrücke und stiefle los. Heute trage ich eine lange, schwarze Jogginghose und ein enges Tanktop in Anthrazit. Letzteres mag ich besonders, weil es figurbetont ist und der Stoff angenehm auf der Haut. Meine Füße stecken in meinen Lieblingsturnschuhen, als Schutz vor Ungeziefer und Fröschen. Allein beim Gedanken, ich könnte mit so einem grünen Viech in Berührung kommen, schüttle ich mich.

Ich puste kräftig aus, denn irgendwie ist es stickig und tut meinem Kreislauf nicht gut. Kein einziger

Luftzug ist zu spüren, aber der Wetterbericht hat auch einen besonders heißen Tag angesagt.

Endlich erreiche ich die Pferdekoppel. Von hier ist es nur noch ein Katzensprung. Völlig konzentriert auf den matschigen Weg, gucke ich erst hoch, als die erste Holzstufe vor meinen Turnschuhen erscheint. Was ist das? Am Brückengeländer hängt ein weißer Zettel, auf den jemand etwas gekritzelt hat. Vielleicht darf die Brücke nicht mehr betreten werden?

Meine Neugier treibt mich an, doch als ich erkenne, was darauf gemalt ist, wünsche ich mir, ich hätte besser nicht nachgesehen. Schnell drehe ich mich in alle Richtungen, so dass meine Haare wild um meinen Kopf fliegen. Niemand ist zu sehen, aber gestern ja auch nicht. Mein Herz hämmert und ich überlege.

Na klar, das Knacken. Jemand hat mich beobachtet. Er muss mir ganz schön nahegekommen sein, um mein Gesicht so detailgetreu zu zeichnen. Darüber prangt in großen Buchstaben das Wort TIERQUÄLERIN. Was soll der Mist? Als ob ich irgendeinem Tier etwas zu Leide tun würde.

Mit einem lauten Ratsch reiße ich den Zettel ab, drehe mich um und eile die Stufen hinunter.

Wie aus dem Nichts springt jemand vom Baum, landet nur wenige Zentimeter vor mir und versperrt den Weg. Ich schreie wie am Spieß. Zeitgleich hüpfe ich vor Schreck zurück, bleibe an einem wildwuchernden Himbeerzweig hängen und stürze rücklings in die mannshohen Pflanzen auf den feuchten Untergrund. Das Gestrüpp tut sich über mir zusammen, als hätte es mich verschluckt. Gestrüpp? Uahh, ich meine Brennnesseln, überall diese grässlichen Dinger und es pikt und brennt.

Plötzlich schießt ein Arm durch mein Blätterdach. Auch wenn ich nicht weiß, wer der Typ ist, der am anderen Ende auf mich wartet, ist es meine einzige Chance auf sofortige Rettung.

Ich ergreife die Hand und klammere mich fest. Mit einem Ruck reißt er mich hoch. So gut es mir möglich ist, springe ich ab, um zusätzlich Schwung zu holen, und ramme dadurch mit meinem Kopf gegen seinen Brustkorb wie ein wildgewordener Stier. Mir weht ein frischer Geruch entgegen und benebelt für eine Millisekunde meine Sinne.

»Pass doch auf!« Seine weiche, dunkle Stimme überrascht mich, denn ich schätze den Typen jünger als mich, vielleicht vierzehn.

»Hätte ich gewusst, dass ihr euch hier noch von Baum zu Baum schwingt, wär ich auf deinen Angriff vorbereitet gewesen.« Ich stemme meine Fäuste in die Hüften und funkle ihn aus zusammengekniffenen Augen an.

»Warum denn so kratzbürstig?« Er steckt seine Hände in die Taschen und legt seinen Kopf schief. Himmelblaue Augen mustern mich.

»Wie bitte?« Für einen kurzen Moment verliere ich den Faden. »Vielleicht weil ich wegen dir gerade Bekanntschaft mit diesen kuscheligen Pflanzen machen durfte?« Ich verschränke die Arme vor meiner Brust, aber eigentlich nur, weil ich lindernd über meine Haut fahren will.

»Hat dich keiner zu gezwungen.« Er lächelt schief.

Macht der Idiot sich über mich lustig? Er beäugt mich.

Die Farbe seiner Haare erinnert mich an ein Kornfeld. Er trägt sie kurz und zur Seite gekämmt. Das betont seine markanten Gesichtszüge. »Was wolltest du hier?« Sein unterschwellig aggressiver Ton reißt mich aus meinen Gedanken.

»Wüsste nicht, was dich das angeht.« Neugierig ist der Typ zum Glück überhaupt nicht. Glaubt er nach dieser Aktion, ich erzähle ihm irgendetwas über mich? »Was sollte das hier eigentlich?« Ich halte ihm die Zeichnung unter die Nase.

»Keine Ahnung, was du meinst. Wie kommst du darauf, dass die von mir ist?«

So ein Blödmann. »Und wenn schon, auch egal. Sieht eh scheiße aus.« Ich zerknülle den Zettel und werfe ihn wie einen Ball ein paar Mal in die Luft. Der Kleine glaubt ernsthaft, er kann mir etwas vormachen.

Aber er verzieht keine Miene. »Zeig mal.« Selbstbewusst stellt er sich zu mir und entfaltet die Zeichnung, wobei sich unsere Arme berühren. Ich zucke zusammen, als würde ich einen gewischt bekommen.

Er legt eine Hand an sein Kinn und starrt prüfend nach unten. »Sieht echt scheiße aus.«

Verwundert drehe ich meinen Kopf und sehe ihn irritiert an.

»Deine Arme«, sagt er und weist auf die angeschwollenen, leicht erröteten Stellen, auf denen sich weiße Fieberbläschen bilden. Bis jetzt ist mir der Ausschlag nicht aufgefallen, doch als ich es sehe, tut es komischerweise höllisch weh und juckt. Sofort beginne ich darüberzurubbeln.

»So wird es nur schlimmer.«

Mit einem Ruck reiße ich ihm die Zeichnung aus der Hand und stopfe sie in die Vordertasche meines Rucksacks. »Ach, unser kleiner Künstler is'n ganz Schlauer, was?« Für wen hält er sich?

Der Typ verdreht die Augen. »Ich will dir nur helfen. Wenn es gleich behandelt wird, tut es nicht so lange weh.«

Abfällig grinse ich ihn an und reibe fleißig weiter. »Schon klar, nicht nur Künstler, sondern auch Mediziner, und das schon mit dreizehn.«

Seine Gesichtszüge verhärten sich schlagartig und seine Kiefer arbeiten. Zwischen zusammengebissenen Zähnen zischt er: »Dann eben nicht.«

Für mich ist hier Schluss. Was gebe ich mich überhaupt mit dem Dorftrottel ab? Ich drehe mich um, winke übertrieben und stampfe los.

Um sicherzugehen, dass er mir nicht folgt, werfe ich noch einen Blick über meine Schulter und kann es nicht glauben. Er grinst frech, während er mir nachblickt.

Vorsichtig streichle ich über meine lädierten Arme und bringe den Weg bis zum Bungalow mit schnellen Schritten hinter mich.

Als ich endlich das weiße Häuschen erreiche, huscht ein Lächeln über meine Lippen, denn der VW meiner Großeltern parkt in der Einfahrt. In Windeseile renne ich um den Bungalow und drücke schwungvoll die Terrassentür in den Wohnraum auf. Alle fahren zusammen und starren mich erschrocken an. Doch als meine Großeltern mich erkennen, schießen ihre Mundwinkel nach oben. Wir fallen uns in die Arme und halten uns einige Zeit fest. Beide flüstern mir zu, wie sie sich freuen, mich zu sehen, und wie sehr sie mich vermisst haben.

Nach dieser herzlichen Begrüßung lösen wir uns und sie setzen sich zurück auf das kleine, braune Ledersofa. Ich nehme neben meinem Papa auf dem kurzen Ende der Couch Platz, der sofort seinen Arm um meine Schultern legt, während meine Mama auf dem dazugehörigen Lederhocker die Szene beobachtet. »Na, Leopoldine, wo warst du?«

Der Ton verheißt nichts Gutes. Meine Mama scheint sich über irgendetwas geärgert zu haben. »Bei der Waldbrücke.«

Ihre Augenbrauen springen nach oben und sie verzieht verächtlich ihren Mund. »Vielleicht solltest du lieber in deinen Schulbüchern lesen.«

Eine peinliche Stille erfüllt den Raum und ich senke meinen Blick. Als ob ich mich nicht schon genug für mein Zeugnis schäme.

Sie räuspert sich. »Ihr müsst wissen, Leopoldine hat dieses Jahr ihr schlechtestes Zeugnis überhaupt. Möchtest du Oma und Opa nicht von deinen Noten erzählen?«

Mit aller Kraft schlucke ich die aufsteigenden Tränen hinunter. Warum muss sie wieder so gemein zu mir sein? Kein Wort will über meine Lippen. Unauffällig betrachte ich meine Arme, die mittlerweile zugleich glühen, brennen und jucken. Am liebsten würde ich rausrennen.

»Henriette, nun hör auf, so zu übertreiben.« Der strafende Ton meines Papas baut mich wieder ein Stück auf. »Es ist nicht so gut wie sonst, aber auf keinen Fall schlecht.«

»Das war klar. Du nimmst sie natürlich wieder in Schutz. Wie soll sie besser werden, wenn sie denkt, alles sei in Ordnung?«

Plötzlich erhebt sich meine Omi, geht um den rechteckigen Stubentisch und kommt auf mich zu. Meine Mama sieht ihr irritiert nach. Behutsam greift meine Omi meine Handgelenke, zieht mich daran hoch und dreht meine Arme hin und her. »Wie ist denn das passiert?«

Völlig erstaunt, dass sie es überhaupt entdeckt hat, suche ich nach einer passenden Lüge. »Ich bin in riesig hohe Brennnesseln gefallen.« Mit meiner Hand zeige ich bis zu meiner Brust.«

»Oh nein, Leo! Das muss ja höllisch wehtun.«

Ich nicke.

Meine Omi überlegt kurz. »Komm mit. Ich habe eine Idee.«

Wir gehen zur Tür. Während wir unsere Schuhe anziehen, starren die anderen auf meine Arme.

»Soll ich mitkommen?« Meine Mama schnellt von ihrem Hocker hoch und klingt plötzlich besorgt. Sind solche Stimmungsschwankungen normal?

Der Blick meiner Oma genügt, um sie wieder Platz nehmen zu lassen.

»Manchmal hät de doch 'n Triller unner'm Pony«, sagt meine Omi, als wir draußen stehen. Wenn sie sich aufregt, wechselt sie ins Plattdeutsche. Ich muss grinsen.

Wir gehen durch die Pforte und folgen dem Bürgersteig dorfeinwärts. Immer noch ist es brechend heiß und ich puste mir meine Locken aus dem Gesicht.

Meine Omi schaut mich von der Seite an. »Weißt du noch, dass wir hier schon mal aus demselben Grund langgegangen sind?«

Ich schüttle den Kopf.

»Da warst du vier Jahre alt. Du bist den blauen Libellen am Kanal hinterhergejagt, gestolpert und auch in die hohen Brennnesseln an der Pferdekoppel gefallen. Mein Gott, hast du da geschrien!« Sie lächelt und umarmt mich.

»An der Pferdekoppel?«

»Ja, die am Kanal. Opa und du wart dort immer Köderfische angeln.«

Seltsam, dass mir das bereits das zweite Mal an derselben Stelle widerfährt. Aber heute ist es ja nicht zufällig passiert, sondern jemand hat dafür gesorgt. Ich beschließe, nicht schon wieder daran zu denken.

Hinter der Bungalowsiedlung wechseln meine Omi und ich die Straßenseite und bleiben vor einem mannshohen Maschendrahtzaun stehen. Vor dem Grundstück steht eine riesige Birke und wirft einen langen Schatten auf das hellgelbe Haus dahinter.

Meine Omi drückt den Klingelknopf, doch anstelle des Läutens jault ein Hund auf. Dem Geräusch nach zu urteilen muss er die Schulterhöhe eines Ponys haben.

Nach ein paar Sekunden öffnet sich die Tür und ich glaube nicht richtig zu sehen. Ein kleiner, süßer Basset trottet die Treppen hinunter. Seine Lefzen hängen herab und seine Ohren schleifen fast auf dem Boden. Er watschelt zum Tor und schielt zu uns nach oben. Ich lache über meine Vorstellung von eben.

»Na, Klara, lässt du uns rein?« Meine Oma entriegelt die Tür und der Hund schlägt erneut an. Unbeeindruckt geht sie durch die Pforte und der Basset schnüffelt an ihr.

»Komm, Leo.«

»Du weißt genau, wie viel Angst ich vor Hunden hab.« Trotzdem husche ich hinter ihr her und achte darauf, sie zwischen mir und ihm zu haben. Das gestaltet sich allerdings schwieriger als gedacht, denn nun schnuppert der Basset an meinen Beinen und beginnt an mir hochzuspringen. Dabei sieht der Hund etwas ungelenk aus, aber ich mindestens genauso, als ich versuche, die Übergriffe zu verhindern.

»Klara! Bei Fuß!«

Erleichtert atme ich aus, als der Hund von mir ablässt. Ich wende mich in die Richtung, aus der die

Stimme gekommen ist, und frage mich, wieso schon wieder ich. Oben auf dem Treppenabsatz steht der Typ aus dem Wald und grinst blöd auf mich herab.

Wir steigen die Stufen hoch und meine Omi streckt ihm ihre Hand entgegen. »Hallo Ole, wir wollen zu deiner Mutter.« Während sie spricht, geht sie an ihm vorbei in den Flur.

»Hab ich mir schon gedacht.« Er wackelt mit seinen Augenbrauen und hält mir seine Hand zur Begrüßung hin.

»Ole?« Ich lächle spöttisch. Seine Hand ignoriere ich gekonnt und remple ihn im Vorbeigehen an. Die Strafe für meine unbedachte Aktion folgt auf dem Fuße, denn meine Haut am linken Arm beginnt sofort wieder zu brennen und ich fluche leise vor mich hin.

Kapitel 6 - Ole

*D*as Mädchen verzieht vor Schmerzen ihr Gesicht und atmet scharf ein.

Als ich sie so dastehen sehe, mit ihren knallroten, geschwollenen Armen, tut sie mir leid. Es muss echt höllisch wehtun.

Außerdem zweifle ich inzwischen an meinem Verdacht. Niemals spioniert sie für die Wilderer, denn sie ist völlig ungeeignet für diesen Job, hat keine Ahnung von Natur und ihr Äußeres ist viel zu einprägsam.

Ich mustere sie von oben bis unten. Würde sie einfach mal ihren Mund halten, wäre sie verdammt heiß. Aber so? Was denke ich hier überhaupt für einen Dreck?

Unser Hund erledigt seine antrainierte Aufgabe bestens. Er hat eine Verletzung aufgespürt und lauert nun auf seine Belohnung. Voller Ungeduld legt sich

Klara vor die Füße des Mädchens auf den Rücken, um ausgiebig gekrault zu werden. Ihre Ohren liegen weit ausgebreitet auf den Fliesen und sie erinnert mich an eine Fledermaus.

»Toller Jagdhund.«

Was soll dieser sarkastische Ton? Ich schnarre zurück: »Sie ist kein Jagdhund. Klara spürt verletzte Tiere auf.« Bevor ich noch etwas Passendes hinterherdonnern kann, kommt Frau Kröger aus der Küche zurück. Klara kugelt sich mittlerweile hin und her und quiekt, damit niemand sie übersieht.

Hinter Frau Kröger stürzt nun meine Mutter um die Ecke und rollt mit den Augen, als sie unseren Hund entdeckt.

»Klara!« Sie weist mit der Hand in die Ecke des Flurs. »Auf deinen Platz!« Mein Hund wackelt mit hängendem Kopf zu seinem Körbchen und schielt entschuldigend zu meiner Mutter hoch.

»Schön, dich zu sehen, Diana. Gut siehst du aus.« Frau Kröger umarmt meine Mutter herzlich.

Schweigsam steht das Mädchen daneben und grient blöd.

Die beiden lösen sich aus der Umarmung und meine Mutter tritt einen Schritt zurück: »Wie kann ich dir helfen, Hilde?«

Frau Kröger legt ihren Arm um ihre Begleitung. »Das ist meine Enkelin, Leopoldine.«

Meine Mundwinkel schnellen nach oben und ich muss mich verdammt konzentrieren, um nicht loszugrölen.

Lächelnd geht meine Mutter auf sie zu. »Ich bin Diana. Was ist denn das?« Vorsichtig greift sie die Arme von Leopoldine. »Komm mal mit, das kriegen wir schon wieder hin.«

In der Küche breitet meine Mutter ein mintgrünes Frotteehandtuch auf dem Tisch aus. »Leg bitte deine Arme darauf, Leopoldine.«

Ich halte mir die Hand vor den Mund, um mein Lachen zu verstecken. Wieder funkelt das Mädchen mich böse an, bevor sie sich meiner Mutter zuwendet.

»Du kannst mich Leo nennen.«

»Na gut, Leo, wenn ich mich nicht irre, hast du Bekanntschaft mit einer Brennnessel gemacht.«

»Genau.«

Meine Mutter geht zu den Küchenschränken und hantiert dort herum. Mit ein paar Utensilien kehrt sie an den Tisch zurück und stellt alles ab. »Hast du deine Beine schon mal mit Wachs enthaart?«

Innerlich klatsche ich mir auf die Schenkel. Es wird immer besser. Ich sehe sofort, wie unangenehm es Leopoldine ist, und lasse sie keine Sekunde aus den Augen.

»Nein, bisher noch nicht.« Sie starrt auf ihre Arme.

»Dann warne ich dich lieber, es kann ganz schön zwiebeln.«

Na, das lasse ich mir auf keinen Fall entgehen.

»Wie ist das eigentlich passiert?« Meine Mutter sieht interessiert zu Leo.

Schlagartig halte ich die Luft an und erstarre fast. Für eine Millisekunde meine ich, ein hinterhältiges Grinsen in Leopoldines Gesicht zu erkennen, bin mir aber nicht hundertprozentig sicher.

»Ich bin durch den Wald spaziert. Als es im Unterholz geknackt hat, war mir das nicht geheuer. Mit einem hässlichen, ollen Wildschwein wollte ich keine Bekanntschaft machen.« Bedrohlich sieht sie mich an. »Als ich dann von der Brücke kam, bin ich gestolpert und in den Brennnesseln gelandet.«

Damit habe ich nicht gerechnet. Ich war fest davon überzeugt, sie verrät mich sofort.

»Das ist ja ein toller Start in den Urlaub.« Meine Mutter schmiert mit einem Holzspatel vorsichtig eine Schicht des warmen Enthaarungswachses auf die Unterarme ihrer Patientin und legt Stoffstreifen darüber. Leopoldines Augen weiten sich und sie guckt gequält. Meine Anwesenheit piesackt sie zusätzlich, aber da muss sie wohl oder übel durch.

Fünf Minuten vergehen. Dann zieht meine Mutter die einzelnen Streifen mit einem Ruck von den Armen. Leopoldine beißt fest ihre Zähne zusammen. Die Blöße gibt sie sich nicht. An ihrer Körperhaltung erkenne ich jedoch, wie sehr es ihr wehtut. Mittlerweile sitzt sie kerzengerade auf ihrem Stuhl, schnieft angestrengt und ein feiner Schweißfilm bildet sich auf ihrer Haut.

Die Stirn meiner Mutter liegt in Falten, denn sie leidet mit. »Wollen wir eine kurze Pause einlegen?«

»Nein«, presst Leopoldine heraus.

Es dauert noch ein paar Minuten.

Als Nächstes entfernt meine Mutter die Wachsreste mit Öl und Leopoldine muss sich danach gründlich die Arme abspülen, um Entzündungen zu vermeiden. Im Anschluss setzt sie sich wieder auf ihren Platz und schaut ängstlich.

Meine Mutter streicht prüfend über die betroffenen Stellen. »Und, schon besser?«

»Ich glaub schon. Im Moment zieht es noch ein bisschen.«

»Das ist normal. Ich trage dir jetzt noch eine Salbe auf. Die soll die Rötungen reduzieren und den Juckreiz abklingen lassen.« Sie dreht die Tube auf, drückt eine erbsengroße Masse heraus und verteilt diese in kreisenden Bewegungen auf Leopoldines Armen.

»Lass alles in Ruhe einziehen. Ich mach uns einen Tee.«

Zeit für mich zu gehen. Ich stoße mich von der Wand ab, stecke meine Hände in die Taschen und setze mich in Bewegung. »Brennnessel-Tee vielleicht?« Mit meinem Kopf weise ich in Leopoldines Richtung, deren Nasenflügel beben, und verlasse grinsend den Raum.

»Manchmal ist er unmöglich«, sagt meine Mutter, bevor ich in meinem Zimmer verschwinde.

Wenig später höre ich Rieke plappern. Oft setzt sie ihre Kuscheltiere in eine Reihe und spielt Schule, dabei übt sie als strenge Lehrerin mit ihrem Lieblingsstofftier Puschel das Zählen.

Doch diesmal klingt es anders. Auf Zehenspitzen schleiche ich zu ihrem Zimmer und luge um die Ecke.

Ich muss zweimal hinsehen, um es zu glauben. Auf dem kleinen, rosafarbenen Holztisch meiner Schwester steht das Schachspiel, das unser Opa ihr geschenkt hat, und sie baut die Grundstellung für Leopoldine auf.

Sooft ich kann, bringe ich meiner kleinen Schwester eine Menge über das Spiel bei, doch ständig will sie neue Strategien lernen. Ihr Wissensdurst beeindruckt nicht nur mich. Meiner Meinung nach hat sie Talent, jedoch fehlt noch die nötige Konzentration. Da Mädchen in diesem Sport meist nicht so viel Beachtung geschenkt wird, lobe ich sie zwar, doch versuche ich, keine allzu großen Hoffnungen zu schüren. Jegliche Enttäuschung will ich ihr unbedingt ersparen. Auf keinen Fall darf ihr so etwas passieren wie mir.

Rieke spielt seit einem Jahr in einem Schachverein als fast einziges Mädchen. Die meisten Jungen ihrer Altersklasse haben ein Problem damit, denn sie verlieren regelmäßig gegen sie.

Damit es noch ein Mädchen gibt, gegen das sie spielen kann, will sie jetzt bestimmt Leopoldine Schach beibringen. Innerlich lache ich mich schon wieder scheckig, denn niemand ahnt, wie gut meine kleine Schwester tatsächlich ist.

»Wollen wir es mal probieren?« Rieke lacht sie an.

Leopoldine scheint der Gedanke nicht zu gefallen. »Ich weiß nicht.«

»Bitte!« Rieke verhakt ihre Finger, als wolle sie beten. »Du brauchst keine Angst haben, ich helfe dir auch.« Meine Schwester dreht das Schachbrett, bis die schwarzen Figuren vor ihr stehen. »Weiß beginnt, Schwarz gewinnt.«

Leopoldine lächelt sie an. »Na, das ist ja eine tolle Hilfe.«

Rieke fordert ihre Gegnerin auf, ihren Bauern auf d4 zu setzen. Sofort im Anschluss verschiebt meine Schwester ihre Figur. Nach ein paar kommentierten Spielzügen grinst sie Leopoldine an. »Guck mal aufs Brett. Fällt dir was auf?«

Leo benötigt nur eine Sekunde. »Sieht aus wie ein Stierkopf. Findest du nicht?«

Jetzt bin ich platt. Anfänger erkennen eigentlich nie Muster auf dem Brett.

Auch Rieke staunt. »Genau.« Sie hebt ihren Zeigefinger. »Das musst du dir merken.«

»Wenn du das sagst, tue ich das.« Leopoldine wuschelt ihr durch die Haare.

»Komm mal mit.« Meine kleine Schwester nimmt Leopoldines Hand und zerrt sie hinter sich her.

Auf Zehenspitzen verlasse ich meinen Beobachtungsposten und springe mit Anlauf auf mein Bett, denn sie sind mir dicht auf den Fersen. Ich schnappe mein

Handy und öffne zur Tarnung ein Spiel, da betreten die beiden bereits mein Zimmer.

»Ole? Guck mal, das ist Leo.«

»Wir kennen uns schon.« Desinteressiert blicke ich auf mein Display.

Rieke kommt zu mir rüber und flüstert in mein Ohr: »Guck mal genau! Die sieht aus wie die auf deinem Bild.«

In dieser Lautstärke wird Leopoldine alles hören, und richtig, sie grinst bereits.

»Was für ein Bild?« Jetzt will sie es aber ganz genau wissen.

Mit Schwung drehe ich mich auf den Rücken und tue völlig unbeteiligt. »Ich weiß auch nicht, was sie meint.«

Rieke schnieft wütend, schnellt hoch, schiebt meinen Stuhl an den Kleiderschrank und steigt hinauf. Leider bin ich zu langsam und sie holt mit einem Griff das besagte Bild hervor und zeigt es ihrer neuen Schachfreundin. »Sieht aus wie du. Oder?«

»Irgendwie schon.« Leopoldine verschränkt ihre Arme vor der Brust und guckt mich mit hochgezogenen Augenbrauen an.

Rieke beobachtet sie ganz genau und macht es ihr nach. »Ole, Ole, Ole.« Sie hört sich an wie unsere Mutter.

Auch Leos Mundwinkel zucken. »Vielleicht möchtest du mir jetzt verraten, warum du dich auf einem Baum versteckst und mich heimlich malst?«

Rieke reißt ihren Mund auf. »Das hat er gemacht?« Sie sieht uns abwechselnd an. »Wenn ich das Mutti erzähle.«

Warnend hebe ich meinen Zeigefinger. »Nein, hat er nicht und du erzählst Mutti überhaupt nichts.« Ich gehe auf sie zu, reiße ihr die Zeichnung aus der Hand und rolle sie zusammen.

Leopoldine räuspert sich. »Hat er nicht? Ich kann mich aber sehr gut daran erinnern.«

Was ich jetzt zu Rieke sage, wird sie mir bestimmt die nächsten Wochen nicht verzeihen. Ich hocke mich vor meine Schwester und bemühe mich um einen netten Ton. »Gehst du bitte in dein Zimmer, damit ich ihr alles in Ruhe erklären kann?« Mit meinem Kopf weise ich auf Leopoldine.

Doch statt der vermuteten Flunsch hüpfen ihre Mundwinkel nach oben. »Klar, Ole, mach ich.« Sie beugt sich weiter zu mir rüber und flüstert wieder hörbar für alle in mein Ohr: »Willst du sie etwa küssen?«

»Rieke!« Völlig irritiert schiebe ich sie ein Stück zurück und hoffe inständig, Leopoldine hat nichts gehört. »Rüber mit dir.«

Kurz bevor sie die Zimmertür schließt, dreht sie sich erneut um, klatscht leise in die Hände und grinst über beide Ohren.

»Na, dann schieß mal los.« Leopoldine lehnt mit ihrer rechten Schulter seitlich an der Wand.

Meine Hände wandern automatisch in meine Hosentaschen. »Ich kann dir nicht alles erzählen. Auf jeden Fall war ich nicht wegen dir da. Zumindest nicht gestern.«

»Aber heute?«

Ich druckse umher. »Nein, nicht so richtig. Gestern hab ich dich zufällig gesehen und fälschlicherweise für etwas verdächtigt.«

»Als Tierquälerin?«

Sie geht mir ziemlich auf die Nerven mit ihrem überheblichen Ton.

»Wieso glaubst du, dass ich eine Tierquälerin bin?«

»Vielleicht lässt du beim nächsten Mal deinen Müll nicht einfach im Wald liegen. Tiere können sich daran verletzen.«

Ein intensives Tomatenrot färbt Leopoldines Wangen in Sekunden und sie weicht meinem Blick aus.

Ich bin mir sicher, sie will zurückbeißen, doch ich habe sie voll erwischt. Je länger wir so dastehen, umso nervöser wird sie.

Leopoldine hüstelt und wirkt, als schäme sie sich. »Ich seh besser mal nach meiner Omi.« Ein kurzer Seitenblick streift mich. »Das mit dem Müll tut mir leid. Ich bin sonst nicht so.« Dann dreht sie sich um und geht zur Tür. Für eine Sekunde blickt sie über ihre Schulter, jedoch an mir vorbei in mein Zimmer, wo meine E-Gitarre steht. Dann verschwindet sie ohne ein weiteres Wort.

Eigentlich freue ich mich immer, wenn ich aus Wortgefechten als Sieger hervorgehe, besonders wenn es so schlagfertige Leute wie Leopoldine sind. Heute will sich dieses Hochgefühl jedoch nicht einstellen. Ganz im Gegenteil, eine gewisse Enttäuschung breitet sich aus.

Gelangweilt schlendere ich in die Küche, um ein Glas kalte Milch zu trinken. Leopoldine sitzt allein im Zimmer meiner Schwester auf dem Fußboden und starrt auf das Schachbrett, sie sieht alles andere als glücklich aus. »Hey, alles klar?« Ich rücke mich in ihr Sichtfeld.

Sie nickt.

»So schlimm war das mit dem Kaffeebecher nun auch nicht.« Vorsichtig berühre ich ihre Schulter.

»Hätte aber nicht passieren dürfen.« Ihr Blick klebt

an den schwarzen und weißen Holzfiguren, die sie vor sich aufgestellt hat.

»Soll ich dir was beibringen?« Ich weise mit dem Kopf auf das Schachbrett.

Die schielt zu mir rüber und grinst provozierend. »Glaubst du echt, du könntest mir etwas beibringen?«

Ich sehe sie herausfordernd an und muss grinsen. »Auf jeden.« So gefällt sie mir viel besser – oder hat sie mir etwas vorgespielt, damit ich Mitleid bekomme?

»Träum weiter, Kleiner.« Leopoldine zieht ihre rechte Augenbraue hoch. »Ich hab nämlich die beste Schachlehrerin der Welt: deine kleine Schwester.«

»Na, dann mal los.«

Leopoldine zieht ihre Augenbrauen zusammen. »Nicht dein Ernst. Du spielst wirklich Schach?«

Was soll denn das nun wieder? »Seh ich zu dämlich dafür aus?«, beiße ich zurück.

Sie zuckt kurz zurück. »Wieso bist'n gleich so angepisst? Ich bin nur überrascht. Den meisten Typen ist Schach zu langweilig oder zu altmodisch.«

Gerade als ich etwas erwidern will, donnert der Bass meines Vaters durchs Haus. »Ole?«

Das hört sich gar nicht gut an. Mein Vater neigt dazu, mich anzubrüllen, wenn ich etwas ausgefressen habe, doch dieses Mal habe ich keinen blassen Schimmer, worum es geht.

Kurz danach poltern die aufgeregten Schritte meiner Mutter durch den Flur. »Schatz! Wir haben Besuch. Frau Kröger und ihre Enkelin sind da.« Sie versucht mit dieser Information die verkorkste Situation zu retten. Denn wenn uns jemand besucht, reißt mein Vater sich zusammen. Nichtsdestotrotz weiß das halbe Dorf um seine Erziehungsmethode, denn mangels Schallschutz unterhält er die Gemeinde.

Leopoldine schnellt hoch und sieht mich mitleidig an. »Vielleicht ein andermal.« Ein kurzes Lächeln huscht über ihr Gesicht.

»Versprochen?« Ich grinse.

»Klar, ich muss dir doch gründlich den Hintern versohlen.«

Belustigt schnaube ich aus.

Leopoldine geht auf den Flur und ich folge ihr. Frau Kröger umarmt in diesem Moment meinen Vater. »Sag mal, Andreas, warum brüllst du denn hier so rum? Du hast Kinder vor dir und keine Soldaten.«

Ich beobachte gespannt die Situation. Mein Vater senkt peinlich berührt den Kopf und legt seine Pranke behutsam auf Riekes Schulter, die sich an ihn schmiegt. Meine Mutter zappelt nervös mit den Fingern und Frau Kröger sieht ihn strafend an, während sie auf eine Reaktion wartet. Als seine ehemalige Kindergärtnerin darf sie so mit ihm reden. Ansonsten traut sich das niemand.

Er räuspert sich. »Tut mir leid, war vielleicht ein bisschen doll.«

»Na bitte!« Frau Kröger lächelt ihn an und kommt auf uns zu. »Das ist meine Enkeltochter.«

Die geht schnurstracks auf ihn zu und reicht ihm die Hand. »Hallo. Ich bin Leo.«

Mein Vater nickt ihr kurz zu. »Andreas Eickhoff.«

Rieke schaut zu ihnen hoch. »Leo ist meine Freundin.«

»Schade, ich dachte schon, Oles.« Mein Vater zwinkert mir mit einem Auge zu.

Das hat er jetzt nicht wirklich gesagt. Fremdschäm-Alarm!

Rieke sieht von einem zum anderen und sagt in ihrer vorwitzigen Art: »Vielleicht wird sie's ja noch.«

Ich schließe für einen Moment meine Augen und atme hörbar genervt ein. Was läuft denn hier für ein Albtraum ab? Ganz kurz wage ich einen Blick zu Leopoldine, die mit hochrotem Kopf versucht ihre Füße zu hypnotisieren.

Frau Kröger rettet uns schließlich alle. »Wir müssen wieder zurück.«

Leopoldine bedankt sich bei meiner Mutter und verabschiedet sich mit einem Tschüss in die Runde.

Die Eingangstür steht noch offen und mein Vater winkt ihnen nach, da legt er wieder los. »Mann, Ole, halt dich ran. So'n steilen Zahn hätte ich mir früher nicht durch die Lappen gehen lassen.«

Ich höre die beiden draußen kichern. Na toll. Also haben sie das auch noch mitbekommen.

»Vati, es reicht. Willst du mich vor allen lächerlich machen?« Wutentbrannt keife ich ihn an.

»Nun werd nicht frech. Ich wollte dir nur helfen. Solche Kaliber sind nicht einfach zu kriegen.«

Bevor er weiter solchen Scheiß redet, schneide ich ihm das Wort ab. »Danke, ich brauche keine Hilfe.«

»Ach, und wo ist dann deine Freundin? Oder hast du andere Vorlieben?« Er baut sich bedrohlich vor mir auf und ich rieche seine Bierfahne.

»Geht dich nichts an«, feure ich ihm entgegen.

»Nun beruhigt euch mal wieder.« Meine Mutter schiebt sich zwischen uns, mit dem Gesicht zu meinem Vater. »Du hättest ihn aber auch nicht so bloßstellen müssen.«

»Spaß beiseite. Kommt mit in die Küche. Rieke bleibt in ihrem Zimmer.«

Ich schlucke und stiefle den beiden hinterher. Obwohl ich nichts angestellt habe, steigt meine Nervosität.

Meine Eltern setzen sich mir gegenüber an den Küchentisch und ich gleite auf meinen Platz.

»Möchtest du uns vielleicht etwas erzählen?« Ich wundere mich über die Vorgehensweise meines Vaters. Normalerweise stellt er eine Behauptung auf und erklärt mich direkt im Anschluss für schuldig.

»Nein?«

Mein Vater legt seinen Kopf schief, als wolle er mir sagen, nun tu doch nicht so. »Ich geb dir einen Tipp. Gestern Abend am zweiten See?«

So ein Dreck. Woher weiß er das? Ich muss mir schnell eine Notlüge einfallen lassen. »Ja. Gestern hab ich nach den Bibern gesehen.«

Er klatscht mit den Händen auf die Tischplatte. »Ole, hör auf zu lügen.«

»Mach ich nicht. Wartet, ich beweise es euch.« Ich marschiere in mein Zimmer, hole mein Handy und öffne die Bilder, die ich fotografiert habe. »Hier, schaut mal. Sind sogar Babys dabei.«

Beide sehen sich die Fotos an.

»Ist das toll!« Meine Mutter blickt uns mit strahlenden Augen abwechselnd an, doch mein Vater bleibt ernst und lässt mich keine Sekunde aus den Augen.

»Herr Möller sagt, es sah aus, als ob du alle Zugänge zum See auf einem Blatt gekennzeichnet hast.«

Was will mein Vater von mir und was geht das Herrn Möller an? Lillys Alter war zwar der zuständige Fischer für diese Seen, bevor der Angelverein sie vor Kurzem übernommen hat, aber er kennt mich doch.

»Ole, sei bitte ehrlich. Hast du etwas mit den Wilderern zu tun?« Er starrt mir unablässig in die Augen.

»Ich?«, gifte ich ihn an. »Traut ihr mir das echt zu?«

Flehend blicke ich zu meiner Mutter.

Sie legt meinem Vater versöhnlich ihre Hand auf den Unterarm, bevor sie mich vorwurfsvoll ansieht. »Wir hatten ausgemacht, dass du dich da raushältst.«

Dann platzt es aus meinem Vater raus. »Du hast bis auf Weiteres Hausarrest.«

»Vati, bitte nicht. Es sind doch Ferien. Ich kann nicht den ganzen Tag drinsitzen, da werde ich verrückt, und außerdem hab ich angemeldete Touren mit den Touristen.«

»Gut. Dann bist du jeden Abend um neunzehn Uhr zu Hause.«

»Da lachen mich meine Freunde ja aus. Wir treffen uns abends doch immer.«

»Das ist mir egal. Ich möchte nicht, dass dir etwas passiert.« Für ihn ist das Thema damit gegessen, denn er geht in die Stube und lässt uns stehen.

Wutentbrannt stürme ich in mein Zimmer und werfe mich aufs Bett. Mit geballten Fäusten stiere ich an die weiße Decke und verfluche meinen Vater.

Hausarrest? Das können sie vergessen. Ich finde schon einen Weg.

Kapitel 7 - Leo

Wir steigen die Betonstufen bei den Eickhoffs hinab und ein herrlich blumiger Geruch weht mir in die Nase. Rosa Bauernrosen stehen an beiden Seiten des Weges und recken ihre Badetuff-ähnlichen Blüten empor. Diese Schönheit steht in völligem Kontrast zu dem eben Erlebten. Was haben manche Leute nur für Eltern? Und ich denke, meine Mama ist schlimm. Oles Papa brabbelt noch irgendetwas von einem steilen Zahn, den Rest verstehe ich nicht. Zum Glück. Auf jeden Fall stinkt er nach Bier.

»Was ist denn Herr Eickhoff für'n Typ?« Ich sehe meine Omi an, die die Gartenpforte hinter uns schließt.

Sie verzieht mitleidig ihr Gesicht. »Sein Elternhaus war nicht gerade toll. Seine Mutter war Majorin bei der Armee mit fragwürdigen Erziehungsmethoden.« Meine Omi deutet mit ihrer Hand eine Ohrfeige an. »Tja, und weil sie keine Zeit für ihren Sohn hatte, durfte er immer mit seinem Vater mit, wenn der Schweine schlachtete. Das hat ihn ein wenig verroht.«

»Ein wenig? Ich möchte nicht wissen, wie Ole das findet.« Verständnislos schüttle ich den Kopf.

»Du meinst das olle Wildschwein, das im Wald gelauert hat?«

Hitze krabbelt meinen Hals hinauf in mein Gesicht. »Omi!«

Sie legt ihren Arm um meine Schultern und wir lachen schallend los. Schade, dass meine Mama nicht so unkompliziert ist.

»Aber so schlecht ist Ole nicht. Oder?«

»Omi! Der ist viel zu jung.«

Sie bleibt ernst. »In der Liebe spielt das Alter keine Rolle.«

»Wer sagt denn was von Liebe?« Davon habe ich erstmal genug. Ich ziehe meine Augenbrauen tief in die Stirn.

Meine Omi grinst wissend.

Ganz besonders schwirrt mir die weiße E-Gitarre durch den Kopf, die in Oles Zimmerecke steht. Schon immer träume ich davon, dieses Instrument zu lernen, aber meine Mutter besteht auf eine klassische Klavierausbildung. Wenn ich ein bisschen netter zu ihm bin, lässt er mich vielleicht auch mal probieren zu spielen. Immerhin ist es zum Schluss ganz gut mit Ole gelaufen und ich habe ihm versprochen, ihn nochmal zu besuchen.

Und Rieke hat mich erst begeistert. Wie die ihre Schachfiguren übers Brett führt. Genau das würde ich gern endlich machen, eine Mädchenmannschaft trainieren. Augenblicklich rufe ich mich zur Ordnung, denn schließlich habe ich meine Chance ordentlich versemmelt. Schade, dass ich nicht früher gemerkt habe, wie David mich manipuliert hat. Vielleicht hätte ich die Quali dann geschafft.

»Wie geht's deinen Armen?«

Erleichtert sehe ich zu meiner Omi und lächle. »Gut.« Um sicherzugehen, streiche ich mit meinen Händen darüber und tatsächlich fühlt es sich wieder besser an, nur etwas ungewohnt ohne Haare.

Als wir den Bungalow betreten, trinken meine Eltern und mein Opi gerade Kaffee und essen die selbstgebackenen Apfeltaschen, die meine Großeltern mitgebracht haben.

Die Runde sieht gemütlich aus. Trotzdem möchte ich jetzt lieber allein sein. »Ich gehe nochmal raus«, verabschiede ich mich, schnappe mir zwei der leckeren Teile und verschwinde Richtung See.

Hinter der nächsten Ecke wartet mein Ziel und ein Glücksgefühl ergreift mich, als ich den Steg sehe. Schon als Kind kam ich her. Zu meiner Freude habe ich ihn ganz für mich allein. Er reicht ungefähr fünfzehn Meter in den See und eine Plattform mit Badeleiter lädt zum Träumen ein. Die natürliche Verwitterung hat bereits eingesetzt und Moos wächst an den Holzpfählen, die das Grundgerüst des Stegs stützen. Auf der linken Seite treiben die roten und grünen Ruderboote der Bungalowgemeinschaft an kurzen Eisenketten im Wasser. Genau so habe ich es in Erinnerung.

Langsam gehe ich bis nach hinten und lasse mich auf die Bank plumpsen, von der die grau-blaue Farbe abblättert. Ich blicke auf den See. Um den Steg herum bedecken sattgrüne Seerosenblätter die Oberfläche und Wasserläufer tanzen lustig dazwischen umher. Ab und zu schnappen Fische nach Luft und zeichnen Kreise ins Wasser.

Fast unmerklich vibrieren die Holzbohlen unter meinen Füßen und ich brauche mich gar nicht umzudrehen. Besuch kündigt sich an.

»Rück mal ein Stück.« Die liebevolle tiefe Stimme meines Opis. Er setzt sich zu mir und ich lege meinen Kopf an seine Schulter. Der herbe Geruch seines Rasierwassers weht mir in die Nase und erinnert mich an früher.

»Was ist los, Schneckchen?« Er streichelt über meine Haare.

»Ich glaub, ich höre mit Schach auf.«

»Warum denn das?« Erschrocken sieht er mich an.

»Ich weiß nicht mehr, was ich machen soll. Tag und Nacht lerne ich für Schach. Und? Wieder hab ich alle Spiele verloren.« Hilflos zucke ich mit den Schultern.

»Du sammelst Erfahrungen und deine Zeit wird kommen.« Er blickt mich von der Seite an, während ich die Bungalowsiedlung auf der gegenüberliegenden Seite fixiere, die vielen weißen Häuschen mit den dunklen Dächern.

»Nee. Jetzt ist Schluss.«

Mein Opi zieht mich dichter an sich. »Mensch Leo, ich weiß, du liebst diesen Sport, und du hast noch nie einfach aufgegeben. Was ist wirklich los?«

Kein Wort will über meine Lippen.

Nach ein paar Sekunden schubst mein Opa mich an. »Komm, erzähl schon.«

Ich räuspere mich. »Erinnerst du dich an David?«

»Ja, dein Freund. Trainiert der dich nicht?«

»Ex-Freund und Ex-Trainer. Das ist das Problem.«

»Du liebst ihn noch.« Er lehnt seinen Kopf tröstend an meinen.

Im Augenwinkel sehe ich den bedrückten Gesichtsausdruck meines Opis. Eine unsichtbare Hand

97

legt sich um mein Herz und drückt es zusammen wie einen Schwamm.

»Nein Opa, aber ich habe keinen Trainer mehr und wenn ich allein übe, entwickle ich mich nicht weiter.«

Verdutzt blickt er mich an. »Wenn das dein Problem ist, habe ich eine Lösung.« Jetzt lächelt er wieder.

»Opilein«, beginne ich rücksichtsvoll. »Ich will dir nicht zu nahe treten, aber du bist nicht gut genug im Schach.«

Er lacht schallend los. »Das weiß ich doch, Schneckchen. Mich meinte ich auch nicht.«

Nun schaue ich ihn verdattert an.

»Hier im Dorf wohnt ein älterer Herr, der dir weiterhelfen kann.«

»Echt?«

»Ganz zufällig kenne ich ihn und könnte ihn bitten, ob er dich hier im Urlaub unterrichtet.«

Ein bisschen skeptisch bin ich nach meinen Erfahrungen schon, aber vielleicht ist das meine einzige Chance. Ich umarme ihn. »Danke!«

»Gern, Schneckchen.«

Aufgeregt laufe ich den Weg zurück zum Bungalow. Ich will nochmal durch mein Heft blättern und mich vorbereiten. So gut es eben geht.

Nachdem ich mich unauffällig ins Haus geschlichen habe, steige ich auf Zehenspitzen die Treppe hinauf und werfe mich mit meinem Hefter hochmotiviert aufs Bett. Eine gute Stunde löse ich Aufgaben und schiebe die Schachfiguren übers Brett, das ich vor mir aufgebaut habe.

Erst danach gucke ich aufs Display meines Handys. Zwei Nachrichten von meiner besten Freundin. <Hi

Kleene, sind gut angekommen. Haben viel Spaß.;) Wie läuft's bei dir?>

Als Nächstes hat sie ein Foto mit der ganzen Clique beim Feiern am Strand gesendet. Ich verspüre einen kleinen Stich, denn eigentlich wäre ich ja jetzt dabei.

Trotzdem antworte ich ihr sofort. <Treib's nicht zu wild.;) Bei mir geht's so. Meine Mutter ist schlecht drauf. :(bevor ich's vergesse … hab heute jemanden kennengelernt.> Ein paar Sekunden kämpfe ich mit mir, ob ich es abschicken soll, entscheide mich aber dafür. Isa wird sich mit Sicherheit freuen.

Das Handy landet auf meinem Kissen und ich öffne den heutigen Tag im Kalender, auf dessen Seite ich ein paar Zentangle-Figuren male, aber meine Gedanken wandern zu David. Es enttäuscht mich, keine Nachricht von ihm erhalten zu haben. Vielleicht ist er aber auch am Boden zerstört, weil ich ihm so fehle? Und ich treibe mich hier rum und lerne an meinem zweiten Tag schon einen fremden Jungen kennen. Schlimmer noch, ich finde ihn nett und bemühe mich sogar noch, ihn besser kennenzulernen, anstatt mich zu distanzieren. Sollte es mir nach unserer Trennung nicht schlechter gehen?

Am nächsten Morgen frühstücken wir alle gemeinsam auf der Terrasse. Mein Papa baut den alten, mit roten Blümchen bedruckten Sonnenschirm auf, denn bereits um neun Uhr hält man es ohne nicht mehr aus. Ich trage ein leichtes Shirt aus Polyester in grau-melange mit U-Boot-Ausschnitt und eine ausgefranste Jeans-Shorts. Mit dem Deckel der Margarinepackung fächere ich mir Luft zu. Um uns herum surren fleißige Bienchen und fliegen von einer farbenprächtigen Blüte zur nächsten.

Mein Opi kommt in diesem Moment heraus. In seiner Hand hält er ein gepolstertes Weidenkörbchen, in dem ein paar frisch gekochte Eier liegen. »Bist du soweit?« Er zwinkert mir zu.

»Was habt ihr vor?« Meine Mama hebt fragend die Augenbrauen.

»Nur einen alten Freund besuchen.«

Wir brechen auf. Mein Opi und ich schlendern auf der Dorfstraße nebeneinander her. Fliederbüsche säumen den Wegesrand, deren Blätter leise vor sich hin brabbeln und deren lila und weiße Blüten angenehm duften. Im Schatten hoher Pappeln wandern wir in den Ort hinein. Für eine Sekunde denke ich, wir besuchen Ole, aber wir gehen weiter geradeaus. Ab und zu schiele ich misstrauisch zu meinem Opi rüber, der diese Blicke entweder nicht bemerkt oder aber ignoriert. Vor uns liegt nun die Brücke, die über den Mühlenbach führt, der den Schliesee und den Sägersee verbindet. Früher war es eine Art Wasserfall, an dem der Fischer eine Aalfangeinrichtung angebracht hatte, doch vor ein paar Jahren wurde dieser Bereich renaturiert und in eine natürliche Fischtreppe umgebaut.

Ein paar Stockenten schwimmen zwischen den Steinen umher und schnäbeln kopfüber im Wasser nach Nahrung. So eine Abkühlung würde mir jetzt auch guttun. Ich wische mir die Haare aus dem Gesicht.

Hinter der Brücke biegen wir auf einen Sandweg ab, der am Spielplatz vorbei zu ein paar kleinen Häusern führt. Mein Opi steuert das rechte an, das sich direkt am Bach befindet.

Ich folge ihm. Der schmale Weg aus schiefen Pflastersteinen führt um den Bungalow herum und endet an einer kleinen Terrasse.

Erst das Klopfen meines Opas an der antiken Holztür holt mich in die Realität zurück. Ein tiefes Brummen ertönt: »Herein.«

Jetzt werde ich doch aufgeregt. Vor mir betritt mein Opi den Raum und ich folge nur zögerlich. So stelle ich mir den Eingang in eine Höhle vor. Meine Augen müssen sich erstmal an die Dunkelheit gewöhnen.

Er herzt einen Mann, der in seinem Alter sein muss. Sie wirken sehr vertraut, als sie sich begrüßen. Die weißen Haare sind rechts gescheitelt und der ebenso weiße Bart versteckt einen Teil des Gesichts. Dann tritt mein Opi aus dem Weg und gibt den Blick auf mich frei. »Das ist meine wundervolle Enkelin Leopoldine.«

Ich gehe einen Schritt auf den Mann zu und strecke ihm meine Hand selbstbewusst entgegen. »Guten Tag.« Dabei sehe ich ihm in die Augen, in denen ich tiefe Trauer erkenne. Es ist nicht zu erklären, aber ich habe sofort Mitleid mit ihm, obwohl ich ihn erst ein paar Sekunden kenne.

»Guten Tag.« Er drückt fest zu, doch ich halte dagegen. »Ich bin Walter Wibell.« Er starrt mir in die Augen, als lese er darin. Mich macht es zunehmend nervös, und ich kann seinem Blick nicht länger standhalten. Dann erlöst er mich. »Nehmt erstmal Platz. Ich hole uns Kaffee.«

Während er den Tisch deckt, schaue ich mich um. Das ganze Zimmer glänzt in Bronze, Silber und Gold. Schachpokale in den verschiedensten Größen, überall, wohin ich blicke. Ehrfürchtig betrachte ich einen nach dem anderen.

Mein Opi beugt sich zu mir. »Da staunst du, was?«

So gebannt von der Vielzahl der Pokale, antworte ich ihm nicht, sondern starre mit offenem Mund auf die beeindruckende Wand.

»Walter war früher sehr erfolgreich, aber vor einem Jahr hat er sich aus dem aktiven Sport zurückgezogen.«

»Warum?«

»Eine familiäre Tragödie.«

In diesem Moment kommt Herr Wibell aus der Küche zurück und gießt uns den dampfenden Kaffee in weiße Porzellantassen. Ich mag zwar lieber Tee, will aber nicht unhöflich sein.

»Lästert ihr über mich?« Er lächelt und setzt sich zu uns auf die graue Polstercouch.

»Immer doch, Walter, oder kennst du mich anders?«

Beide lachen.

Herr Wibell dreht sich zu mir. »Nun erzähl mal, Mädchen, wo drückt der Schuh?«

Ich sehe hilflos zu meinem Opa und spüre, wie es in meinem Gesicht immer heißer wird.

Er legt seine Hand auf mein Knie, um mich zu beruhigen. Diese Geste kenne ich schon, seit ich denken kann. »Leopoldine spielt seit vielen Jahren Schach. Sie ist sehr fleißig und hat viel Talent, doch sie hat das Gefühl, sie wird nicht besser.«

Herr Wibell steht kommentarlos auf und lässt uns allein in seinem Wohnzimmer sitzen. Ich schiele nun doch wieder etwas verunsichert zu meinem Opi.

Nach einigen Minuten kündigen die schlurfenden Schritte Herrn Wibells Rückkehr an. Er schaut verbissen auf den recht zerfledderten Karton, den er trägt. Als er diesen auf den Tisch stellt, setzt in meinem Kopf ein Pürierstab ein.

»Lass uns eine Partie spielen. Vielleicht erkenne ich, woran es liegt.«

Spielen? Ich? Jetzt, hier? Eigentlich würde ich am liebsten abhauen.

Er überlässt mir die weißen Schachfiguren, so dass ich eröffne. Mir fällt Riekes Spruch ein, aber ich bin mir sicher, er will nicht gewinnen, sondern sich meine Eröffnung anschauen. Jeden Zug überlege ich dreimal, bevor ich ihn tatsächlich ausführe. Herr Wibell braucht nur Sekunden, um zu parieren und nebenbei unterhält er sich noch mit meinem Opa. Na toll, ich habe es echt nicht drauf.

So sehr ich mich anstrenge, es reicht nicht mal zu zwanzig Zügen. Schachmatt. Ich schaue aufs Brett und entschuldige mich stumm bei meinen hölzernen Freunden, sie nicht besser beschützt zu haben.

»Und? Weißt du, woran es lag?«

Niedergeschlagen zucke ich mit den Schultern. »Keine Ahnung. Hätte ich eine andere Eröffnung wählen sollen?«

Herr Wibell schüttelt den Kopf und baut die Schachfiguren auf. Er analysiert jeden Zug und nennt mir Alternativen zu meinen. Dann brabbelt er etwas in seinen Bart.

Ich konzentriere mich auf seine Worte, kann ihn aber nicht verstehen. »Wie bitte?«

Mit seiner rechten Hand streicht er ein paar Mal über seinen Bart und wirkt nachdenklich. »Weißt du, was mich wundert?«

»Nee«, sage ich skeptisch.

»Du machst eine Menge Fehler.« Er schielt vom Brett zu mir hoch.

»Bitte?« Ich schnaube verächtlich.

»Lass es mich erklären. Du hast tolle taktische Ideen, doch dir fehlt an der einen oder anderen Stelle das nötige Handwerkszeug.« Er baut die Figuren in einer bestimmten Konstellation auf. »Ich meine, du spielst deine Angriffe nicht konsequent zu Ende. Du lässt dich verunsichern und gibst die Führung ab.«

Ganz genau. Er hat mich in ein paar Minuten durchschaut und jetzt ist es mir unangenehm. Ich schlucke.

Herr Wibell räuspert sich. »Wie lange bleibst du hier?«

»Drei Wochen.«

»Mal sehen, was ich dir in der Zeit beibringen kann.«

Genau in diesem Moment springt die Eingangstür auf. »Hallo Herr Wibell. Ihr Mittagessen. Mit einem lieben Gruß von meiner Mutti.«

Ein Mädchen mit blonden Haaren tänzelt in den Flur und strahlt uns an. Mit ihr zieht der Geruch nach gebratenem Fleisch ins Haus und liegt schwer in der schwülen Luft. Sie ist ungefähr einen halben Kopf größer als ich und sehr schmal. Nicht gebrechlich, aber eben schmal. Und schon recht fraulich, wie ich finde, obwohl sie ein paar Jahre jünger als ich zu sein scheint. In ihrem hellblauen Jeans-Mini und dem rosafarbenen Tanktop sieht sie echt stylisch aus für diese Gegend. Hätte ich hier nicht erwartet.

Nachdem sie die blauen Plastikdosen in die Küche gebracht hat, wirbelt sie wieder zu uns zurück, bleibt vor mir stehen und lächelt mich an. »Ich bin Lilly. Und du?« Eine Antwort wartet sie nicht ab. »Bist du nicht die talentierte Schachspielerin aus Berlin?«

Ich reiße meine Augen auf. Woher weiß die, dass ich Schach spiele?

»Nach neuesten Erkenntnissen wohl eher nicht.« Ohne mich zu verabschieden, stürme ich nach draußen.

Und schon stehe ich vor dem Bungalow und blicke auf das kleine Paradies.

Lilly schlüpft hinter mir aus der Tür.

»Tut mir leid, ich wollte nicht …«

»Schon gut. Mir tut es leid. Ich hab ein bisschen überreagiert.« Mein Gesicht fühlt sich bordeauxrot an und ich weiche ihrem Blick aus.

»Was machst du heute noch so? Falls du Lust hast, wir treffen uns abends immer an der Bussi hinten in Richtung Godendorf, also ein paar Leute von hier.«

»Ich überlege es mir.« Für mich steht fest, dort gehe ich nicht hin. »Aber danke.« Bevor ich losschlendere, zwinkere ich ihr freundlich zu. Lilly begleitet mich bis zum Tor, schwingt sich auf ihr weiß-türkises Fahrrad und fährt winkend davon.

Der Rahmen klappert auf dem Schotterweg, bis sie auf die Teerstraße fährt.

Nach dem Abendessen verabschieden sich meine Großeltern und fahren zurück in ihr Haus nach Neustrelitz. Als das Auto nicht mehr zu sehen ist, gehen wir wieder rein.

Meine Eltern verschwinden in der Küche, um den Abwasch zu erledigen und ich begebe mich in mein Reich unter dem Dach. Plötzlich klopft es. Ich gehe davon aus, meine Großeltern haben etwas vergessen. Doch dem ist nicht so. Eine helle Mädchenstimme fragt an der Tür nach mir.

Der Bass meines Papas dröhnt nach oben: »Leo? Besuch.«

Oh nein! Wie komme ich denn da jetzt raus? Ich steige die helle Holztreppe hinunter und suche nach einer glaubwürdigen Ausrede.

»Kommst du?« Lilly strahlt mich an. Ihre langen, blonden Haare stecken in einem lockeren Pferdeschwanz und sie trägt enge Jeans und ein kurzärmeliges Shirt. Um die Hüften hängt ihr ein grauer Hoodie, für später, wenn es sich abkühlt oder wegen der Mücken. Ich bitte sie in den Flur.

Unauffällig gleitet mein Blick an mir herunter und

ich schäme mich wegen meines Schlabber-Looks. »Hab noch zu tun.«

»In den Ferien?« Lilly zieht ihre Augenbrauen hoch.

»Schade eigentlich.« Sie sieht betreten zu Boden. »Was ist denn das?« Vor ihr liegt mein zerknülltes Bild, das aus der Vordertasche meines Rucksacks gefallen sein muss.

Ich hebe es auf und versuche es zu glätten. »Hat ein Typ hier aus dem Dorf gemalt. Total bescheuert.«

»Zeig mal.«

Widerwillig gebe ich es ihr, denn ich schäme mich für das, was drauf steht.

»Ist doch gut geworden.« Lilly scheint sich an der Überschrift nicht zu stören.

»Klar. Ich meine auch den Typen.«

»Ole?«

»Woher weißt du?«

Sie unterbricht mich mit einem Lachen. »Wir haben nur einen, der so zeichnen kann, und der ist voll nett.«

Ist wohl Geschmackssache und ich mag nicht länger über Ole reden. Ich nehme ihr die Zeichnung aus der Hand und stopfe sie zurück in meinen Rucksack. »Gut, ich komm mit, gib mir 'ne Minute.«

Schnell schlüpfe ich in meine Lieblingsjeans und ein legeres Top. Dann schnappe ich mir meinen neuen Cardigan und steige wieder runter.

Lilly und ich laufen die Dorfstraße entlang. »Wohnst du schon immer hier?«

Sie schüttelt den Kopf. »Hier nicht. Ein Dorf weiter in Teerofen. Da ist es noch langweiliger als in diesem Kaff.«

»Na, so schlimm ist es nun auch wieder nicht.

Ehrlich gesagt, genieße ich die Ruhe. In Berlin ist zwar viel los, aber auch immer Hektik und Krach.«

»Du glaubst gar nicht, wie gern ich mit dir tauschen würde.«

»Willst du bestimmt nicht. Ich glaub, man sehnt sich immer nach dem, was man nicht hat.«

»Nee, Leo, ich will wirklich hier weg. Um jeden Preis. Jeden Abend Partys und Tanzen und geile Typen.«

Ich muss an unsere Jungs denken und schmunzle. »In Berlin laufen auch nicht nur geile Typen rum.«

»Mit Sicherheit mehr als hier. Unsere sehen zwar gut aus, aber sind altbacken oder haben kein Interesse an einem Mädchen, das Spaß haben möchte.« Sie grinst.

Von Weitem erkenne ich das Bushaltestellenhäuschen in Fachwerkoptik und ein paar Typen und Mädels davor. Je näher wir kommen, umso sicherer werde ich, Ole hier nicht zu begegnen.

»Hey Leute, das ist Leo. Sie ist aus Berlin und macht Urlaub bei den Krögers.«

Alle Augen richten sich auf mich, spätestens als sie das Wort Berlin hören. Keine Ahnung, welche Vorstellungen sie von der Stadt haben, aber es ist, als wüsste ich den Weg zu einem geheimen Schatz.

Die Mädels stellen sich als Merle, Nele und Jette vor und sind vierzehn oder fünfzehn, genau wie Lilly.

Die Jungs kommen dazu. Sie scheinen ein oder zwei Jahre älter zu sein.

»Hallo! Ich bin Julian, Lillys Cousin.« Ein übergepflegtes Jungengesicht kommt mir ziemlich nahe. Wenn ich mich nicht irre, hat er sogar gezupfte Augenbrauen. Die hellen, blonden Haare, die locker über den Kopf verwuschelt sind, müssen genetisch bedingt sein, der gleiche Farbton wie bei Lilly.

»Malte«, brummt der braunhaarige Typ neben ihm dazwischen, der mehr als einen Kopf größer ist als ich und nicht sehr erfreut über mein Auftauchen zu sein scheint.

Julian spricht weiter, doch ich verstehe ihn nicht, denn ein Moped knattert heran und verschluckt seine Worte.

Ich starre auf die Maschine. So eine kenne ich. Es ist eine Schwalbe, mein Opi hat auch so ein Teil. Genau vor mir bremst es ab. Während der Typ in Zeitlupe den Helm abnimmt, halte ich unbewusst die Luft an und ersticke fast. Wow! Damit habe ich nun gar nicht gerechnet. Ein Typ in meinem Alter lächelt mich verschmitzt aus warmen, braunen Augen an. In meinem Bauch spüre ich es kribbeln.

Bevor ich ein schlechtes Gewissen entwickeln kann, drängelt sich Julian in mein Sichtfeld zurück. »Also, wie gesagt, wenn du hier mal richtig abfeiern willst, bin ich dein Mann.« Er stützt seine Hände lässig in die Hüften.

Malte gibt ein schnarchendes Lachgeräusch von sich. Die Mädels tuscheln und kichern leise, während Lilly uns ganz genau beobachtet.

Der Typ auf dem Moped versucht hingegen gar nicht erst, sich zurückzuhalten und grölt schallend los. »Möller, Alter, was quatschst du da wieder für 'ne Scheiße? Du bist echt unschlagbar.« Er klatscht mit Malte ab, bevor beide sich vor Lachen krümmen. Nachdem sie sich etwas beruhigen konnten, wendet der Typ sich mir zu. »Ignorier den bloß.«

Julians Augen wirken mittlerweile dunkelgrau und ich bilde mir ein, kleine Blitze in Richtung des Mopedfahrers schießen zu sehen. Lilly blickt zwischen den beiden hin und her, wie beim Tennis. Sie fühlt sich sichtlich unwohl. Ihre Hände reiben seitlich über ihre

Oberschenkel und sie verlagert ihr Gewicht permanent von einem Fuß auf den anderen.

»Ich bin Vince. Und du?«

»Leo«, sage ich schüchtern.

»Cooler Name.« Er nickt mir zu und schiebt seine Unterlippe bewundernd vor.

»Geschmackssache«, wirft der Typ neben ihm ein.

»Ist doch gut, Malte, entspann dich mal 'n bisschen«, feuert Vince zurück.

Wieder drängelt Julian sich zwischen uns und ich muss langsam schmunzeln, denn er tut, als würde er mich schon ewig kennen. »Sie wohnt bei den Krögers.«

»Wen interessiert's?« Malte hört sich genervt an und sucht Vince' Blick.

Der beachtet Lillys Cousin und ihn jedoch überhaupt nicht und sieht mir fest in die Augen. »Gut zu wissen.«

»Wieso?« Ich neige meinen Kopf etwas zur Seite.

Er grinst.

Malte stöhnt leise, doch ich ignoriere es.

Schmetterlingsflügelschläge kitzeln an meiner Magenwand und lassen mich völlig bescheuert grienen. Was ist denn mit mir nicht in Ordnung? Ich bin doch sonst nicht für sowas empfänglich und nun passiert es mir schon wieder, erst Ole und nun Vince. Mir muss die frische Luft in dieser Gegend nicht bekommen. Zu viel Sauerstoff.

Krampfhaft versuche ich, seinem Blick standzuhalten. In dieser Minute drängelt Julian sich wieder in mein Sichtfeld. »Wir fahren morgen baden. An den *Brückentinsee*. Wenn du Lust hast?«

»Möller, nerv nicht.« Vince steht auf, nachdem er sein Moped geparkt hat, und stellt sich vor mich. »Wenn

Leo baden will, hol ich sie ab und bring sie auch wieder nach Hause.«

Um ihm in die Augen gucken zu können, muss ich meinen Kopf in den Nacken legen. Ich stottere vor mich hin, bringe jedoch keinen vernünftigen Satz zustande. Ob ich vielleicht gar nicht baden will? Ich bin eher der Schwimmhallentyp, der gern bis auf den Boden gucken kann. Und wenn ich an die Seerosen denke, stellen sich die nicht mehr vorhandenen Haare auf meinen Armen auf. Als kleines Kind bin ich mal da reingeraten, um einen Marienkäfer zu retten. Ich spüre immer noch die eklig glatten Stängel an meinen Beinen. Bah!

Ich winke ab. »Nee, lasst mal gut sein. Ich hab zu tun.«

»Prima, dann fahr ich mit dir mit«, Malte klopft Vince auf die Schulter, doch der geht nicht darauf ein.

»Was hast du denn zu tun?« Vince verschränkt die Arme vor seiner Brust und sieht mich mit hochgezogenen Augenbrauen an. Er glaubt mir nicht. Und irgendwie stimmt es ja auch.

»Sie muss lernen.« Lilly springt mir bei und ich hoffe, sie erzählt nicht weiter, dass ich Schachunterricht nehme. Die meisten Leute, die ich kenne, verdrehen nämlich die Augen, wenn sie etwas von Schach hören und stempeln mich als Langweilerin ab.

»Lernen!« Malte lacht verächtlich auf. »Typisch.«

Was hat der gegen mich? Langsam regt er mich auf.

Vince wirft Lilly einen skeptischen Blick zu.

Sie nickt, kann die rhetorische Pause aber nicht lange aushalten und plappert weiter. »Leo kriegt Schachunterricht von Herrn Wibell.«

Um zu verstecken, wie unangenehm mir das ist, lege ich meine Hand über meine Augen.

110

»Krass! Du spielst Schach?«

Ich wage einen Blick und erkenne Erstaunen in Vince' Gesicht, während Malte mit den Augen rollt.

»Warum nicht? Weil ich ein Mädchen bin?« Mein Ton gleitet schlagartig ab.

»So 'n Quatsch. Hätte ich eben bloß nicht gedacht.« Für einen Moment wirkt er enttäuscht. »Aber weißt du was? Du brauchst nicht allein zu Haus zu lernen.«

Ich sehe ihn fragend an.

»Hier steht nicht nur dein Rettungsschwimmer, sondern auch dein Zweittrainer.« Euphorisch breitet er seine Arme vor mir aus.

»Du spielst Schach?« Jetzt stehe ich mit offenem Mund da.

Julian räuspert sich neben uns. »Hier gibt es nur einen Rettungsschwimmer.«

»Blödmann«, rotzt Malte in die Runde.

Vince schnieft amüsiert und ich verkneife mir ein Lächeln. »Ja, Möller, wir wissen's.«

»Im Übrigen spiele ich auch Schach.« Julian sieht Vince herausfordernd an und pumpt seinen so schon recht imposanten Brustkorb noch mehr auf.

»Was du meinst, ist *Mensch ärger dich nicht*«, schleudert Vincent ihm zurück.

Alle lachen ausgelassen.

Nele wirft ihren hellbraunen Pferdeschwanz zurück, stellt sich zwischen die beiden und grinst. Dabei treten ihre Grübchen hervor, was sie noch sympathischer wirken lässt. »Dann wird Leo es euch eben beiden zeigen.«

Damit ist die Diskussion beendet.

Na, die gefällt mir. Sie erinnert mich ein bisschen an Isa, also nur von ihrer Art. Äußerlich haben die beiden nämlich nichts gemein. Nele wirkt noch sehr kindlich, ganz anders als Lilly.

»Dann hol ich dich morgen also ab?« Vince schenkt mir ein bezauberndes Lächeln, das kein Nein zulässt.

Zeitgleich stupst Lilly mich an und weist mit ihrem Kopf zu Julian. »Und ich fahre mit Mister Baywatch.«

Alle sehen mich erwartungsvoll an. »Okay.« Ich erschrecke vor mir selbst. Das kann doch nicht aus meinem Mund gekommen sein. Habe ich jetzt echt zugestimmt?

»War ja klar«, grummelt Malte.

Vince klatscht in die Hände. »Also, morgen halb zwei am See.«

Lilly fuchtelt mit ihrem Zeigefinger vor Julians Gesicht. »Hast du gehört?«

Dann zieht sie mich zu den Mädels. Innerhalb weniger Sekunden sind die in eine intensive Unterhaltung über einen YouTuber vertieft, dessen Namen ich noch nie gehört habe.

Lilly nutzt ihre Chance und flüstert mir ins Ohr: »Hast du Vince' Blick gesehen? Ich glaub, der steht auf dich.«

»Hör auf!« Mein Gesichtsausdruck verrät ihr, dass ich sie nicht ernstnehme. Um meine Ruhe zu haben, sage ich: »Außerdem hab ich 'n Freund.« Schließlich kann hier keiner was von David und mir wissen.

Ihre Augen weiten sich und die Mundwinkel zucken. »Schon klar.«

Immer mal wieder bewegt sich mein Kopf automatisch in Vince' Richtung. Ob Ole auch zu dieser Clique gehört? So richtig kann ich ihn mir hier zwar nicht vorstellen, aber so gut kenne ich ihn nicht.

Plötzlich fällt Lilly mir um den Hals. »Ciao. Julian

und ich fahren nach Hause. Was machst du morgen Vormittag?«

»Mal sehen.«

»Ich gehe jeden Morgen laufen. Wenn du Lust hast …?« Lilly legt ihren Kopf schief.

Das hört sich doch gut an. »Ich würd gern, aber ich bin bestimmt zu langsam.«

»Niemals. Um neun bin ich bei dir.« Sie winkt, setzt sich einen Helm auf und schwingt sich auf Julians Moped, irgendeine moderne Maschine.

Jetzt stehe ich allein zwischen den restlichen Jungs, denn die anderen Mädels haben sich bereits vor einer Viertelstunde auf den Heimweg gemacht. Im Augenwinkel nehme ich wahr, wie Vince mich beobachtet. Wenn es nicht peinlich werden soll, gehe ich jetzt lieber. »So, ich werd dann auch mal.«

»Zeit wird's«, zischt Malte.

Vince lässt ihn gar nicht erst ausreden. »Ich bring dich.«

»Quatsch, brauchst du nicht. Das Stück schaff ich allein.« Abwehrend hebe ich meine Hände.

»Kommt gar nicht infrage.«

Bevor wir losgehen, dreht er sich um. »Wartest du hier, Alter?«

Malte sieht richtig sauer aus. »Jo, beeil dich aber.«

Vince ignoriert seine Reaktion und setzt sich in Bewegung. »Komm schon.«

Schweigend laufen wir nebeneinander her. Es ist eine laue Sommernacht und es riecht wundervoll nach Blumen und Gräsern. Die Grillen zirpen und leises Rauschen in den Baumkronen spielt die Hintergrundmusik. Es könnte wirklich romantisch werden. Mein Problem ist nur, dass ich im Dunkeln wirklich schlecht sehen kann und so stolpere ich einige

Male, bis Vince meine Hand nimmt und mich mehr oder weniger stützt, oder besser gesagt, führt. Hoffentlich denkt er nicht, ich tue das absichtlich.

Dann geht alles auf einmal ganz schnell. Auf der Höhe des Wasserlaufs zischt wie aus dem Nichts ein Fahrrad an uns vorbei und kommt mit quietschenden Reifen quer vor uns zum Stehen. Für einen Moment halte ich die Luft an und mein Herz flattert.

Der Fahrer scannt uns von oben bis unten und fixiert ganz besonders unsere verschlungenen Finger. Nach einer Schrecksekunde wird mir klar, wer vor uns steht, und das vorsichtige Flattern in meinem Inneren wird zu heftigen Flügelschlägen. Das Gefühl, das sich gerade in mir ausbreitet, kann ich nicht deuten, doch eine Art Scham beschreibt es am ehesten. Unauffällig versuche ich, meine Hand zu befreien, doch jetzt braucht Vince wohl meinen Halt.

»Na, ihr zwei, wo wollt ihr denn hin?«

»Ole, Alter, hast du mir 'n Schrecken eingejagt.« Vince hält ihm seine freie Hand zum Abklatschen hin. »Das ist Leo.«

Ich räuspere mich. »Wir kennen uns. Hi, Ole.«

Er grüßt nicht zurück, vielmehr ignoriert er meine Anwesenheit.

»Woher kennt ihr euch?« Vince beginnt, meine Daumenwurzel zu massieren.

»Ihre Großmutter hat gestern mit ihr meine Mutter besucht.« Er weist mit seinem Kopf in meine Richtung.

So ein Arsch. »Du meinst vielleicht, wir mussten deine Mutter besuchen. Dafür hast du schließlich gesorgt.«

Wieder beachtet er mich nicht, sondern wendet sich nur Vince zu. »Kommst du nachher noch lang?«

Vince' Griff um meine Hand verstärkt sich und er stottert ein bisschen. »Heute nicht.«

Ein fieses Grinsen klingt aus Oles Stimme. »Ach so! Na, dann mal viel Erfolg.«

Bevor ich etwas erwidern kann, zieht Vince mich weiter und ich mache mir langsam Gedanken um meinen Daumenknochen. Er dreht sich nochmal um. »Kommst du morgen mit zum Brückentiner? Um halb zwei ist Treffpunkt.«

»Eher nicht. Mal sehen.« Ole winkt ab.

Auch wenn ich gerade ziemlich durcheinander bin, versetzt mir Oles Absage, nicht mit zum Baden zu kommen, einen heftigen Stich und ich verstehe es nicht. Warum wünsche ich mir, dass er morgen dabei ist?

Kapitel 8 - Ole

So ein Dreck! Ich glaube es einfach nicht. Wie hat Vince die denn schon wieder klargemacht? Er wickelt die Tussen im Moment reihenweise um den Finger. Klar, er sieht ganz gut aus, soweit ich es als Typ einschätzen kann, aber ansonsten? Mit seiner oberflächlichen Art würde er bei mir nichts reißen und tiefschürfende Gespräche sind mit ihm einfach nicht drin. Aber mich will er ja auch nicht abschleppen.

Doch eine Sache geht mir nicht aus dem Kopf. Wieso kann er heute Abend nicht mehr? Der will doch nicht schon wieder ins VZ?

Ich bringe mein Fahrrad in Stellung und folge den beiden im Sicherheitsabstand. Wollen wir doch mal sehen, was mein bester Kumpel heute noch Wichtiges zu tun hat. Kurz stocke ich. Der wird doch wohl nicht die Nacht mit der Kleinen verbringen? Nein. Doch sofort blitzen Bilder von den beiden in meiner Phantasie auf und ich würge die Griffe an meinem Lenker. Was geht mich das eigentlich an? Habe ich tatsächlich was anderes von der Tusse erwartet? Sie kommt aus Berlin. Jeden Tag Partys, überall Typen.

Ich versuche mich wieder auf Vincent zu konzentrieren. Schließlich verheimlicht er mir was und ich bekomme es heute Nacht raus. Auf jeden Fall.

Nach ein paar Minuten bleiben sie vor dem Tor zum Haus der Krögers stehen und unterhalten sich. Ich pirsche mich so dicht ran, wie es nur möglich ist, und hoffe auf Gesprächsfetzen. Ohne Erfolg.

Die beiden wirken sehr vertraut, aber das ist ja typisch für solche Weiber. Immer einen auf arme, kleine Prinzessin machen, um den Beschützerinstinkt im Mann zu wecken. Ekelhaft!

Vor meinem Gesicht wedeln ein paar Äste einer kleinen Eiche wie ein Fächer. Das dichte Blattwerk versperrt mir für einen Moment die Sicht. Als die Arme des Baumes sich wieder beruhigt haben, verabschieden die beiden sich offensichtlich voneinander, denn Leopoldine wendet sich zum Gehen ab. Plötzlich fasst Vince ihren Arm und sie bleibt abrupt stehen. Er fixiert sie einen Moment. Dann beugt er sich nach vorn, ohne sie loszulassen.

Schluss. Das muss ich jetzt nicht sehen. Ich drehe mich in die andere Richtung und warte eine Sekunde. Als Leopoldine kichert, bewegt mein Kopf sich automatisch zurück. Wie leicht solche Weiber rumzukriegen sind, erstaunt mich immer wieder.

Vince winkt ihr zu und geht los. Ich drücke mich weiter ins Gebüsch und warte, bis er daran vorbei ist.

Langsam werde ich unruhig. Mein bester Kumpel ist schon ein paar Meter voraus, doch sie steht immer noch an der Stelle vor dem Tor. Wenn ich Vince nicht verlieren will, muss ich ihm jetzt unbedingt hinterher. Mit langen Schritten folge ich nun meinem besten Kumpel und schiebe mein Fahrrad neben mir her. Ich starre in die Dunkelheit, kann ihn aber nicht ausmachen. Sicherheitshalber lege ich noch einen Zahn zu. Und dann endlich: An der Bushaltestelle höre ich seine Stimme und schleiche mich Schritt für Schritt heran. Malte ist auch dort und sie quatschten aufgeregt. Was planen die beiden nur?

Wegen ihrer intensiven Diskussion bemerken sie mich nicht und ich kann mich ungestört nähern.

Trotz der Dunkelheit sehe ich recht gut. Vince schwingt gerade sein Bein über sein Moped und lässt sich auf die Sitzbank fallen.

»Was sollte das mit der Kleinen?« Malte verschränkt die Arme vor seiner Brust. »Wir brauchen nicht noch jemanden, der uns auf die Schliche kommt und erpresst.«

Was hat er eben gesagt? Vince und er werden erpresst?

»Alter, komm runter. Leo ist okay.« Mein bester Kumpel nimmt sich seinen Helm. »Was ist jetzt? Wollen wir nun oder nicht?«

Malte steht regungslos vor ihm. »Fuck! Ehrlich? Ich hab Schiss.«

»Wovor?«

»Wovor?« Schlagartig klingt Malte, als würde er gleich auf Vince losgehen. »Dass sie uns wieder erwischen?«

»Na und?« Mein bester Kumpel lacht herablassend.

Offensichtlich erkennt er den Ernst der Lage nicht. Malte dagegen scheint zu wissen, was auf dem Spiel steht. Er prescht auf Vince zu und stoppt nur wenige

Zentimeter vor ihm. »Spinnst du? Wenn wir denen nochmal in die Quere kommen.«

»Was dann? Wollen die uns verraten?« Wieder lacht Vince lauthals auf.

Malte tritt einen Schritt zurück. »Dein Ernst? Dann bin ich tot.«

»Komm runter, Alter. Das ist kein Hollywood-Blockbuster.« Vince hält Malte den anderen Motorradhelm hin.

Ein paar Sekunden herrscht absolute Stille. Dann streckt er die Hand aus und stülpt sich den Helm über. Vince tritt die Schwalbe an, Malte setzt sich hinten rauf und die beiden sausen los.

Dreck! Warum kann ich noch nicht sechzehn sein und Moped fahren? Mit einem Satz springe ich auf mein Mountainbike und trample hinterher.

Zum Glück kann ich mich am Rücklicht des Mopeds orientieren. Ich folge den roten Punkten und dem knatternden Geräusch. Kurz vor dem Röthsee bremst er und biegt, ohne zu blinken rechts in den Waldweg ein. Ab jetzt weiß ich, wo sie hinwollen, nur leider komme ich dort nicht hin, ohne gesehen zu werden. Doch ich kenne jeden Quadratzentimeter dieser Gegend und habe eine Idee. Als ich den Waldweg erreiche, springe ich keuchend vom Fahrrad und laufe einen kleinen Abhang hinunter. Dort lege ich mein Mountainbike ab. Durch kniehohes Gras und Farn stakse ich in Richtung See. Mücken surren mir um den Kopf und zapfen mich an.

Ich erreiche den Schilfgürtel. Die schwertähnlichen Blätter schaben bei jeder Bewegung aneinander.

Bevor Vögel und andere Tiere in diesem Jahr darin zu brüten begannen, habe ich einen kleinen Pfad angelegt, den nur ich kenne. Diesem folge ich und gelange auf eine schmale Sandbank, von der aus der ganze See einzusehen ist.

Was für ein Anblick. Die Oberfläche des Sees ist spiegelglatt und in der Mitte schimmert der Mond, voll und silbern. Ab und zu hört man einen Fisch springen, der die glatte Fläche in kleine Falten zusammenschiebt. Auf der gegenüberliegenden Seite vernehme ich Stimmen.

Ich krame mein Nachtsichtgerät aus dem Rucksack und suche das Ufer ab. Verdammt, ich habe Recht. Ein paar Gestalten stehen an der Löschwasserentnahmestelle. Dort erkenne ich auch zwei Autos und ein Moped. Bestimmt Vincents. Jetzt muss ich nur noch warten und dann filme ich sie gleich in Aktion.

Plötzlich hallen Schritte vom Hauptwanderweg zu mir herunter. Ich ducke mich und versuche mit meinem Gerät jemanden zu erkennen. Die Bäume stehen jedoch als Sichtschutz dazwischen. Erst als ich mir sicher bin, wieder allein zu sein, wende ich mich der anderen Seeseite zu.

Nach ein paar Minuten echot Gelächter über den See und man begrüßt offensichtlich jemanden. Schade, dass ich den Neuankömmling nicht erkannt habe.

Ob Vince und Malte zu den Wilderern gehören?

Wieder muss ich mich gedulden. Nichts tut sich, bestimmt für die nächsten zwanzig Minuten. Doch dann wirft jemand einen Motor an und die Typen positionieren sich unten am Ufer und ziehen und hieven etwas aus dem See. Soll ich wirklich so viel Glück haben?

Mit einem Lächeln drücke ich die Aufnahmetaste an meinem Nachtsichtgerät. Sofort zucke ich zusammen, denn nicht die Kamera ist aktiviert, sondern die montierte Taschenlampe wirft einen grünen Lichtkegel quer über den See. Dreck! Ich reiße das Gerät runter und versuche das Licht zu verdecken, bis ich endlich den Off-Schalter finde.

Doch es ist zu spät. Krach und Unruhe auf der anderen Seite.

»Was war das?«, tönt es von drüben.

»Los, wir müssen hin.« In diesem Moment springen die Autos an und kurz danach das Moped.

Adrenalin schießt durch meinen Körper. Schnell raffe ich alles in meinen Rucksack, schmeiße ihn mir über den Rücken und renne los. Obwohl ich den Weg kenne, peitschen mir Äste ins Gesicht und ich stolpere. Endlich erreiche ich mein Fahrrad, doch das Moped ist bereits zu dicht. Sie würden mich sofort sehen. Ich werfe mich flach auf den Boden und versuche geräuschlos zu atmen.

Ungefähr auf meiner Höhe stoppt die Maschine. Wenn die mich jetzt finden. Ich mag gar nicht dran denken. Dann nähern sich plötzlich Schritte, quer durch den Wald. Da hat es aber jemand ziemlich eilig.

»Los, Alter, komm!«

War das Vince?

»Hoffentlich hat uns keiner erkannt«, ruft jemand. Ich vermute Malte.

Das Moped wird wieder angeschmissen, die zweite Person springt auf und sie verschwinden. Gehören die beiden wirklich dazu?

Erleichtert atme ich erstmal aus, denn sie haben mich nicht entdeckt. Doch ich muss mir was einfallen lassen. Die Autos sind bestimmt gleich da. Ich lausche in die Dunkelheit. Nachdem ich für ein paar Sekunden nichts höre, robbe ich auf meinen Unterarmen das letzte Stück zu meinem Fahrrad. Kleine Äste und

Tannennadeln piken durch meine Kleidung. Vorsichtig spähe ich die Böschung hinauf. Nichts. Doch! Etwas Helles liegt auf dem Weg.

Ich stehe auf und zerre mein Fahrrad die Anhöhe hoch. Mit drei langen Schritten erreiche ich meine Entdeckung und hebe es auf. Es ist ein Stück zusammengeknülltes Papier. Gerade als ich anfange, es auseinanderzufalten, jaulen die Motoren auf.

Ich stopfe das Papierknäuel in meinen Rucksack und fahre langsam auf die Straße. Zwar höre ich Autos, doch ich sehe sie nicht und auch kein Licht. Vorsichtig fahre ich weiter und blicke mich immerzu um. Langsam nähere ich mich der Kreuzung, die nach Teerofen führt. Plötzlich schießen die Autos auf mich zu. Für einen Moment erstarre ich und weiß keinen Ausweg. Mein Herz schlägt heftig von innen gegen meinen Brustkorb und ich habe das Gefühl, nicht mehr richtig atmen zu können.

Doch dann komme ich langsam wieder zu mir, wende das Fahrrad auf der Stelle und rase in die Richtung, aus der ich gekommen bin. Auf der Straße halte ich mich weit links. Die Autos folgen mir. Ganz sicher fährt das erste mich gleich an, doch schneller geht es nicht.

Dann endlich erscheint auf der linken Seite die Abbiegung zur Bungalowsiedlung auf der anderen Seite des Schliesees und ich schlage meinen Lenker hart ein. Das Fahrrad driftet ein Stück. Trotzdem behalte ich die Kontrolle, rolle die steile Abfahrt hinunter und nehme gleich den ersten Weg links. Hier wird es etwas unwegsamer, doch ich kämpfe mich durch.

Die quietschenden Reifen sind ein Zeichen, dass die Autos wenden. Kurz danach rasen sie ebenfalls die Abfahrt herunter. In diesem Moment erreiche ich mein

Ziel. Eine kleine Betontreppe führt nach oben auf die Straße zurück. Mit meinem Fahrrad auf der Schulter steige ich seitlich die Stufen hoch, setze das Rad oben wieder ab und trete mit aller Kraft in die Pedale. Damit habe ich einen kleinen Vorsprung.

Zu früh gefreut. Eines der Autos fährt mit durchdrehenden Rädern an und prescht die Abfahrt rauf. Natürlich biegt es in meine Richtung ab. Mit Vollgas ist es mir auf den Fersen.

Ich rase mittlerweile den Berg zum Wasserlauf hinab und hoffe inständig, unsere Gartentür steht offen. Die letzten Meter vor unserer Einfahrt bereite ich mich zum Abstieg vor, schwinge mein rechtes Bein auf die linke Seite, rolle noch ein Stück und springe dann ab. Im Laufschritt reiße ich mein Fahrrad neben mir her und sehe bereits die Lichter an der Bergkuppe aufleuchten.

Das Tor steht offen. So schnell ich kann, pese ich hindurch und renne auf die Garage zu. Gleich habe ich es geschafft. Ich spüre das rettende Metall der Klinke in meiner Hand und drücke es runter. Nein!

Die Tür öffnet sich nicht und ich sehe mich panisch um. Das Auto kann nur noch wenige Meter entfernt sein. Während ich darüber nachdenke, warum abgeschlossen ist, zerre ich mein Mountainbike aufgeregt hinter die Garage. Gerade noch rechtzeitig schaffe ich es aus dem Sichtbereich und das Auto zischt am Haus vorbei. Keuchend lehne ich mich an die Außenwand. In meinen Ohren hämmert der Puls. Ich stütze mich auf meinen Knien ab und versuche meine Atmung zu normalisieren.

Nach ein paar Sekunden Stille wird das Motorengeräusch wieder lauter. Mit quietschenden Reifen kommt eines der Autos vor unserem Haus zum Stehen. Ich halte die Luft an und warte. Ob die gesehen haben, wo ich verschwunden bin? Wieder konzentriere ich mich auf mögliche Geräusche. Nicht, dass sie mich jetzt fertigmachen.

»Wir kriegen dich, du feige Sau!« Eine tiefe, leicht raue Stimme donnert durch die Nacht. Es ist wieder die von neulich Abend. Leider kann ich sie noch immer nicht zuordnen, obwohl sie mir bekannt vorkommt. Dann jault erneut der Motor auf und das Auto verschwindet in Richtung Röthsee. Dreck! Jetzt wissen sie, wo ich wohne. Mir wird ganz anders. Ich muss mir etwas einfallen lassen. Doch vorher komme ich nicht umhin, einen Weg ins Haus zu finden, wenn ich nicht bei Flitzi schlafen will. Außerdem wüssten meine Eltern dann spätestens morgen Früh, dass ich gegen ihre Regeln verstoßen habe. Und auf eine weitere Strafe kann ich verzichten.

Es geht immer noch nicht in meinen Kopf, wieso die Garage abgeschlossen ist. Vielleicht habe ich die Klinke nur nicht richtig erwischt. Ich gehe nochmal zurück, fasse an und rüttle leicht. Doch vergeblich. Und nun?

Es gibt nur eine Möglichkeit. Mit meinem Fahrrad schleiche ich ein Stück um unser Haus und lehne es an die Fassade. Vorsichtig klettere ich auf den Rahmen und strecke mich, bis ich das Fenster erreiche.

Leise trommeln meine Finger über das Glas, wie ein sanfter Landregen. Nichts tut sich. Ich klopfe etwas intensiver. Wieder nichts.

Doch dann taucht Riekes Kopf hinter der Scheibe auf. Sie reißt ihren Mund auf und ihre Augen strahlen. Sofort lege ich meinen Zeigefinger auf meine Lippen. Auf keinen Fall darf sie jetzt losbrüllen. Ich gestikuliere, sie soll das Fenster öffnen. Rieke verschwindet. Hoffentlich weckt sie nicht unsere Eltern. Ich wische mir übers Gesicht, lehne mich an die raue Hausfassade und warte. Ein modriger Geruch steigt aus meinen Klamotten auf. Nach ein paar Sekunden klappert es und Rieke wackelt vor der Scheibe, wie eine Artistin auf einem Ball. Sie fasst nach dem Griff, dreht ihn um neunzig Grad und öffnet ganz langsam das Fenster.

»Ole?«

»Pscht. Geh ein Stück zurück.« Ich klammere mich ans Fensterbrett, hole Schwung und drücke mich nach oben. Dann schleudere ich meine Beine hinein und lande auf Riekes Einhornteppich.

»Wo warst du die ganze Zeit?«

»Was meinst du?«

Sie legt ihren Kopf schief und sieht mich skeptisch an. »Na, wo kommst du jetzt her?«

Ich lächle sie an und will sie nicht beunruhigen. »Von Flitzi, hab nur nochmal nach ihm gesehen.«

»Du lügst.« Sie dreht sich um und stampft in Richtung Zimmertür.

»Wo willst du hin?«

»Zu Mutti.«

Ich greife nach ihrem Arm. »Bitte nicht. Dann kriege ich wieder Ärger.«

»Hast du schon. Mutti und Vati haben gemerkt, dass du dich rausgeschlichen hast. Du hast mich angelogen.« Ihre Augen glitzern verdächtig, während sich Wut und Enttäuschung darin spiegeln. Dann rennt sie los.

»Mutti! Ole ist zu Hause.« Die Schlafzimmertür wird aufgerissen und die Hausschuhe meiner Mutter klatschen auf den Fliesen, dicht gefolgt von den schweren Schritten meines Vaters.

Ich will gar nicht darüber nachdenken, was jetzt gleich passiert und stehe wie angewurzelt da. Meine Mutter feuert um die Ecke. Direkt hinter ihr steht mein

Vater und sieht mich vorwurfsvoll an. Rieke presst sich an seine Seite und verzieht keine Miene.

Ich verspüre ein seltsames Brennen im Hals und meine Nase beginnt zu laufen. Immer wieder schlucke ich und hoffe, der Schmerz vergeht damit.

Meine Mutter tritt einen Schritt zurück. »Ab ins Bett, Mäuschen. Und wir reden morgen, Ole.«

Das klingt nicht versöhnlich.

Ein lautes Räuspern meines Vaters unterbricht uns. »Vor allem über deine Strafe.«

Sie gehen aus Riekes Zimmer und wünschen ihr eine gute Nacht.

Bevor auch ich mich ins Bett lege, steuere ich das Bad an. Als ich mich im Spiegel sehe, erschrecke ich vor mir selbst. Lange Striemen, aus denen zum Teil Blut quillt, zeichnen ein Muster kreuz und quer über meine Nase, meine Stirn und meine Wangen. Damit gebe ich ein besonders hübsches Geburtstagskind ab.

Nach einer intensiven Dusche benutze ich das Gesichtswasser meiner Mutter, in der Hoffnung, damit eine Sofortheilung zu bewirken. Doch es bringt nur üble Schmerzen. Ich creme die Stellen mit einer Wund- und Heilsalbe ein und bete, sie möge über Nacht helfen.

Am meisten sorge ich mich aber, dass die Wilderer mich erkannt haben und jetzt wissen, wo ich wohne.

Ich schleiche in mein Zimmer und schmeiße mich ins Bett. Die Bettdecke lege ich mir nur locker über die Hüfte, denn es ist ziemlich schwül. Ein paar Minuten döse ich und versuche einzuschlafen. Doch dann fällt mir was ein. Ich schalte meine Nachttischlampe wieder an und greife in meinen Rucksack. Vorsichtig entfalte ich das Papier, das ich vorhin auf dem Waldweg gefunden habe.

Meine eigene Zeichnung. Wie kommt die da hin? Ich kann nicht glauben, was ich sehe. Hat Leo doch etwas mit dieser Sache zu tun?

Kapitel 9 - Leo

Pünktlich um neun Uhr am nächsten Morgen schlägt Lilly bei uns auf und grüßt freundlich. Als sie um die Veranda geht, stehen meine Eltern auf und räumen den Frühstückstisch ab.

»Na, Leo? Bist du fertig?« Lilly strahlt. In ihren knappen Laufshorts und dem magentafarbenen Tanktop sieht sie aus, als hätte sie gleich ein Shooting. Mit einem passenden Stirnband hält sie sich ihre blonden Haare aus ihrem gebräunten Gesicht.

Unauffällig gleitet mein Blick über mein eigenes Outfit. Mit meinen schlabberigen Baumwollshorts und dem weißen Shirt sehe ich alles andere als vorzeigbar aus. Aber wer kann auch ahnen, dass die Klamottenwahl bereits die Aufwärm-Übung ist? Egal, ich stehe dazu und wir joggen los.

Lilly biegt in einem ganz schönen Tempo hinter unserem Bungalow in den Wald ein. Abrupt bleibt sie stehen. »Nun sag schon. Wie war's mit Vince?«

Schlagartig schießt Hitze in meine Wangen. Sowas wie sie habe ich noch nie erlebt. Ist die direkt! Und wir kennen uns erst kurz.

»Normal. Er hat mich nach Haus gebracht und ist dann gegangen.« Unschuldig blicke ich sie an. Ganz plötzlich muss ich an Ole denken und wie er mich angesehen hat. Ein kurzer Stich schießt durch meine Brust. Ob Lilly vielleicht noch mehr über ihn weiß? »Ach nee, wir haben noch Ole getroffen.« Ich versuche es beiläufig klingen zu lassen. Dabei fällt mir noch etwas ein. »Weißt du vielleicht, wo ich die Zeichnung von ihm hingetan habe?«

Lilly schüttelt den Kopf und schiebt ihre Lippen vor, als überlege sie. »Keine Ahnung. Du hast sie doch vorn in deinen Rucksack gesteckt.«

»Hab ich auch gedacht, aber da ist sie nicht mehr.« Gestern Abend bin ich noch ein Stück gegangen, nachdem Vince sich verabschiedet hat, und meinen Rucksack hatte ich die ganze Zeit bei mir. Ich überlege, bis Lilly mich aus meinen Gedanken reißt.

»Weißt du was? Wir laufen jetzt nicht, sondern spazieren ein Stück und quatschen.«

Die Idee finde ich gar nicht so schlecht, denn ich weiß nicht, ob ich mit Lillys Tempo beim Joggen mithalten kann, und die Blöße will ich mir nicht geben. »Na gut. Dann los.«

Wir setzen uns in Bewegung. Es ist ein schöner Morgen. Die Sonne scheint schräg zwischen den Bäumen durch.

Nach ein paar Metern habe ich das Gefühl, mein Gesicht glänzt wie ein polierter Weihnachtsapfel, und unter meinen Armen entwickelt sich ein Flussbett. Mit einem Seitenblick auf Lilly muss ich feststellen, dass sie keine derartigen Probleme hat.

»Hier geht's zur Waldbrücke. Soll ich sie dir zeigen?«

»Nee, die kenn ich schon.«

»Ach, echt?«

»Ja, schon von früher. Gleich als wir angekommen sind, war ich da und es ist immer noch so schön, wie ich es in Erinnerung habe.«

Lilly zieht ihre Augenbrauen leicht zusammen und ich sehe ihr an, dass sie mich für blöd erklärt. Schließlich wohne ich in Berlin, da kann man doch nicht auf so eine Einöde hier stehen. Sie will mir aber nicht zu nahe treten. »Find ich auch.«

Trotzdem ist deutlich herauszuhören, dass sie nicht meint, was sie sagt.

»Ich zeig dir noch ein paar schöne Stellen.«

Wir laufen an der Pferdekoppel vorbei und gehen durch einen Nadelwald. Dieser Harzgeruch. Wie ich den in Berlin vermisse.

Das letzte Stück kämpfen wir uns durch eine kleine Lärchenschonung, bevor wir einen tollen Ausblick auf den zweiten See haben. Kleine Wellen tanzen und klatschen in der Mitte des Sees gegeneinander. Lilly zückt ihr Smartphone und schießt ein Foto. Danach dreht sie mich um, legt mir ihren Arm um die Schulter und macht ein Selfie von uns, mit dem See im Hintergrund.

»Warte, wir versuchen was.« Erst fotografiert sie den Weg zum Ufer. Dann muss ich mich an die Bäume auf der linken Seite stellen und präsentierend auf den See zeigen.

Dabei komme ich mir reichlich blöd vor. »Was soll das?«

»Ist der neueste Trend. Warte ab.« Danach schieße ich ein Foto von Lilly in derselben Pose auf der rechten Seite. Sie nimmt mir ihr Handy wieder ab und tippt darauf umher. »Guck mal.« Lilly zeigt mir, wie sie die drei Einstellungen zu einem Panorama-Bild zusammengebastelt hat. »Kannst du deinen Freunden schicken.«

»Danke, aber darauf erkennt man uns doch gar nicht richtig. Wir sind viel zu klein.«

Lilly verzieht enttäuscht ihr Gesicht. »Aber du schwärmst doch so von der Natur hier.«

Ich möchte nicht noch unhöflicher sein und lasse es darauf beruhen. »Das stimmt. Die Landschaftsaufnahme ist natürlich toll.« Trotzdem finde ich es eigenartig.

»Also, ich nehme es als Profilbild«, sagt sie schnippisch und macht mir damit ein schlechtes Gewissen.

Dann spazieren wir weiter.

Während sie mir noch drei weitere großartige Aussichtspunkte zeigt, erzählt sie mir ihr halbes Leben und stellt gefühlt eine Million Fragen über Berlin. Es stört mich nicht, denn so muss ich nicht über mich sprechen. Nach einer guten Stunde stehen wir wieder am Bungalow.

»Denk dran, um halb zwei treffen wir uns am Brückentinsee.«

Stimmt. Habe ich aber bis jetzt erfolgreich verdrängt und suche immer noch nach einer Ausrede. »Mal sehen, ob ich es schaffe. Ich hab später noch Schach.«

»Leo! Ich hol dich höchstpersönlich, wenn du nicht mit Vince auftauchst.«

Wegen ihres warnenden Untertons muss ich grinsen. »Schon gut, ich komm ja.« Dass ich mit an den Strand fahre, stört mich nicht, aber ins Wasser will ich auf keinen Fall. Mir reicht es schon, wenn ich die Seerosenblätter sehe.

Lillys Handy vibriert und sie guckt gleich nach. »Ich muss jetzt. Gibst du mir deine Nummer? Dann können wir schreiben.«

Sie speichert mich gleich ein.

»Ach so. Heute Abend gehen wir auf eine Geburtstagsparty.«

»Vergiss es. Mich hat keiner eingeladen.« Abwehrend halte ich meine Hände hoch.

»Klar kommst du mit. Zum Geburtstag wird man außerdem nicht eingeladen, da geht man einfach hin.«

Das habe ich ja noch nie gehört.

»Und wer hat?« Wenn ich wirklich mitgehen soll, brauche ich ein Geschenk, wenigstens ein kleines.

»Rate mal.« Lilly grinst.

Klar. Ihre Mimik verrät sie. Es gibt nur eine Lösung. »Vince.«

Sie schüttelt den Kopf. »Ole.«

»Dann bin ich raus. So wie der gestern Abend drauf war, will der mich mit Sicherheit nicht dabeihaben.«

Lilly beginnt noch mehr zu strahlen als ohnehin schon. »Ole ist manchmal ein bisschen barsch, ansonsten aber wirklich toll.«

»Da hast du aber eine nette Umschreibung für diesen Typen gefunden.« Sogleich bereue ich meine Worte und denke an die Entgleisung mit seinem Papa. Kein Wunder, dass er so ist.

»Wir können später beim Baden abquatschen, wann ich dich abhole. Ja?«

Bevor ich antworten muss, vibriert wieder Lillys Handy. Sie winkt mir zu und verschwindet im Laufschritt hinter der Fliederhecke.

Ole hat heute Geburtstag? Wenn ich wirklich mit auf die Party gehe, dann nicht mit leeren Händen und ich habe auch schon eine Idee. Dafür brauche ich aber meine Eltern.

Die sitzen auf der Terrasse unterm Sonnenschirm und lesen. Ich drängle mich mit auf die Liege meines Papas und probiere einen flehenden Gesichtsausdruck. »Papa?«

»Was gibt es?«

»Würdest du mit mir kurz nach Neustrelitz reinfahren?«

Jetzt sieht er mich an. »Eigentlich warten wir schon die ganze Zeit auf dich, damit wir gemeinsam eine Bootstour machen können. Genauso wie früher.«

Mist. Und nun?

Meine Mama richtet sich auf. Jetzt geht die Zeterei bestimmt wieder los. »Was hältst du davon, wenn wir beide in die Stadt fahren und Papa bereitet alles vor?« Sie lächelt mich an. »Und danach starten wir dann auf den See.«

Völlig perplex blicke ich zu ihr rüber. »Echt jetzt?«

»Ich schlag vor, du fährst?«

Fast platze ich vor Freude. Warum ist sie nicht immer so nett?

Mein Papa klatscht in die Hände. »Prima, ihr zwei.«

In null Komma nichts ziehe ich mich um. Gerade als ich die Treppe wieder runterhüpfe, leuchtet mein Handy auf. Ich kämpfe drei Sekunden mit mir, doch einmal Gucken muss drin sein.

Eine Nachricht von David. Erst überlege ich, ob ich sie mir überhaupt ansehen soll, doch meine Neugier hat bereits entschieden. <Vermisse dich. Bin traurig, dass du nicht dabei bist, nach allem, was ich für dich getan habe. Ich liebe dich.>

Was soll dieser Mist denn nun? Und das nach seiner letzten Nachricht. Denkt er, ich bin bescheuert? Hat er mich nicht verstanden? Schließlich ist es seine Schuld. Etwas Schweres zerrt an meinem Herzen. Ich feuere mein Smartphone aufs Bett, schnappe meinen Rucksack und steige die Treppe hinab. Obwohl ich weiß, dass ich keine Schuld habe, zieht mich seine Nachricht runter. Das muss unbedingt aufhören.

Meine Mama wartet am Auto und sieht fantastisch aus in ihrem sandfarbenen Leinenkleid. »Und? Bist du bereit?«

»Aber sowas von.« Ich lasse mich auf den Fahrersitz fallen. Dann spule ich mein Wissen aus der Fahrschule ab. Es vergehen bestimmt fünf Minuten, bis ich alles eingestellt habe.

»Lass dir Zeit.« Meine Mama beobachtet mich. Ein angenehmes Gefühl breitet sich in meiner Magengegend aus, als hätte ich warmen Kräutertee mit Honig getrunken. Sie schenkt mir ihre Zeit und fordert einmal nichts von mir, sondern ist einfach nur für mich da.

Nach einer Viertelstunde Fahrzeit erreichen wir Neustrelitz. Ich biege auf den erstbesten Parkplatz ein.

Wir spazieren die Zierker Straße entlang, bis wir vor einem Instrumentenladen stehen. Verwundert blickt meine Mama mich an. »Was machen wir hier?«

»Ich geh heute Abend auf 'ne Geburtstagsparty und brauch noch ein Geschenk.« Bedächtig öffne ich die Ladentür. Als ich am hinteren Ende die E-Gitarren an der Wand sehe, ist es um mich geschehen. Wie in Trance wandere ich dorthin und meine Mama folgt mir. Bewundernd bleibe ich vor jeder einzelnen stehen und fahre mit meinen Fingern über die hochglänzenden Klangkörper.

»Meinst du nicht, das wär ein bisschen übertrieben?« Kleine Falten bilden sich auf ihrer Stirn.

»Glaubst du echt, ich will eine Gitarre kaufen?« Ich versuche amüsiert zu klingen. Wenn sie wüsste, wie gern ich das würde, und zwar für mich, doch sie ist dagegen und besteht darauf, dass ich weiter Klavierunterricht nehme.

»Ich bin Mike. Wie kann ich euch helfen?« Ein junger Mann mit Vollbart und lustigen blauen Augen stellt sich zu uns.

Ich erkläre ihm, was genau ich will, und binnen Sekunden sucht er mir etwas Passendes heraus. »Perfekt. Danke.« Gemeinsam gehen wir zur Kasse. »Wickelst du mir das bitte als Geschenk ein?« Ich halte ihm die kleine Plastikverpackung entgegen.

»Sicher.«

Nachdem ich bezahlt habe, dauert es nur wenige Minuten bis es fertig ist. In mattes, dunkelgraues Geschenkpapier gewickelt und mit einer schönen, glänzenden, schwarzen Schleife versehen, überreicht Mike mir das Geschenk.

»Echt toll. Danke!«

»Gern geschehen. Vielleicht bis zum nächsten Mal.« Er drückt mir noch einen Prospekt in die Hand und meine Mundwinkel hüpfen nach oben. Ein Katalog mit den neuesten E-Gitarren. Ich spüre, wie sich meine Wangen färben, und danke ihm.

Meine Mama sieht uns abwechselnd an. »Kommst du?«

Zum Abschied winke ich Mike und folge ihr.

»Wieso hat er dir das gegeben?« Mit ihrem Kopf weist sie auf das Hochglanzheft.

»Bestimmt, weil ich was aus der Abteilung gekauft habe.« Sie ahnt nicht, wie glücklich ich darüber bin.

Wir gehen eingehakt zu unserem Parkplatz.

Nachdem wir uns beide ein leckeres Schoko-Vanille-Softeis gegönnt haben, machen wir uns auf den Nachhauseweg. Mein Papa erwartet uns bereits und will gleich los auf den See. Er scheucht uns wie kleine Hühner in den Bungalow. Meine Mama und ich ziehen uns Tobesachen an und mit meinem beaujolaisfarbenen Bikini und dem dünnen Trägerkleid schwebe ich in einer leichten Brise zum Boot. Die Sonnencreme verströmt einen angenehmen Duft und hinterlässt einen dezenten Schimmer auf meiner Haut. Hinter mir geht meine Mama mit der überdimensionalen Strandtasche mit Proviant und summt fröhlich vor sich hin.

Der See liegt wie poliert vor uns und das frische Grün der Bäume wirkt durch die Spiegelung noch intensiver. Vorm Boot bleibe ich stehen und sehe meinen Papa mit großen Augen an. »Und wo sollen wir sitzen?« Es liegen bestimmt fünf Wurfangeln und zwei Stippen an den Seiten, die unter einen großen Kescher gepfercht sind. Dazu kommt sein riesiger Angelkoffer, der im vorderen Bereich den Weg versperrt. Hinten findet die Zwanzig-Kilo-Batterie Platz, um den E-Motor zu füttern.

»Komm schon, Leo. Das war doch immer so.« Er reicht mir die Hand und ich hüpfe ins Boot. Nachdem er auch meiner Mama hineingeholfen hat, legen wir unsere Decken auf die hölzerne Mittelbank. Mein Papa kettet das Boot ab und schiebt uns aus der Nische auf den See.

Ich weiß nicht, wann ich das letzte Mal rausgefahren bin, aber ich genieße diesen farbintensiven Anblick. Man hört keine Autos, nur Vogelgezwitscher, das Rauschen der Blätter und das plätschernde Wasser zwischen den knorrigen Baumwurzeln.

Als mein Papa seine Geheimstelle gefunden hat, ankert er. Es ist jedes Mal aufs Neue aufregend, denn es wackelt dabei so, dass man glaubt, über Bord zu gehen. Dann hat er es endlich und wir räumen das halbe Boot um, bis jeder bequem sitzt. Meine Mama und ich schlagen unsere Bücher auf und lesen. Ein Schwall Wassertropfen regnet auf uns nieder, als der Köder an der Sehne ins Wasser geschleudert wird, und wir quieken auf. Nach etwa fünfzehn Minuten kehrt Ruhe ein, doch nur kurz. Mein Papa beginnt zu pfeifen, als wolle er die Fische mit diesem schrillen Ton hypnotisieren.

»Och, Papa, so kriegst du nie einen.«

»Warte ab.«

Meine Mama lacht auf. »Das sagt er immer.«

Auf einmal rasselt die Sehne an einer Angel. Während er auf den richtigen Moment wartet um anzuhauen, bewaffnet sich meine Mama keuchend mit dem riesigen, grünen Raubfisch Kescher. Nach einem zwanzigsekündigen Kampf zieht mein Papa unter Jubelstürmen einen Babybarsch aus dem Wasser, der höchstens elf Zentimeter lang ist und ohne Probleme durch die großen Maschen des Keschers abhauen könnte. Ganz behutsam löst er den Fisch vom Haken und setzt ihn vorsichtig ins Wasser zurück, während meine Mama und ich schon leise gackern. Nach einer tiefen Verbeugung kann er sich das Lachen auch nicht mehr verkneifen und wiehert los.

Als wir drei uns beruhigt haben, macht er seine Angel wieder flott. »Leo?«

Ich sehe von meinem E-Book-Reader auf.

»Hilfst du mir Köderfische zu angeln?«

»Och, Papa! Ich les doch jetzt.«

»Komm, Schatz, hast du früher auch immer gemacht.« Er hält mir seine Stippe hin.

»Früher war ich sechs und fand es spannend.«

»Ist es heute auch noch. Dieses Gefühl, wenn einer beißt und du nicht weißt, ob du ihn kriegst …« Sein schwärmerischer Gesichtsausdruck animiert meine Augen zum Hula-Hoop.

Ich weiß, er wird nicht nachgeben. »Gut. Gib her.« Zwischen Daumen, Zeige- und Mittelfinger forme ich eine kleine Kugel aus Teig und spieße sie auf den silbernen Haken auf. Dann werfe ich die Angel aus und starre auf die neonorange Pose.

»Ukeleis wären gut.«

»Als ob ich das beeinflussen könnte.«

Mein Papa grinst. »Auf Würmer beißen sie besser als auf Teig.«

»Das hab ich jetzt nicht gehört.« Ich neige meinen Kopf zur Seite und blicke ihn warnend an.

»Schon gut. Mach, was du denkst.« Er hebt beschwichtigend die Hände.

Dann widme ich mich wieder meiner Angel und döse vor mich hin.

Während ich meine Pose fixiere, fallen mir fast die Augen zu. Plötzlich schaukelt unser Boot und bringt Unruhe in die gleichmäßig flache Wasseroberfläche.

»Guten Tag. Ihre Angelkarten bitte«, ertönt eine mir bekannte Stimme.

Das darf doch wohl jetzt echt nicht wahr sein! Mein ganzer Körper spannt sich schlagartig an. Ole. Ich drehe mich um und hätte ihn am liebsten ins Wasser geschubst. Und wie er aussieht! Seine Sonnenbrille könnte ich als Ganzkörperspiegel in meinem Zimmer gebrauchen. Bei genauerem Hinsehen erkenne ich jedoch, dass er versucht sein Gesicht zu verstecken. Es ist übersät von Kratzern und Schrammen. Was ist denn mit dem geschehen?

Ich lasse mir nichts anmerken, während mein Papa seine Unterlagen aus seinem Angelkoffer kramt, ordentlich verpackt in eine Klarsichthülle. Ole stellt sich als Mitglied des Angelvereins Schliesee e. V. vor, das mit der Kontrolle der Vereinsgewässer betraut ist. Er nimmt meinem Papa die Unterlagen ab und prüft alles ganz genau.

»Alles klar.« Ole gibt sie ihm zurück. »Und, schon Erfolg gehabt?« Er weist auf die Angeln.

»Leider nein.«

Mein Papa spricht nicht mehr und wartet offensichtlich auf Oles Abfahrt.

»Und, Leo? Wo ist deine Angelkarte?«

Schlagartig schnelle ich zu ihm herum und blitze ihn aus zusammengekniffenen Augen an. »Was? Spinnst du?«

»Leo!« Mein Papa springt auf und verliert fast das Gleichgewicht. Mit erhobenen Händen steht er wie ein Ringrichter zwischen uns. »Das meint sie nicht so.«

»Ach nee?« Jetzt stehe ich auf und bekomme ebenfalls Schlagseite, verliere das Gleichgewicht und kann mich gerade noch am Bootsrand halten.

Außer einem belustigten Schmunzeln zeigt Oles Gesicht keine Regung. Und das ist auch besser so für ihn. Ganz gelassen antwortet er: »Wir wollen mal lieber sachlich bleiben. Die Angelkarte, bitte.«

So ein Arsch. Ich verschränke die Arme vor meiner Brust. »Ist Kinderarbeit nicht verboten?«

Seine Mundwinkel zucken.

Mein Papa blickt aufgeregt von einem zum anderen. »Es tut uns leid. Sie hat keine Angelkarte.«

»Mmh.« Ohne aufzuschauen kramt er etwas aus einem moosgrünen Rucksack.

»Hast du denn einen Fischereischein?« Was tut er denn so bescheuert? Der weiß doch eh, dass ich keinen hab.

»Nein, hab ich auch nicht.« Ich presse meine Lippen aufeinander.

Er zieht die Luft zwischen seinen zusammengebissenen Zähnen ein. »Dann wird es wohl nicht nur eine Strafe, sondern auch eine Anzeige wegen Fischwilderei.«

Mein Papa schreckt auf und bringt erneut das ganze Boot zum Wackeln. Bevor er sich wieder anbiedert, lege ich los: »Brauchst du das eigentlich für dein Ego?«

Ein lautes Husten unterbricht mich, denn mein Papa hat sich vor Schreck verschluckt. Das scheucht ein paar Vögel aus dem Schilf in unserer Nähe auf und ein Graureiher krächzt um sein Leben.

Für einen Moment überlege ich, Ole meinen Teigklumpen an den Kopf zu werfen. Doch das wäre absolute Verschwendung.

Oder?

Es überkommt mich. Ich schleudere den Flatschen in Oles Richtung. Wie ein Boxer pendelt er mit seinem Oberkörper zur Seite. Das Ding landet klatschend im Wasser.

Jetzt schnellt auch meine Mama hoch. »Leopoldine!«

Was ist nur in mich gefahren? Beschämt schaue ich auf den hölzernen Einlegeboden.

Mein Papa nimmt das Gespräch mit Ole wieder auf. »Wie teuer wird das?«

Ole tut, als ob er überlegt. »In unserer Vereinssatzung ist festgelegt, dass Angeln mit einer

Stippe ohne Angelkarte zweihundertfünfzig Euro kostet.«

»Was?« Hat er sich gerade versprochen?

Mit einem Ruck dreht mein Papa sich zu mir um und funkelt mich warnend an.

»Der Tatbestand kann mit einem Bußgeld von bis zu fünfundsiebzigtausend Euro und einer Freiheitsstrafe von bis zu fünf Jahren belegt werden. Ich finde zweihundertfünfzig gehen da noch.« Ole schiebt seine Sonnenbrille hoch und das Blau seiner Augen droht einen heranrollenden Tsunami an, gegen den ich keine Chance habe.

»Wir haben damit auch gar kein Problem.« Mein Papa lächelt ihn verkrampft an und reibt nervös seine Hände. »Und wegen der Anzeige? Besteht eine Möglichkeit, sie zu umgehen?«

»Ich hoffe, Sie wollen mich nicht bestechen?«

Ein kurzes Zucken verrät, dass mein Papa sich ertappt fühlt. »Nein, ich meine, vielleicht so etwas wie gemeinnützige Arbeit?«

»Papa! Jetzt reicht's aber.« Verträgt er die Sonne heute nicht?

»Leo, bitte. Wir haben einen Fehler gemacht und nun müssen wir auch mit den Konsequenzen leben.«

Während wir uns beharken, überlegt Ole. »Gar keine schlechte Idee. Leo kann mir helfen, die Angelstellen für die Touristen aufzuräumen.«

»Ich?«

»Ja, das macht sie natürlich.« Mein Papa nickt mir zu und seine Nasenflügel beben. »Tja, Leo, dann bleibt dir wohl nichts anderes übrig.« Er dreht sich zu Ole. »Wann geht es los?«

»Ich schlag vor, ich zeig ihr morgen erstmal die Angelstellen. Da passt sieben Uhr dreißig gut.«

»Stimmt mit dir irgendetwas nicht? Es sind Ferien.«

Er verdreht genervt die Augen. »Weißt du was, Leo? Deine Entscheidung. Entweder Arbeitsstunden oder Anzeige.« Dann schiebt er seine Sonnenbrille zurück auf die Nase und verabschiedet sich freundlich.

In diesem Moment würde ich meinem Papa am liebsten den Hals umdrehen. Was hat er mir bloß eingebrockt?

Gerade als ich Ole noch etwas hinterherrufen will, sehe ich im Augenwinkel, wie er überlegen grinst.

Kapitel 10 - Ole

Innerlich klopfe ich mir auf die Schenkel, so gut ist die Sache eben gelaufen. Was glaubt die verwöhnte Tusse eigentlich? Und dann spielt sie sich noch wie ein bockiges Gör vor ihren Eltern auf. Unglaublich!

Als der Vater dann auch noch die Arbeitsstunden vorgeschlagen hat – genial! Ich fühle mich seit Langem mal wieder richtig glücklich.

Hoffentlich sprechen die nicht meinen Alten darauf an. Wenn sie den nämlich lang genug bearbeiten, würde er Leo von den Arbeitsstunden befreien und eine Anzeige gäbe es auch nicht.

Als Vorstand des Vereins spricht er das letzte Wort.

Ich schippere, so schnell der Motor es zulässt. Als man mich nicht mehr sehen und hören kann, platzt es aus mir heraus und ich halte mir den Bauch vor Lachen. Zu komisch, wie Leo so kontrolliert wirken wollte und auf alles angesprungen ist. Ich werde noch jede Menge

Spaß mit ihr haben. Definitiv.

In einem Rutsch lege ich an unserem Steg an, hüpfe aus dem Boot und bringe alles zurück in die Garage. Klara empfängt mich mit freudigem Gebell und hüpft umher, wenn man es bei einem Basset so nennen kann. Normalerweise liegt sie bei so einem Wetter im Kellerniedergang und stellt sich schlafend. Als ich um die Ecke biege, wundere ich mich. Deswegen ist sie aus dem Häuschen. Unser dunkelgrauer Jeep parkt in der Einfahrt, obwohl meine Eltern noch arbeiten müssten.

Als ich weitergehe, wird mir ein bisschen mulmig. Vor unserem Tor parken ein Polizeiwagen, der dunkelblaue Kombi von Lillys Vater und der Dienstwagen meiner Mutter. Ich beeile mich, um ins Haus zu kommen, denn irgendetwas stimmt nicht.

Ganz vorsichtig öffne ich die Eingangstür. Genau in diesem Moment wird mir bewusst, dass die Polizei vielleicht wegen mir hier ist, weil ich auf eigene Faust hinter den Wilderern her war.

Ich vernehme Stimmen aus der Küche und schleiche mich auf Zehenspitzen ran.

Meine Mutter spricht in einem strengen Ton zu den Beamten. »Wenn Sie gestern Nacht gleich hergekommen wären, hätten Sie das Gemetzel verhindern können.« Sie zeigt auf ein Foto, das auf dem Tisch liegt. »Das gleiche Horrorszenario wie letztens am *Godendorfer See*. Wann wollen Sie endlich dagegen vorgehen?«

Habe ich richtig gehört? Das bedeutet, die Wilderer haben wieder zugeschlagen. Und das, nachdem ich sie überrascht habe. Die legen es drauf an.

Durch das Rascheln der Jacken an der Flurgarderobe mache ich auf mich aufmerksam und gehe in die Küche. »Hallo! Was ist passiert?«

Meine Mutter schiebt das Foto zu mir rüber. »Hinten an der Löschwasserentnahmestelle am Röthsee.«

Ich nehme das Bild und starre entsetzt darauf.

»Und, wo warst du gestern Nacht, Ole? Deine Eltern sagen, du hast dich rausgeschlichen.« Herr Schultz richtet sich auf.

»Mein Sohn hat sich mit einem Kumpel getroffen. Es sind Ferien.« Meine Mutter hebt ihre Stimme.

Hartmut hüstelt. »Diana, bitte. Sie haben Ole gefragt.«

»Ich bin seine Erziehungsberechtigte, also antworte ich.«

»Es hilft uns und vor allem dir nicht, wenn du hier alle so angehst. Wir verfolgen dasselbe Ziel.« Er macht einen Schritt auf sie zu und spricht leise weiter, doch ich höre es. »Denk an das Gespräch bei unserem Chef. Du musst deine Gefühle ausschalten.«

Irritiert beobachte ich das Ganze.

Herr Möller wirft Hartmut einen vielsagenden Blick zu und nickt bewundernd. Moment. Was läuft hier?

Lillys Vater dreht sich um und geht.

»Herr Möller? Kann ich Sie noch eine Minute sprechen? Draußen?«

Wieso will Hartmut mit Herrn Möller sprechen? Das ist die Aufgabe meiner Mutter.

Dann setzen sich auch die Beamten in Bewegung. Herr Schultz bleibt vor mir stehen.

»Ich hoffe, es stellt sich nicht heraus, dass du am See warst. Wir behalten dich im Auge.«

»Hören Sie auf.« Meine Mutter zeigt bedrohlich mit dem Finger auf ihn.

Nachdem das Polizeiauto außer Sichtweite ist und auch Hartmut und Herr Möller unser Grundstück verlassen haben, schließt sie die Tür und kommt auf mich zu.

»Was meinte Hartmut?«

»Halb so wild.«

»Mutti«, sage ich warnend, »ich bin nicht bescheuert. Du hast feige klein beigegeben. So bist du doch sonst nicht.«

Sie lehnt sich an die Wand und lässt kraftlos die Arme hängen. »Mein Chef denkt, ich behindere die Ermittlungen. Wenn ihm nochmal was zu Ohren kommt, versetzt er mich.«

»Hartmut kann ihm doch sagen, dass das nicht stimmt.«

»Hast du ihn vorhin nicht gehört? Er genießt die Situation.« »Versteh ich nicht.«

»Er ist im Moment der Hauptansprechpartner in dieser Sache, vor allem für unseren Chef. Ich bin angeblich emotional zu sehr involviert.«

»Wie?«

»Ole, sie verdächtigen dich.« Meine Mutti macht eine kurze Pause. »Bitte sei ehrlich zu mir. Warst du am See?«

»Nein«, zische ich.

»Ich hoffe, du lügst nicht.«

Nachdem meine Mutti uns noch schnell Spiegeleier zum Mittag gebraten hat, gehe ich in mein Zimmer und packe meine Badesachen in den Rucksack. Ich habe zwar gesagt, ich werde heute an meinem Geburtstag nicht beim Baden dabei sein, doch die Genugtuung gönne ich Vince und Leo nicht. Außerdem muss ich meinen besten Kumpel nach diesem Besuch der Polizei unbedingt nochmal sehen.

Ein leises Knistern aus dem Inneren meiner Tasche erinnert mich an gestern Abend und ich hole das zusammengeknüllte Papier wieder hervor. Ich streiche mit meiner Hand darüber, um es zu glätten.

Bevor ich es endgültig wegwerfe, hole ich ein leeres Blatt aus meiner Zeichenmappe. Mit schnellen Bleistiftstrichen übertrage ich jedes Detail. Plötzlich stürmt Rieke in mein Zimmer und stellt sich breitbeinig vor mich.

»Und eins sag ich dir, Freundchen: Ich bin nur heute nett zu dir.« Dann trällert sie los: »Weil heute dein Geburtstag ist, da …«

Ich knie mich vor sie und warte, bis sie zu Ende gesungen hat. Dabei brennt es zunehmend in meiner Kehle. »Danke, Schwesterchen.« Rieke fällt mir um den Hals und gibt mir einen feuchten Kuss auf die Wange.

Dann sprintet sie los und kommt mit einer selbstgebastelten Karte zurück, die sie ganz ohne Hilfe gemalt hat. Darauf füttern wir gemeinsam Flitzi. Ich nehme sie ihr aus der Hand und pinne sie an meine Korkwand. Rieke strahlt, denn dahin schaffen es nur meine perfekten Zeichnungen. Der Rest verschwindet in der Skizzenmappe in der Schublade.

»Bist du verliebt in Leo?«

»Nein! Wie kommst du denn jetzt darauf?« Mein Kopf fängt an zu glühen.

»Weil du sie schon wieder malst und sie immer schöner wird.« Rieke brüllt los, hüpft auf der Stelle und reißt jubelnd ihre Arme in die Luft. »Ole ist verliebt, Ole ist verliebt«, singt sie in einer immer wiederkehrenden Melodie.

»Hör auf, Rieke.«

»Kommt Leo heute Abend auch?« Sie grinst mich an.

»Nö. Wieso?«

»Weil du sie magst.« Rieke stemmt ihre Hände in die Hüften.

»Glaub ich nicht. Hab sie nicht eingeladen.« In dem Moment, als ich es ausspreche, enttäuscht es mich irgendwie selbst.

Meine Schwester zieht eine Flunsch. »Schade. Ich mag Leo nämlich auch.«

Darauf gehe ich nicht ein. Wenn ich beim Baden noch dabei sein will, muss ich mich jetzt beeilen. Ich räume meinen Schreibtisch auf und Rieke beobachtet mich, wie ich meine Zeichenutensilien ordentlich verstaue. Zuletzt halte ich die verdreckte Zeichnung in der Hand, bringe es aber nicht übers Herz, sie wegzuschmeißen, sondern lege sie zu meinen Skizzen in die unterste Schublade. Als ich fertig bin, schiebe ich meine kleine Schwester vor mir her aus meinem Zimmer.

Doch langsam wird die Zeit knapp. Ich werfe mir meinen Rucksack über und verabschiede mich bei meiner Mutter und Rieke.

»Sei pünktlich heute Abend. Wir wollen noch ein paar Minuten allein mit dir sein, bevor die Gäste kommen.«

Natürlich ist man an einem Geburtstag mit der gesamten Familie zusammen. Aber seit meine Omi letzten Sommer starb, hat sich alles geändert. Mein Opi versucht zwar, sie zu ersetzen, aber der Schmerz in seinen Augen macht es mir noch schwerer, weswegen ich ihn nur selten besuche.

Hinter unserer Pforte biege ich rechts ab und radle auf der Landstraße zum Brückentinsee.

Wie ein Besengter trete ich in die Pedale, weil ich zum einen wütend auf Hartmut bin, aber auch, weil ich nichts verpassen will. Am Straßenrand toben erste rote Klatschmohnblüten an mir vorbei. Mein T-Shirt weht vom Fahrtwind und ein leichter Schweißfilm bildet sich im Haaransatz. Nach sieben Kilometern fahre ich vorsichtig den steilen, sandigen Abhang zum Strand hinunter, den hohe Linden und Erlen umgeben. Alle haben es sich schon auf dem weichen Rasen bequem gemacht und empfangen mich unter lautem Gejubel.

»Happy birthday to you …«, erklingt ein ungeübter Chor. Ich bin überwältigt.

Meine Augen gleiten über die Leute und verschaffen mir einen Überblick. Lilly und Julian teilen sich eine Decke. Merle, Nele und Jette liegen auf einer monströsen, himmelblauen Kuschelunterlage und die Jungs haben jeder ihr eigenes Handtuch. Außer Vince. Der drängelt sich neben Leo auf einem eingelaufenen Waschhandschuh.

Mit gesenkten Lidern sitzt Leo vor einem Schachbrett und singt mit den anderen mit. Ihr Anblick trifft mich wie ein Schlag. Schon fast scheu wagt sie einen Blick, mir direkt in die Augen, und bleibt darin hängen. Auch nachdem das Lied endet und alle aufspringen und mich beglückwünschen.

Im Augenwinkel nehme ich wahr, wie Vince zwischen uns hin und her sieht. Er schubst Leo an und steht auf. Schnell huscht ihr Blick auf die buschigen Grasbüschel unter ihren Füßen und ihre Wangen färben sich rosa wie die Spitzen der zarten Gänseblümchenwimpern. Sie drückt sich mit beiden Händen ab und erhebt sich ebenfalls. Sie kommen auf mich zu, wobei Leo versetzt hinter Vince geht, als ob sie sich verstecken will.

Mein bester Kumpel umarmt mich kurz und klopft mir auf den Rücken. »Glückwunsch, Alter.«

149

»Danke.« Ich löse mich von ihm. »Hab gedacht, du meldest dich heute mal.«

»Wollt nicht stören. Bei euch stand die Polizei vor der Tür.«

Leo reißt ihre Augen auf, aber außer mir merkt das keiner, glaube ich. Macht sie sich doch Sorgen wegen einer Anzeige?

»Außerdem hatte ich ein Date.« Vince weist auf seine Waschhandschuh-Sitznachbarin.

In Zeitlupe drehe ich mich zu Leo und sehe ihr in die Augen. Sie leuchten wie die Blausternchen, die den Garten meines Opas jeden Frühling überschwemmen. Meine Oma hat sie gepflanzt und geliebt.

Leo weicht meinem Blick aus und funkelt Vince an. »Ein Date? Nu hör aber mal auf.«

Der runzelt die Stirn. »Komm schon, wir waren verabredet und ich hab dich abgeholt.«

Sie reagiert nicht darauf. Stattdessen schielt sie zu mir. »Glückwunsch erstmal.«

»Danke.« Ich lächle. Von ihrer Wut ist nichts mehr zu spüren.

Ihre Wangen nehmen mehr und mehr die Farbe ihrer Haare an und ich genieße diesen Anblick.

Vince beobachtet uns und stemmt nach einer Weile seine Fäuste lässig in die Hüften. »Spielen wir weiter?« Mit seiner Schulter stupst er Leo sanft an.

Jetzt erst gelingt ihr die Befreiung aus meiner Augenfesselung. »Klar.« Sie dreht sich abrupt um, tippelt ein Stück auf ihren Zehenspitzen und platziert sich wieder auf dem Frotteefetzen, dicht gefolgt von meinem besten Kumpel, der mich einfach so stehenlässt.

Ich wühle mein Badetuch aus meinem Rucksack und breite es zwischen den anderen aus. Von hier aus habe ich alles im Blick. Da niemand Anstalten macht, ins Wasser zu gehen, lege ich mich auch erstmal hin und döse in der Sonne. Nicht zu fassen, mein bester Kumpel lässt mich stehen, wegen der. An meinem Geburtstag.

»Hi, Ole, soll ich dir den Rücken eincremen?« Lilly krabbelt auf mein Badetuch und setzt sich im Schneidersitz neben mich.

Ein Blick reicht, um Julians Missfallen über das Verhalten seiner Cousine zu erfassen. Ihm gefällt es genauso wenig wie mir.

»Lass gut sein, Lilly. Ich bleib nur kurz.« Schnell drehe ich mich auf die andere Seite. In dieser Sekunde schnellt Leos Kopf zurück.

Ihre Locken hüpfen aufgeregt und erlauben wieder einen Blick auf ihren Bikini. Lila steht ihr ziemlich gut. Dreck, was ist nur mit mir los? Ich brauche eine Abkühlung.

In einer fließenden Bewegung springe ich auf. »Wer kommt mit rein?«

Alle außer Vince und Leo – und mir – rennen sofort zum See und schmeißen sich ins kühle Nass. Die beiden starren hochkonzentriert auf das Schachbrett vor sich.

Malte läuft zurück und bewirft Vince mit einer Handvoll Modder. »Los jetzt, komm! Was soll ich denn mit den Weibern allein im Wasser?«

»Na, wenn du das nicht weißt«, erwidert Vince mit einem anzüglichen Unterton.

Malte ist angepisst und lässt uns wieder allein.

Ich stelle mich neben die beiden und analysiere die Spielsituation. Leo sieht mit einem überlegenen Lächeln zu mir auf und ich kann nicht anders. »Ihr spielt Schach?«

»Nee, Mikado.«

»Phh. Da bin ich ja beruhigt.« Ich atme übertrieben aus.

»Wieso?«, zischt sie.

»Wenn das Schach wär, bräuchtet ihr beide intensive Nachhilfe.«

Jetzt sieht auch Vince zu mir hoch. »Was soll das denn heißen, Alter?«

Ich weise aufs Brett. »Wer ist dran?«

Vince richtet sich auf. »Ich.«

»Turm h5«, räuspere ich mich.

Mein bester Kumpel guckt bestimmt fünf Minuten aufs Brett, bevor er es rafft. »Schachmatt!« Dann springt er auf und fordert mich mit seinem ausgestreckten Arm zum Abklatschen auf. »Danke, Alter, wie du das auch immer machst.«

»Lass gut sein.«

»Dann wollen wir mal.« Vince hält Leo seine Hand hin, doch die beachtet ihn nicht. »Los, Leo!«

Sie schüttelt den Kopf. »Komm gleich nach.«

Ich habe mich so auf ihren Gesichtsausdruck gefreut, doch was sich jetzt abspielt, habe ich nicht im Ansatz geahnt.

Vince schubst mich an. »Auf geht's.« Er rennt los. Offensichtlich fällt ihm nicht auf, wie tief sein Sieg Leo getroffen hat.

Einen Augenblick bleibe ich noch stehen. »Kommst du mit rein?« Ich weise in Richtung See.

»Gleich. Mach nur noch schnell was zu Ende.«

»Okay.« Ich gehe los. Die letzten Meter renne ich und springe kopfüber ins Wasser. Was habe ich nur getan? Selbst der Druck auf meinen Lungen lenkt mich nicht von Leos Gesichtsausdruck ab.

Als ich auftauche, schwimmt Lilly auf mich zu und spritzt mir einen Schwall Wasser ins Gesicht. Bevor ich reagieren kann, schnappt Julian sie und lässt sich rückwärts mit ihr fallen. Prustend taucht sie auf und ihre Haare kleben ihr überall im Gesicht. Sie reibt sich die Augen. »Was soll das denn, du Idiot?«

Julians Mundwinkel schießen nach oben.

»Grins nicht so doof.« Lilly stapft in Richtung Ufer und würdigt ihren Cousin keines Blickes. Das scheint ihn aber nicht zu stören. Im Gegenteil, er wirkt zufrieden.

Leo sitzt immer noch wie vor ein paar Minuten ganz allein vor dem Schachbrett.

»Oh nein, was ist denn mit ihr los?« Lilly kämpft sich aus dem Wasser und tippelt zu ihr hin. Sie kniet sich neben sie, und legt ihr einen Arm um die Schulter. Leider höre ich nicht, was die beiden sprechen. Ich hoffe nur, Lilly kann sie ablenken.

Ein Augenblick vergeht. Dann richtet Lilly sich wieder auf und hält Leo ihre Hände hin. Die greift zu und wird mit Schwung nach oben befördert. Sie schlendern zum See und stehen ein paar Minuten am Ufer, bevor sie sich zentimeterweise ins Wasser bewegen.

Leos Augen scannen die Wasseroberfläche ab. Ihrem Gesichtsausdruck nach zu urteilen, rechnet sie jeden Augenblick mit einem Angriff blutrünstiger Piranhas. Mit jedem Schritt treten ihre Muskeln mehr hervor. Eine sehr weibliche, aber auch sportliche Figur. Keine unserer Mädels sieht so heiß aus. Ich reiße meinen Blick los. Wenn ich heute noch aus dem Wasser kommen will, muss ich mich ablenken.

Lilly gesellt sich zu Vince und Malte, die beide ausgelassen herumalbern, sich bespritzen und umschubsen. Sie versucht sich dazwischenzudrängen. Erfolglos.

Leo bewegt sich dagegen im Schneckentempo auf die Gruppe zu. Mich beachtet sie fast nicht. Nur ein Blick sagt mir, was sie von mir hält. Ich habe sie mit meinem Tipp an Vince gedemütigt und verletzt. Am Ende gibt es nur einen Verlierer und das bin ich.

Mittlerweile ist Leo bei Lilly angekommen und steht wie ein Baum im Wasser. Sie drehen den Jungs ihre Rücken zu und tuscheln.

Ich wate mit langen Schritten zu Vince, um mich zu verabschieden. Gerade als ich ihn erreiche, schultert Malte ihn und befördert ihn klatschend ins Wasser. Die Mädels stehen zwar ein Stück entfernt, aber es hilft nichts. Vince trifft Leo hart mit seinen Beinen im Nacken und sie fällt vornüber ins Wasser.

Dreck! Sofort marschiere ich zu der Stelle, wo Leo eingetaucht ist. Auch Julian hechelt hinter mir her. Lilly steht daneben, mit offenem Mund und aufgerissenen Augen, nicht in der Lage, sich zu bewegen. In diesem Moment bricht Leo durch die Wasseroberfläche und prustet wie ein Wal. Das Erste, was sie sieht, bin ich, und das macht sie offensichtlich nicht glücklich. Sie kneift ihre Augen zu Schlitzen zusammen und ich warte nur noch auf die Laserstrahlen, die mich gleich zu Asche werden lassen.

Vince rettet mich mit seinem Gewieher für diesen Moment. »Krass, Leo, da bekommt der Ausdruck *begossener Pudel* eine ganz neue Bedeutung.« Malte glotzt sie ebenfalls an und grölt mit.

Und irgendwie stimmt es, was die beiden sagen. Leos Haare stehen in kleinen Kringeln in alle Richtungen von ihrem Kopf ab. Nur mit großer Mühe gelingt mir ein neutraler Gesichtsausdruck.

Lilly erwacht aus ihrer Schockstarre. »Was seid ihr nur für bescheuerte Typen.«

154

Leo reibt sich den Nacken und verzieht vor Schmerzen das Gesicht. Dann stürzt Vince an mir vorbei auf sie zu. »Alles klar?«

»Geht es?« Lilly bietet ihr ihren Arm an.

Leo fasst zu. Schon beim ersten Schritt beißt sie ihre Zähne fest aufeinander, verliert das Gleichgewicht und taumelt zur Seite. Kurz bevor sie abtaucht, bekomme ich sie zu fassen und helfe ihr auf.

Sie funkelt mich an.

»Ich will dir nur helfen.« Beschwichtigend hebe ich die Hände.

»Du meinst, dein schlechtes Gewissen beruhigen.«

»Was?« Ich kann ihr nicht folgen.

Sie reißt sich los und zischt: »Finger weg!«

»Leo? Was ist los?« Auch Lilly sieht sie irritiert an.

»Was los ist? Erst rennt er mich um und nun spielt er den Samariter.« Sie macht eine abfällige Geste in meine Richtung. »Echt krank.«

Trotzdem greife ich ihr unter den Arm, bis sie wieder stehen kann.

Urplötzlich holt sie aus und stößt mit beiden Händen gegen meine Brust. »Lass mich!«

»Leo. Was soll das? Er will dir nur helfen.« Lilly guckt sie entgeistert an.

»Verzichte!«

Besorgt drängelt sich nun Vince zwischen uns und nimmt Leos Arm. »Das tut mir leid.«

»Muss es aber nicht.« Sie fasst nach seiner Hand.

»Aber wenn ich dich so sehe …« Er schüttelt schuldbewusst den Kopf.

Ich trete einen Schritt zurück. Als Vince und Leo so vertraut miteinander umgehen, packt es mich.

Die Einladung zu meiner Party kann ich mir jetzt wohl klemmen.

155

Kapitel 11 - Leo

Auf Vince' Unterarm gestützt, humple ich zurück zu unserer Decke. Lilly und er lassen mich vorsichtig runter und ich lande mit einem kleinen Plumps. Der schmerzt zwar kurz, aber ist gut zu verkraften. Ich traue mich nicht, meinen Fuß anzugucken. Es tut so weh und ich habe Angst vor einer ernsthaften Verletzung.

Mit beiden Händen umklammere ich mein Sprunggelenk, als könne ich damit die Schmerzen verstecken. Lilly und Vince reden auf mich ein, ich soll die Wunde endlich zeigen. Millimeter für Millimeter lege ich die Stelle frei. Kein schöner Anblick. Doch nicht so schlimm, wie es sich anfühlt.

Bei Oles Dropkick vorhin im Wasser habe ich mein Gleichgewicht verloren. Um mich halten zu können, habe ich einen Ausfallschritt gemacht und bin über einen Stein gestolpert. An dessen rauer Oberfläche muss ich mir den Knöchel aufgeratscht haben und bin zum Schluss noch umgeknickt.

Das war bestimmt Absicht von Ole, als Rache für den Angelteig.

Wie die kleinen Jungen. Toben im Wasser ohne Rücksicht auf Verluste. Man merkt ihnen doch ihr Alter an. Und dann noch diese Mitleidstour. Nicht mal entschuldigt hat Ole sich.

Als Vince mit einem Taschentuch über die Wunde tupft, ziehe ich scharf die Luft zwischen meinen zusammengebissenen Zähnen ein.

Lilly schubst ihn an. »Mensch, pass doch auf. Das tut ihr weh.« Sie streicht mir behutsam über den Arm.

»Alter!«, flucht er genervt. »Ich bin schon obervorsichtig.«

Sie blitzen sich an. Habe ich was verpasst?

»Bring sie lieber nach Hause.«

»Hast recht. Ist vielleicht besser.« Vince sieht mich nicht an, während er spricht.

»Quatsch, wegen mir müssen wir nicht los. So schlimm ist es nun auch wieder nicht.« Tatsächlich tut es ganz schön weh, aber ich will nicht die Spielverderberin sein.

Vince blickt für eine Sekunde zu Malte. Dann wendet er sich mir zu. »Los, wir fahren erstmal.«

»Wir müssen wirklich nicht.«

»Doch, doch.« Er verstärkt seine Aussage mit einem heftigen Nicken.

Ich räume alles zurück in meinen Rucksack.

Dabei beäugt Vince mich aus dem Augenwinkel. »Das war nicht Oles Schuld. Malte hat mich geschmissen.«

»Warum nimmst du ihn in Schutz?«, frage ich verärgert.

»Mach ich nicht. Ole kann wirklich nichts dafür.«

Vince kratzt sich am Kopf. »Er ist mein bester Kumpel.«

»Ole? Ich dachte Malte«, rede ich dazwischen und weise in dessen Richtung.

»Denken viele. Mit Malte kann man 'ne Menge Spaß haben und hab ich auch. Doch Ole ist eher der Große-Bruder-Typ, der einem auch mal den Kopf wäscht. Manchmal übertreibt er aber einfach.«

»Ja, er hat total überzogen. Heute hat er mich zu Sozialstunden verdonnert, vor meinen Eltern. Peinlich!« Beim Reden balle ich meine Fäuste.

»Er meint es aber nicht so. Kämpft immer für die Schwachen und will Gerechtigkeit.«

»Kann er ja auch, soll mich aber gefälligst zufriedenlassen.«

Vince druckst rum. »Naja, du hast schon gegen geltendes Recht verstoßen, Angeln ohne Angelschein.«

»Ich hatte nicht mal einen bescheuerten Fisch dran.«

»Egal.« Er zieht die Schultern hoch und seine faltige Stirn zeigt mir, dass er Oles Meinung ist. »Ich rede mit ihm wegen der Arbeitsstunden. Vielleicht kriege ich ihn noch umgestimmt.«

Viel Hoffnung habe ich nicht. Doch allein die Aussicht auf eine mögliche Chance bereitet mir wieder bessere Laune.

Nachdem alles verstaut ist, helfen Vince und Lilly mir zum Moped. Das Gehen funktioniert schon besser und es schmerzt auch nicht mehr so. Ich stülpe mir den schwarzen Motorradhelm über und setze mich auf die gepolsterte Sitzfläche und schnelle sofort wieder hoch. Autsch! Das schwarze Leder ist in der Sonne heiß geworden. Und wie! Nach einem kurzen Moment gewöhne ich mich daran und Vince fährt mich nach Hause.

Ich liege oben auf meinem Bett, arbeite die Schachaufgaben von Herrn Wibell durch und versuche meine Gedanken vom heutigen Tag wegzulenken. Was ist das nur mit Ole? Es gibt Momente, da scheint es, als sei etwas ganz Besonderes zwischen uns und dann geht wieder alles schief.

Nebenbei schreibe ich Nachrichten mit meinem Handy. Also, ich versuche es. Der Empfang ist grausam.

Isa hat mir ein Pic von sich geschickt. Ich kann es leider nicht laden, mache es nur an den Konturen und den Farben aus. Dieses Lila. Sie fehlt mir. Dann folgt ein weiteres und trifft mich mit der vollen Breitseite. Auch hier kann ich nur raten. Es sieht aber nach David und Stef mit ihren royalblauen Haaren aus, die breit in die Kamera grinsen. Hat er mir nicht gerade geschrieben, er liebt und vermisst mich? Sieht nicht so aus.

Es klopft an unserer Tür. Sofort weiß ich, wer es ist. Wieso habe ich mir noch keine Ausrede überlegt? Bevor ich reagieren kann, öffnet mein Papa die Haustür.

»Ist Leo fertig?«

»Leo?« Die Stimme meines Papas dringt bis in die letzte Laminatfuge.

»Komme!« In meinen Chill-Klamotten trotte ich die Treppe hinunter. Es zwiebelt zwar ein bisschen im Fuß, aber nachdem mein Papa die Wunde versorgt hat, geht es schon wieder ziemlich gut.

Lilly mustert mich und meine Schlabberklamotten, ihre Augenbrauen schnellen nach oben. »Sag mir nicht, du gehst so.«

»Nee, ich geh gar nicht.« Schnell gucke ich auf ihre weißen Turnschuhe.

»Komm schon.« Sie nimmt meine Hand und wartet, bis ich sie ansehe. »Bitte, bitte, bitte.«

»Er hasst mich. Du hast es selbst gesehen.« Wieder weiche ich ihrem Blick aus.

»Unsinn, das bildest du dir ein. Außerdem sind die anderen auch da.« Lilly schielt nach oben und schmunzelt. »Ich wüsste jemanden, der dich auf keinen Fall hasst.«

»Lilly, bitte, ich hab dir schon mal gesagt, zwischen mir und Vince ist nichts.«

Sie tut, als hätte sie nichts gehört. »Zieh dich um und komm, sonst hol ich die anderen und wir feiern hier.«

Zehn Minuten später schlüpfe ich aus dem Bad und in meine Schuhe. Nicht, dass ich Angst hätte, sie würde tatsächlich hier eine Party steigen lassen, aber ich muss mich bei Ole wegen der Sache beim Baden entschuldigen. Da habe ich wohl vorschnell geurteilt.

»Tschüssi«, krakeele ich in Richtung Stube.

»Leo?«

Was will meine Mama denn noch?

Sie guckt um die Ecke, winkt mich zu sich ran und drückt mir etwas in die Hand. Habe ich fast vergessen. Das Geschenk für Ole.

»Danke!« Ich gebe ihr ein Küsschen auf die Wange und verschwinde mit Lilly im Schlepptau.

Draußen ist es noch hell und es herrscht absolute Stille. Nur die Vögel singen, der Wind rauscht leise in den Baumwipfeln und die Grillen geigen mit ihren Flügeln. Die Blumen in den Vorgärten verströmen einen süßlichen Geruch und Bienen und Hummeln sammeln Blütenstaub. Immer noch angenehm warm, laufen wir beide kurzärmelig die Straße entlang, bis wir vor dem hohen Maschendrahtzaun stehen. Im hinteren Bereich des Gartens spielt Musik und Klara, der Hund, jault die zweite Stimme. Ich muss schmunzeln.

»Komm jetzt.« Lilly zerrt mich hinter sich her.

160

Im Stolperschritt folge ich ihr die Treppen hinauf. Nachdem sie den Klingelknopf massakriert hat, warten wir.

Jetzt wird mir etwas mulmig. »Ich glaub, ich geh doch besser.« Gerade als ich mich umdrehen will, reißt jemand die Tür auf und ich zucke zusammen. Das Geburtstagskind.

Bevor er uns hineinbitten kann, stürmt Lilly auf Ole zu und fällt ihm um den Hals. Sie hängt an ihm wie eine Kittelschürze und plappert ihm ins Ohr.

Oles Gesichtsausdruck spiegelt nicht unbedingt Freude wider. Er steht etwas unbeholfen da und überlegt angestrengt. Wahrscheinlich, wie er sich am schnellsten befreien kann. Dann fasst er Lilly an den Hüften und schiebt sie Stück für Stück weg. »Die anderen sind auf der Terrasse. Geht ruhig schon vor.«

Lilly stürzt durch den Flur und gibt mir ein Handzeichen, ich soll ihr folgen.

Ich gehe einen Schritt auf Ole zu und drücke ihm das kleine Päckchen in die Hand. »Happy Birthday nochmal.« Es gelingt mir nicht, ihm in die Augen zu sehen, nur ein kurzer, scheuer Blick. Er lächelt und da sind sie wieder. Die Schmetterlingsflügelschläge in meinem Bauch. Schlagartig wird mir warm. Gespannt beobachte ich ihn.

Ole nestelt an dem Päckchen, bis er das Geschenk freigelegt hat. Ich warte auf seine Reaktion. Nichts. Mmh.

Mit meinem rechten Daumen beginne ich, meine Nagelbetten zu massieren. »Wenn's dir nicht gefällt, kann ich's zurückbringen.« Fast stottere ich.

Als er wieder nicht reagiert, wage ich einen Blick. Mit leicht heruntergezogenen Mundwinkeln betrachtet er die kleine, viereckige Plastikverpackung. Meine Wangen erhitzen sich. Liege ich mit meinem Geschenk so daneben?

Diese Spannung halte ich nicht länger aus und schnappe danach. Genau in diesem Moment schließt Ole seine Finger fest darum und wir berühren uns. Ich erschauere. Mein Kopf dreht sich ganz automatisch in seine Richtung und unsere Blicke treffen sich.

Für eine Sekunde. Dann löst er sich und verschwindet in sein Zimmer.

Was habe ich denn jetzt wieder falsch gemacht? Im Moment sieht es nicht so aus, als käme er zurück. Und nun?

Ich wage einen ersten Schritt in Richtung Küche und erstarre. Klara tänzelt um die Ecke. Als sie mich erkennt, setzt sie zu einem Galopp an und ich hoffe, das drückt ihre unbändige Freude aus. Mit Anlauf springt sie ab und mir gegen die Oberschenkel. Ihre dicken Pfoten sind ganz schön robust. Morgen sind meine Beine mit Sicherheit von blauen Flecken übersät. Mein ständiges »Pfui, pfui« hilft nicht viel.

»Klara, Platz!«

Sofort verschwindet der Hund auf seine Decke. Rieke stürmt auf mich zu und umarmt mich. »Ich freu mich so, dass du auch da bist.« Sie schmiegt ihren Kopf an meinen Bauch und ich streichle über ihre Haare.

»Na, ich erst!«

»Komm.« Sie ergreift meine Hand und zieht mich hinter sich her. Dabei patscht sie mit ihren Füßen auf die Fliesen. Wir gehen in die Küche, wo ihre Mama das Essen vorbereitet. »Meine Leo ist da!« Es klingt fast wie ein Jubelschrei.

Sie dreht sich zu uns um und begrüßt mich herzlich.

»Kann ich dir helfen?« Ich inspiziere die grau gesprenkelte Arbeitsplatte.

»Nein. Geh ruhig raus zu den anderen.« Dann sieht sie zu ihrer Tochter.

Rieke stürmt mit mir an der Hand auf die Terrasse und ich muss aufpassen, ihr nicht in die Hacken zu treten und zu stolpern. Draußen sitzen alle an einem langen Holztisch und essen Bratwurst und Kartoffelsalat. Zu meiner Freude entdecke ich jede Menge Salate. Meine kleine Fremdenführerin steuert auf den Grill zu, den Herr Eickhoff bedient.

»Siehst du, hab ich dir doch gesagt, sie kommt.« Rieke nickt.

»Hallo Leo.« Er zeigt mit seiner Grillzange auf den Rost. »Such dir was aus.«

Meine Wahl fällt auf ein Stück Grillkäse und einen Gemüsespieß. Rieke lässt sich eine Minibratwurst auftun. Als wir unsere Teller zum Tisch balancieren, winkt Vince uns zu sich. Ich stelle meinen Teller ab und setze mich auf die Holzbank. Gegenüber sitzen Lilly und Julian.

»Und ich?« Rieke streckt ihre Arme zwischen uns durch und stellt ihren Teller ab. Dann drängelt sie einen Platz für sich frei und knufft Vince in die Seite. »Rück mal ein Stück.«

Auf dem Tisch flackern Teelichter in selbstgebastelten, türkisfarbenen Papierlampions. Dazwischen verströmen Lavendelsträußchen ihren wundervollen Duft. Das Klirren des Bestecks bezeugt, wie gut es allen schmeckt. Nur eins fehlt. Das Geburtstagskind.

In diesem Moment kommen Diana und er auf die Terrasse. Bevor jemand reagieren kann, springt Lilly auf. »Ole! Hier ist noch ein Platz frei.«

Er lässt sich nicht lange bitten, holt sich ein Hähnchensteak und fädelt sich zwischen Julian und Lilly ein.

Mist, jetzt sitzt er mir genau gegenüber. Doch ich muss mir keine Gedanken wegen einer peinlichen Unterhaltung machen, denn seine Tischdame übernimmt diese Aufgabe.

»Und, Ole? Was hast du alles geschenkt bekommen?« Lilly wirft ihre langen Haare zurück.

Er drapiert ein Stück Zucchini auf seinem Teller. »'ne ganze Menge. Eine wunderschöne Geburtstagskarte.« Er zwinkert Rieke zu, die ich das erste Mal verlegen sehe. «Ein paar Klamotten, Geld, Angelzeugs.«

»Und neue Schlüpfer von Mama und Papa«, krakeelt Rieke in die Runde und alle grölen. Außer Ole. Der schließt peinlich berührt die Augen.

»Was hat dir von all dem am besten gefallen?« Lilly sieht ihn aus großen Augen an und klimpert übertrieben mit ihren langen Wimpern.

Erst schaut Ole ein paar Sekunden in die Flamme eines Teelichts. Dann wendet er sich mir zu und blickt mir direkt in die Augen. Mist. Bestimmt macht er sich vor allen lustig über mein Geschenk. Ich schlucke.

Ole räuspert sich. »Gitarren-Plektren aus Holz.«

Ich schlucke und warte, dass er weiterredet. In seinem Gesicht ist keine Belustigung zu erkennen.

»Was für ein Zeug? Hab ich ja noch nie gehört.« Lilly dreht sich fragend zu Julian um, der sich hinter Oles Rücken zu ihr beugt und ihr etwas ins Ohr flüstert. »Ach so!« Sie gackert los. »Wer schenkt dir denn sowas?« Es klingt ein wenig abwertend. »Bestimmt Vince.« Sie blickt die beiden abwechselnd an.

Ole richtet sich auf. »Ist doch egal, von wem. Auf jeden Fall hab ich mich gefreut, weil ich damit nicht gerechnet habe.«

Zum Glück versteckt die erste, zarte Dämmerung meine gefärbten Wangen.

»Außerdem fand ich alle Geschenke toll und danke dafür.«

In diesem Moment stellen seine Eltern sich neben ihn. Herr Eickhoff legt ihm eine Hand auf die Schulter. »Geht doch gar nicht.«

Ole zieht seine Augenbrauen zusammen. »Wie?«

»Du hast doch noch gar nicht alle Geschenke bekommen.«

Diana zündet eine Riesenwunderkerze an und übergibt diese ihrem Mann. Die zweite hält sie gemeinsam mit Rieke. Sie führen Ole zur Garage und wir folgen ihnen. Herr Eickhoff verschwindet in der Dunkelheit des Gebäudes. »Es werde Licht!« In diesem Moment erleuchtet das Innere der Garage und Ole starrt mit offenem Mund hinein.

»Eine Simmi! Ich glaub's nicht. Wo habt ihr die denn aufgetrieben?« Beim Anblick des Mopeds fällt er seinen Eltern um den Hals und drückt sie fest an sich.

Herr Eickhoff lässt ihn gar nicht mehr los. »Opa hat das alte Moped besorgt und ich hab es wieder aufgebaut.«

»Opa? Wo ist der überhaupt?« Ein Hauch von Traurigkeit weht über sein Gesicht, aber nur ich bemerke das scheinbar.

Diana fasst seine Hand. »Er kommt morgen. Du kennst ihn doch.«

Nachdem Ole und die anderen Jungs sein Geschenk ausgiebig begutachtet haben, schlendern wir wieder nach hinten.

Lilly schubst mich an. »War das nicht doof?«

»Was?« Ich drehe meinen Kopf zu ihr.

»Ich hab ihm ein Bild von mir geschenkt. Im Rahmen.« Sie zeigt mit ihren Fingern ein Viereck. »Und er freut sich am meisten über solche Gitarren-Dinger.«

Es scheint sie echt zu bewegen. Aber ehrlich! Ein Bild von sich selbst ist ganz schön persönlich, wenn man nicht mal ein Paar ist. »Jetzt bestimmt nicht mehr.« Ich weise aufs Moped, lege ihr einen Arm um die Taille und schiebe sie weiter.

»Du hast recht.« Prompt erscheint wieder ein Lächeln auf ihrem Gesicht.

In der Zwischenzeit hat eine gute Fee den Tisch abgeräumt und Kerzen und Gartenfackeln angezündet. Jeder setzt sich wieder auf seinen Platz. Diana und Herr Eickhoff tragen ein Tablett mit Sektgläsern raus, die zur Hälfte mit der sprudelnden Flüssigkeit gefüllt sind. Im Kerzenlicht schimmert alles.

Lilly beugt sich zu mir rüber. »Bestimmt Kindersekt. Seine Eltern sind total altmodisch.« Sie hält sich eine Hand vor den Mund, um ihr Lachen zu verstecken.

Julian zieht sie zu sich und flüstert gut hörbar: »Also genau das Richtige für dich.«

Mich stört es nicht, denn ich mag keinen Alkohol. Klar stoße ich mal mit einem Sekt an, aber das reicht dann auch. Wenn ich daran denke, wie Isa und die anderen Mädels auf Partys übertreiben, will ich auch nicht mehr.

Diana bringt einen Toast auf ihren Sohn aus und die Gläser klirren beim Anstoßen. Ich nehme einen Schluck. Da hat Lilly sich wohl geirrt, es ist doch echter Sekt.

Nachdem wir ausgetrunken haben, nimmt Ole uns die Gläser ab und trägt sie mit seinen Eltern gemeinsam rein. Wir anderen sitzen an der langen Tafel und quatschen. Kaum ist Diana außer Sichtweite, werden

Sekt- und Bierflaschen aus den Rucksäcken geholt. Na, das kann ja was werden. Vince und Malte quatschen total vertieft, Lasse redet auf Nele ein und Lilly steht auf und ist kurz danach verschwunden. Da ich mir überflüssig vorkomme und kein Gespräch stören will, gehe ich geradeaus in Richtung See, auf den Eickhoff'schen Familiensteg.

Ein Traum! Nichts regt sich. Der See liegt spiegelglatt vor mir und zeichnet verschiedene Farbschattierungen der nahenden Nacht. Auf dem Steg gegenüber schlummern ein paar Stockenten. Der aufsteigende Mond legt sein Licht wie etwas Schützendes über diese Kulisse.

Ich setze mich aufs äußerste Brett und lasse meine Beine herunterbaumeln. Wie gern würde ich jetzt ein Pic schießen und es Isa schicken, aber ich habe mein Handy im Bungalow gelassen.

Der Nachmittag spukt mir immer noch im Kopf herum und ich habe Probleme, zu akzeptieren, was passiert ist. Ich beuge mich nach vorn und betrachte mich im Wasser. Was bin ich nur für eine Looserin. Selbst der letzte Dorftrottel besiegt mich im Schach. Bis vor Kurzem glaubte ich, echt gut werden zu können, doch mittlerweile lache ich darüber. Ich bin einfach zu doof. Und Ole hat es mir heute deutlich gezeigt, nachdem er nur ein paar Sekunden die Stellung angeschaut hat.

Die leichte Vibration des Brettes unter mir kündigt einen Besucher an. Ich drehe mich um. Ole kommt langsam auf mich zu und setzt sich neben mich. »Gefällt es dir?«

»Klar, ich steh drauf, wenn sich alle die Kante geben. Da fällt einem das Reden viel leichter.«

Er schnieft belustigt aus. »Ich meine eigentlich …«

Ich stupse ihn mit meinem Ellbogen an und lächelte. »Was für eine Frage. Wem gefällt das nicht?« Mit dem Kopf weise ich auf das kleine Paradies vor uns.

Wir sprechen ein paar Minuten kein Wort. Die Stille wird nur unterbrochen von Gesprächsfetzen, die von der Terrasse zu uns rüberfliegen.

»Danke nochmal fürs Geschenk. Wie geht's deinem Fuß?«

Ich winkle mein Bein an und wackle mit dem fünfäugigen Ungeheuer. »Alles wieder gut. Muss mich noch ein bisschen vorsehen, geht aber.«

Er berührt meinen Knöchel. Ein Blitz durchfährt meinen Körper, wie bei unserer ersten Begegnung. Was ist das immer? Und dieses komische Gefühl. Tausende Schmetterlinge tanzen Samba in meinem Bauch, nach der Melodie der Grillen um uns herum.

Ein seichter Wind kommt auf und ich streiche mir die Haare aus dem Gesicht. Ole sieht zu mir rüber. Völlig überraschend hebt er seine Hand und streichelt über meine Wange. Ich ziehe meinen Kopf zurück, doch nicht so weit, wie ich es vorgehabt habe. Irgendetwas hält mich davon ab.

Er schnieft amüsiert. »Nur 'ne Mücke.«

Nur 'ne Mücke? Es fühlt sich so gut an. Wie ferngesteuert hebe ich meine Hand und berühre auch sein Gesicht. »Bei dir auch«, flüstere ich.

Ole beugt sich zu mir, während er mich mit seiner Hand an meinem Kinn sanft zu sich gleiten lässt. Ich halte die Luft an. Seine Augen sehen nur mich und ich verfange mich in seinen. Mein Herz rast wie ein Komet durch meine Brust und ich habe das Gefühl, zu platzen. Leise atme ich aus, bevor ich meine Augen schließe. Im selben Moment spüre ich Oles Lippen auf meinen. Voll und samtig. Eine Berührung wie von einer Seifenblase.

Seine Zungenspitze bahnt sich zärtlich seinen Weg und gibt erst nach, als sie ihr Ziel erreicht. Er schmeckt nach Holunder und Minze. Die Schmetterlinge in meinem Bauch strömen in meinen ganzen Körper aus und es gibt keinen Quadratmillimeter an mir, der nicht kribbelt. Noch nie habe ich so etwas gespürt. Oles Hand gleitet auf meinen Rücken und er zieht mich dichter zu sich heran.

»Leo?«, schreit eine weibliche Stimme.

Wir fahren auseinander. Sofort blicke ich zur Terrasse, doch von dort kann uns niemand sehen.

»Leo?«, kreischt die Stimme erneut.

Das ist doch Lilly. Ich springe auf und renne los. Mir geht es kalt über.

»Lilly?« Sie ist nirgends zu sehen. Ich halte nach Julian Ausschau. Erstaunlicherweise reagiert er nicht, sondern kloppt mit den anderen Jungs Karten.

»Leo?« Es klingt fast verzweifelt.

In der Dunkelheit versuche ich Lilly auszumachen. Vergeblich. Ole schließt zu mir auf und zeigt auf das Gebüsch am Kanal. »Ist sie das?«

Wir nähern uns. Sie kriecht auf allen vieren aus den Sträuchern und macht einen ziemlich mitgenommenen Eindruck. Ihr Make-up sieht aus, als hätten die Äste es aufgetragen und ihre Haare hängen zerzaust herab.

»Was ist los?« Ich hocke mich zu ihr.

»Mir is schlech.« Lilly lallt.

»Ach nee. Echt? Von nur einer Flasche Sekt?«

»Swei.« Dabei fuchtelt sie mit ihren Fingern herum und versucht die entsprechende Anzahl zu zeigen.

Das muss man erstmal schaffen. Ich läge nach der Menge volltrunken unterm Tisch und hätte am nächsten Tag einen Filmriss. »Hast du hier noch eine Flasche gesucht?« Ich weise auf das Gestrüpp hinter ihr.

»Gekotzt.«

»Andere gehn dafür aufs Klo.«

Sie reißt ihre Augen auf und zeigt auf Ole. »Pscht. Seie Eldern.« Unkontrolliert schmeißt sie ihren Kopf von einer Seite zur anderen.

Ich drehe mich zu Ole um. »Und nun?«

Er verschwindet und ich rücke an Lilly ran. Sie legt ihren Kopf auf meine Schulter und seufzt. »Mein Ole. Is er nich toll?«

Ich erstarre.

Dumpfe Schritte hinter mir reißen mich aus meinen Gedanken. Ole und Julian hocken sich zu uns.

»Bitte nicht!« Julian fährt sich mit der Hand über seine Stirn. Er geht zu Lilly, fasst unter ihre Achseln und hievt sie hoch. »Ich nehm sie mit nach Hause.«

»Soll ich dir helfen?«

»Lass gut sein. Lilly schaff ich allein.«

Julian hat sie fest im Griff und es fällt gar nicht mehr auf, dass sie wankt. Wir bringen sie noch nach vorne zum Tor und sehen ihnen im Schein der Straßenlaternen nach.

»Ole?« Riekes aufgebrachte Stimme hallt durch die Nacht. »Puschel ist weg.«

»Bin gleich wieder da.« In langen Schritten rennt er los.

Ich lehne mich an den Zaun und lausche der nächtlichen Stille. In einiger Entfernung höre ich Julian und Lilly sprechen und auch lachen. Dann geht es ihr wohl besser. Lilly beschäftigt mich trotzdem noch. Wie kann man sich so besaufen? Meine Mädels sind auch nicht von schlechten Eltern, aber einen derartigen Kontrollverlust kenne ich von ihnen nicht. Oder ob das mit Ole zusammenhängt?

170

Ich befeuchte meine Lippen und meine, ihn immer noch zu schmecken. Was ist nur in mich gefahren? Ich kann es mir selbst nicht erklären. Und obwohl ich ein schlechtes Gewissen haben sollte, spüre ich nur ein besonderes Glücksgefühl.

Ole kommt zurück und stellt sich ganz nah hinter mich. Trotz des Abstandes spüre ich seine Wärme und genieße sie, auch wenn es ein lauer Sommerabend ist.

»Alles gut mit Rieke?«

»Sie vermisst Puschel, ihr Stofftier, aber wir können ihn nicht finden. Ich suche ihn morgen mit ihr. Vielleicht hat sie ihn aber auch bei ihrer Freundin liegenlassen.«

»Hoffentlich kann sie ohne ihn schlafen.«

»Klar, sie ist total groggy.«

Dann herrscht Ruhe. Ich entschließe mich, diesen Moment zu nutzen, denn es soll nicht länger zwischen uns stehen. »Es tut mir leid, wie ich heute am See zu dir war. Vince hat mir alles erzählt. Er und Malte haben mich geschubst, aber ich habe aus Versehen gedacht, dass du es warst.«

»Alles gut. Hab ich mir schon gedacht.«

Ich bin erleichtert, dass er nicht nachtragend ist und es mir nicht übelnimmt.

Ole hält mir seine Hand hin. »Kommst du wieder mit nach hinten?«

Ich schüttle den Kopf. »Für mich wird's Zeit.«

»Stimmt.«

Verdattert sehe ich ihn an.

»Du willst doch morgen Früh pünktlich beim Schach sein. Oder?«

Meine gute Laune läuft schon mal vor zum Bungalow. »Damit du mich wieder vorführen kannst?«

171

»Das war vorhin doch nur …« Oles Lippen werden schmal und seine Mundwinkel senken sich nach unten.

»Klar«, schießt es aus mir heraus, bevor er mich noch weiter demütigt und mir erklärt, es wäre pures Glück gewesen.

Seine Gesichtszüge entspannen sich nur minimal.

»Soll ich dich bringen?«

»Die paar Meter schaff ich allein.« Ich wende mich ab. Nach ein paar Schritten werfe ich nochmal einen Blick über meine Schulter, doch Ole folgt mir nicht.

Ich biege den Weg in die Bungalowsiedlung ein. Nirgends brennt mehr Licht.

Um nicht den gierigen Rüsseltieren oder Motten Einlass zu gewähren, öffne ich unsere Eingangstür nur einen schmalen Spalt und quetsche mich hindurch.

Meine Eltern liegen auf der Couch und schauen sich eine Reisedoku über Lissabon an, glaube ich. Jedenfalls zeigt eine Panoramaaufnahme gerade den Torre de Belém.

Bevor ich etwas sagen kann, legt meine Mama los. »Schön amüsiert?« Sie starrt auf den Fernseher.

»Ja. Ich geh hoch.« Mit diesen Worten verschwinde ich aus dem Wohnraum.

Nachdem ich im Bad fertig bin, steige ich die Treppe hinauf. Binnen Sekunden schlüpfe ich in meinen Shorty, schmeiße mich ins Bett und starre an die Decke. In meiner Mitte nistet sich etwas Dunkles ein und nimmt schnell an Gewicht zu. Abwechselnd erscheinen Oles und Davids Gesicht vor meinem inneren Auge und wühlen mich weiter auf. Mein schlechtes Gewissen hebt im Sekundentakt den warnenden Zeigefinger, während ich mich in dem wundervollen Gefühl verliere, das Ole in mir hinterlassen hat. Mir fehlen die Worte dafür.

Gleichzeitig stürzt es mich in einen schrecklichen Konflikt.

Soll ich mich jetzt schon auf was Neues einlassen, obwohl das mit David noch so frisch ist? Die nächste Enttäuschung riskieren? Ich fühle mich hin- und hergerissen.

Wieder ist es ein Schachspieler, der Schmetterlinge in mir flattern lässt. Wieder ist er offensichtlich besser als ich. Was, wenn sich daraus die gleiche Abhängigkeit entwickelt wie zu David?

Nein, das darf ich nicht zulassen. Die Gefahr ist zu groß, dass mein Herz endgültig schachmatt gesetzt wird.

Ich hasse David dafür, was er mir angetan hat.

Mit einem tiefen Seufzer nehme ich mein Handy und öffne das Bild, das Isa mir heute geschickt hat. Ohne Worte.

Mit ausgestreckten Armen und in jeder Hand einen Drink, sitzt David auf Knien vor Stef und wirft übermütig seinen Kopf in den Nacken.

Bei ihm hat unsere Trennung wohl keine Spuren hinterlassen. Im Gegenteil. Er amüsiert sich prächtig mit den anderen, während ich in meinem Gefühlschaos festhänge.

Kapitel 12 - Ole

Nachdem Lilly letzte Nacht unversehrt nach Hause gebracht wurde, musste ich mich um das nächste Problem kümmern.

Wie ein Taschenräuber schlich ich um Vince und Malte herum, während sie die Bierflaschen aussaugten. Ein Eichhörnchen hatte mir gemuckert, dass die beiden mit dem Moped nach Hause fahren wollten. In diesem Zustand. Mit viel Fingerspitzengefühl luchste ich meinem besten Kumpel den Schlüssel ab und versteckte ihn in meinem Kleiderschrank. Anders gelang es mir nicht, sie davon abzuhalten.

Zwar haben die beiden hörbar für die gesamte Nachbarschaft gemeckert, sind dann aber zu Fuß losgeschleudert. Danach bin ich todmüde ins Bett gefallen und konnte noch genau fünf Stunden schlafen, bis ich mich für meine Tour vorbereiten musste.

Erst heute Morgen lasse ich die Gedanken zu, die um Leo kreisen, während ich mein Gesicht mit dem

Rasierpinsel einschäume. Ihre Lippen, prall wie eine Kirsche und genauso süß. Dieser Kuss.

Die Badezimmertür öffnet sich. Rieke schlüpft zu mir herein. »Hast du Puschel schon gefunden?«

»Leider nein.«

Ich hab auch keine Ahnung, wo ich das Viech noch suchen soll. Es ist wie vom Erdboden verschluckt. »Vielleicht hast du ihn doch bei deiner Freundin vergessen?« Es wäre nicht das erste Mal, dass Rieke dort was liegenlässt.

»Nein!«

»Wenn du aus dem Kindergarten kommst, suchen wir ihn gemeinsam. Versprochen.«

Sie wirkt zufrieden mit meinem Angebot und grinst. »Du siehst aus wie ein Waldschrat.«

»Bin ich auch gleich wieder.« Und halte mir die Hände an den Kopf wie ein Hirschgeweih.

»Darf ich mit? Bidde, bidde, bidde.« Mit ihren blauen Kulleraugen fleht sie mich an.

Ich schüttle den Kopf. »Du darfst nachher in den Kindergarten.«

»Ole, bitte.«

»Heute geht's wirklich nicht.«

»Warum nicht?« Sie stampft mit dem Fuß auf.

»Ich hab schon so viele Teilnehmer.«

Rieke stürmt zum Fenster. »Also ich sehe nur zwei Männer und zwei Frauen und Leo.« Sie versucht bewundernd zu pfeifen, bringt es aber nur zu einem lauten Luftstrahl.

»Schon da?« Ich fahre mir ein paar Mal durch meine stoppelkurzen Haare.

»Hab ich doch gesagt.«

Mit dem Handtuch wische ich die letzten Schaumreste aus meinem Gesicht und fege in mein

175

Zimmer. Meine kleine Schwester folgt mir. Sie schleppt vier Ferngläser ran und verstaut sie in meinem Rucksack. »Leo und du müsst euch eins teilen.«

Gerade will ich los, da zerrt Rieke mich in die Küche. Sie holt ein Milchbrötchen aus dem Schrank und teilt es durch. Die eine Hälfte stopft sie mir in den Mund, die andere legt sie sich für später weg.

»Beeil dich.« Sie schiebt mich in den Flur. »Deine Freundin wartet.«

Ich pike ihr mit den Fingern in die Seiten. »Kleine Hexe.«

Draußen ist es noch angenehm kühl für einen hochsommerlichen Junitag und ich freue mich auf das, was vor uns liegt. Die morgendlichen Touren führe ich am liebsten. Alles liegt so still und unberührt vor einem. Es riecht nach frischer Erde und ich atme tief ein.

Lässig hüpfe ich die Treppe hinunter und schlendere zum Tor. Dabei steckt eine meiner Hände bequem in meiner Hosentasche. Mit der anderen öffne ich die Pforte und bleibe gleich dahinter stehen.

»Guten Morgen.« Ich warte, bis sich alle um mich versammeln. Nacheinander stellen sich die Touristen bei mir vor und ich hake ihre Namen mit einem grünen Stift ab. »Wir sind vollzählig. Dann kann's losgehen.«

Leos Anblick beunruhigt mich. Mit tiefen Augenringen und gesenktem Blick schlurft sie den anderen hinterher. Einen Kater kann sie doch nicht haben! Irgendetwas setzt ihr zu.

Ob sie unseren Kuss bereut? Ich muss es rausbekommen.

»Klara!« Sie galoppiert auf ihren kurzen Beinchen hinter mir her und ich erreiche genau, was ich will. Mit langen Schritten schließe ich zu Leo auf, deren Blick an meinem Hund klebt. Je näher Klara ihr kommt, desto mehr tänzelt Leo umher. Wie es aussieht, hat mein Hund sie ins Herz geschlossen und Leo muss damit erst umgehen lernen. Die Gerüche und Fährten im Unterholz werden ihr aber eine Verschnaufpause verschaffen.

Wir biegen hinter dem Bungalow der Krögers links in den Wald ein. Unsere Schritte hinterlassen schabende Geräusche auf dem trockenen Sand und wirbeln Staub auf. Ich suche mir einen alten Ast im hohen Gras am Wegesrand, der mir ungefähr bis zur Hüfte reicht, und nutze ihn als Zeigestock. Während wir der markierten Wanderroute folgen, schnitze ich die restliche Rinde von meiner hölzernen Krücke.

Die ganze Zeit behalte ich den Waldboden im Blick und stoppe bei jeder Tierspur. Die Teilnehmer raten, bevor ich ihnen die Lösung präsentiere. Waschbären, Dammwild, Marderhunde, Wildschweine und Eich-hörnchen waren hier unterwegs. Letzte Woche wurde in Comthurey das erste Mal ein Wolf gesichtet, nur zwei Dörfer weiter. Nun hoffe ich auch, auf so eine Entdeckung zu stoßen.

An einer uralten Buche halte ich an. Bis auf Leo umrunden alle den Baum und bewundern das imposante Gewächs mit dem dicken Stamm.

»Schätzen Sie mal, wie alt diese Buche ist.«

Leo reagiert nicht. Sie steht ein Stück abseits, etwas breitbeinig, mit den Händen in der Hüfte und schielt Klara hinterher.

Die Teilnehmer bieten mir verschiedene Lösungen an, bevor ich das Rätsel auflöse. »Diese Buche hier ist ungefähr einhundertzwanzig Jahre alt.« Ich lehne mich mit einer Hand dagegen und erkläre, wie man das Alter ermittelt.

Ein furchtbares Gekreische unterbricht mich und alle schrecken auf. Sofort renne ich zu Leo. Auch ihre neue Freundin rast im gestreckten Galopp auf sie zu. Panisch trampelt Leo auf der Stelle und wischt über ihre Beine, an denen haufenweise Ameisen krabbeln. Rote Waldameisen.

Klara springt bellend um Leo herum, als studierten sie eine Tanzchoreo ein.

»Nun bleib doch mal stehen.« Ich bücke mich und fege die Ameisen von ihren Beinen. »Durch das Getrampel machst du sie aggressiv.«

»Bist du bescheuert? Die sind schon aggressiv und die pinkeln mich an.«

»Die pinkeln nicht, die beißen.«

Sie funkelt mich an. »Da bin ich ja beruhigt.« Leo setzt zu einem Kniehebelauf an und auch Klara legt wieder los.

»Das wird so nichts. Halt still.« Ich atme genervt ein. »Klara aus!«

Leo bemerkt meine Anspannung, denn sie drosselt ihre Geschwindigkeit.

»Geh langsam auf der Stelle, dann krabbeln sie nicht an dir hoch.« Sie gehorcht und binnen Sekunden entferne ich alles, was sich auf Leo bewegt.

»Wieso sind die nur bei mir?«

Ich weise auf eine Stelle schräg hinter ihr. »Weil du in ihrem Revier stehst.« Ein riesiger Ameisenhaufen wölbt sich um einen Baum.

Sie senkt beschämt ihren Blick.

»Weiter geht's«, rufe ich den anderen Teilnehmern zu und winke.

Mein Hund trabt brav neben Leo her. »Klara, bei Fuß!« Sie sieht auf und watschelt zu mir. Auf einmal bleibt sie stehen und konzentriert sich auf etwas, bevor sie blitzschnell ins Dickicht prescht und verschwunden ist. Ein paarmal brülle ich ihren Namen und sie schlägt auch an, aber sie kommt nicht zurück. »Bin gleich wieder da.« Mit einem gekünstelten Lächeln entschuldige ich mich bei den Teilnehmern. »Warten Sie bitte hier auf mich. Nicht, dass sich jemand verläuft.« Dabei sehe ich Leo besonders intensiv an.

Mit meinem Stock ziehe ich eine Schneise durch den Farn. Unter den hellgrünen, kniehohen Wedeln lauern Zecken und auf die lege ich keinen Wert. Ich rufe Klara noch zweimal, bis ich sie endlich finde. Sie sitzt vor einem Haselnussstrauch und fiept. Auf den ersten Blick erkenne ich nichts, doch bei genauerem Hinsehen versteckt sich in den Ästen ein Eichhörnchen. Es gibt klopfende Geräusche von sich und hat offensichtlich Angst. Aus meinem Rucksack krame ich Handschuhe und stülpe sie mir über. Wenn ein Tier nicht flieht, bedeutet es meist, es ist krank oder verletzt. Vorsichtig greife ich in den Busch und versuche es zu fassen.

Auf einmal bellt Klara, ich zucke zusammen und das Eichhörnchen schreit.

»Und, was ist?« Leo bricht durchs Gebüsch und stellt sich neben mich.

»Hast du mich nicht verstanden? Ihr sollt dort oben warten.« Ich versuche Blickkontakt zu ihr aufzubauen, doch sie stellt sich hinter mich und späht durchs Blattwerk.

»Mist!« Sie schlägt sich die Hand vor den Mund.

»Gehst du bitte da rüber und bist ganz leise?« Ich weise in die entgegengesetzte Richtung und lege meinen Zeigefinger senkrecht über meine Lippen.

Sie starrt auf das verletzte Eichhörnchen und weicht langsam zurück. Klara gebe ich ein Zeichen, damit auch sie sich zurückzieht und keinen Laut gibt.

179

Stückchenweise schiebe ich meine Hand zu dem aufgeregten Eichhörnchen mit dem flauschigen, orangenen Fell. Als ich es erreiche, umfasse ich es ganz behutsam und hole es aus dem Gestrüpp. Trotzdem kreischt es und versucht, mich zu beißen. Durch den Handschuh kommt es aber nicht durch.

Kaum habe ich es in der Hand, steht Leo neben mir. Ihr Gesicht ist bleich.

»Alles klar?«

Leo nickt.

»Guck mal.« Das Eichhörnchen hat den Plastikdeckel eines Coffee-to-go-Bechers um den Hals.

»Ich seh.« Sie rückt noch etwas dichter.

»Und hier hat sich der Deckel eingeschnitten.« Ich zeige auf eine Wunde am Hals, aus der Blut quillt. »Gibst du mir bitte mein Taschenmesser aus dem Rucksack?«

Leo wird schlagartig noch weißer und erstarrt.

»Keine Sorge, ich befreie es nur.«

Sie bückt sich, kramt es heraus und drückt es mir in die Hand. »Aber sei vorsichtig.«

»Bin ich doch immer.« Ich lächle sie an, doch sie fixiert das Tierchen in meiner Hand mit immer härter werdenden Gesichtszügen. Nur zwei gekonnte Schnitte und ich habe das Eichhörnchen befreit. Der Plastikdeckel fällt zu Boden, doch Leo hebt ihn sofort auf.

Ich begutachte das Tier mit meinen vorhandenen Kenntnissen und treffe eine Entscheidung. Wir kämpfen uns zur Gruppe zurück.

Gerade als ich den Hauptweg betrete, sehe ich ein Stück weiter an der Abbiegung zum Sägersee ein Auto. Einen silbernen Kombi. Dreck! Warum gerade jetzt? Ich versuche noch, das Nummernschild auszumachen, aber keine Chance.

So sehr ich mich ärgere, aber das Eichhörnchen hat Vorrang. »Es tut mir leid, aber ich muss die Tour vorzeitig beenden. Ich hab ein verletztes Tier, das verarztet werden muss.« Die Leute sagen zwar nichts, aber an ihren Gesichtern erkenne ich ihr Missfallen. »Übermorgen findet die nächste Tour statt. Wer Lust hat, ist herzlich eingeladen.«

Wir gehen zur Hauptstraße zurück. Leo sagt kein Wort. Ihr Blick haftet an dem Eichhörnchen. Nicht mal Klara bringt sie aus der Ruhe, die Slalom um ihre Beine läuft.

Nachdem sich die anderen verabschiedet haben, geht Leo mit hängenden Schultern und gesenktem Blick neben mir. Sie wirft mir einen scheuen Blick zu. »Darf ich mitkommen?«

Mein Herz hüpft. »Wenn du willst.«

Eine Weile herrscht Ruhe, dann guckt sie mich erneut von der Seite an. »Kann das Eichhörnchen an seiner Verletzung sterben?«

»Glaub ich nicht. Der Schnitt sieht harmlos aus.«

Leo atmet erleichtert aus.

Zu Hause angekommen sperre ich das Eichhörnchen in einen Käfig. Ich rufe meine Mutter an und erzähle ihr von dem Tier. Sie verspricht sofort einen Abstecher nach Hause zu machen.

»Meine Mutter kommt gleich.« Ich gehe zu Flitzis Gehege und winke Leo zu mir. »Ihn haben wir als unterernährtes Jungtier bekommen und aufgepäppelt. Also mach dir keine Sorgen. Die kleinen Burschen sind zäh.«

Sie sieht aber immer noch unglücklich aus.

»Möchtest du was trinken?«

»Stilles Wasser wär gut.«

Ich gehe hinein und hole zwei Gläser, Trinkhalme und eine Flasche. Nach ein paar Minuten bin ich zurück.

Leo beobachtet weiterhin die Eichhörnchen. Ich drücke ihr ein Glas in die Hand und gieße ihr was ein.

»Danke.« Sie senkt die Lider und ihre langen, dunkelbraunen Wimpern werfen Schatten auf ihre tiefen Augenringe.

Wie selten trifft man Mädels wie Leo, die sich noch ungeschminkt raustrauen. Dafür bewundere ich sie. Obwohl sie ansonsten doch recht unsicher wirkt, versteckt sie sich nicht hinter einer Maske aus Make-up. Doch wieso sieht sie heute so schlecht aus? »Geht es dir gut?«

»Klar. Mir tut nur das Eichhörnchen leid.«

»Sicher?«

»Ja. Warum?«

»Du siehst ganz schön mitgenommen aus.« Ich stecke meine rechte Hand in die Hosentasche.

»Konnte nicht gut schlafen.« Leo fasst in die kleinen sechseckigen Maschen des Drahtzauns und blickt zu dem Eichhörnchen.

Ich räuspere mich. »Wegen gestern?«

Sie windet sich unter meinem Blick. »Ein bisschen.«

Für eine Sekunde erstarre ich. Sie bereut unseren Kuss doch. Dreck!

»War ganz schön viel. Erst die Sache beim Baden, dann Lilly und …«

»Und?« Ich schiele unauffällig zu ihr rüber.

»Mein ganzes Leben. Schule, Schach, Klavier.« Sie zählt mit ihren Fingern mit.

»Wow. Hast du auch Freizeit?«

Sie mustert mich aus zusammengekniffenen Augen und verzieht ihren Mund.

Hoffentlich habe ich keine Grenze überschritten.

»Wie schaffst du das alles?« Sie weist auf mich.

Jetzt gucke ich sie irritiert an.

»Bei dir ist es doch genauso wie bei mir. Schule, Schach, nur, dass du E-Gitarre spielst.«

»Glaub ich nicht. Bis auf die Schule mache ich alles nur, wenn ich Bock darauf hab. Ansonsten würde mich keiner dazu kriegen.«

»Was sagen deine Eltern, wenn du keine Lust hast?« Leo saugt an ihrem Strohhalm.

»Nichts.« Ich ziehe meine Augenbrauen in Richtung Nasenwurzel. »Ich muss doch wissen, was ich will.«

Sie schüttelt verständnislos ihren Kopf. »Das ist ihnen echt egal?«

»Ja.«

»Meiner Mutter ist nichts egal. Überall soll ich die Beste sein. Selbst wenn ich vierzehn Punkte habe, will sie wissen, was zu den fünfzehn Punkten gefehlt hat.«

Mit offenem Mund starre ich sie an. Gerade stelle ich fest, dass es mir doch nicht so schlecht geht.

»Scheiße, ne?« Sie senkt ihren Blick und ich glaube, für einen Moment glänzen Tränen in ihren Augen.

»Kommt drauf an.«

Sie wirft mir einen fragenden Blick zu. »Was?«

»Wie ist es denn für dich? Fühlst du dich auch nur gut, wenn du überall die Beste bist?«

Leos Schultern hüpfen. »Keine Ahnung. Ja? Nein?«

Ich grinse sie an.

»Schach ist mir wichtig.« Sie schielt nach oben und überlegt. »In der Schule bin ich auch ziemlich gut.«

»Im Ernst?«

»Ja. Mathe ist mein Lieblingsfach.«

Ich pruste los. »Krass. Hat mir noch nie ein Mädchen so gesagt. Die meisten tun, als ob sie es nicht können oder es hassen.«

»Nee, dazu stehe ich.« Sie strahlt für eine Sekunde. »Dafür ist Klavier richtig blöd. Muss ich wegen meiner Mutter lernen. Die besteht auf eine klassische Ausbildung.«

»Klavier ist doch cool.«

»Nicht, wenn man E-Gitarre spielen will.«

»Jetzt verarschst du mich aber.« Ich weise mit meinem Zeigefinger auf sie.

Leo schüttelt den Kopf. »Ein ganz bisschen kann ich schon. Wenn ich gut in Klavier bin, bekomme ich als Belohnung eine kleine Einheit auf meinem Lieblingsinstrument. Meine Musikschullehrerin ist echt cool.«

»Willst du mal auf meiner spielen?«

»Wenn du mich lässt?«

In diesem Moment fährt der Dienstwagen der Revierförsterei auf den Hof. Hartmut sitzt am Steuer und parkt ein. Meine Mutter steigt aus und stürmt auf uns zu. »Hallo ihr zwei. Wo ist das Kleine?«

Ole führt seine Mutter zum Käfig. Sie zieht sich Handschuhe an und tastet das Eichhörnchen ab. Es schreit wie am Spieß. »Wisst ihr, wie das passiert ist?«

»Hatte einen Plastikdeckel um den Hals.«

»Was schmeißen die Leute nur alles in die Natur?« Sie holt einen Wattetupfer und befeuchtet die Wunde mit Betaisadonna, einer Tinktur zur Wundversorgung. Das Tierchen zappelt wie wild.

»Hallo Ole.« Hartmut klopft mir auf die Schulter. »Wie sieht es mit den Wilderern aus? Hast du sie schon?« Sein sarkastischer Ton kotzt mich an und ich ignoriere ihn.

Dafür wirft meine Mutter ihm über ihre Schulter einen bösen Blick zu.

Bevor sie was sagen kann, platzt es aus mir heraus. »Ist das nicht eher deine Aufgabe und die der Polizei?«

Sein Lächeln erstirbt und Leo muss sich ihres verkneifen.

»Wo waren sie eigentlich zuletzt?«

Ich sehe ihn von oben bis unten an. »Am Röthsee.«

»Aha.«

»Haben die eure Seen eigentlich schon alle durch?«

»Hoffe ich nicht.« Als ich mit den Augen rolle, muss Leo schmunzeln.

»Wo waren sie denn noch nicht?«

Sag mal! Weiß er überhaupt was? »Am Zweiten waren sie noch nicht.«

Er nickt verstehend und beobachtet meine Mutter.

»Alles wieder gut, die Wunde ist nicht so schlimm. Wir behalten den Kleinen noch ein paar Tage zur Beobachtung hier.« Sie streift sich die Handschuhe ab. Gerade als sie ihre Hände gesäubert hat, stöhnt sie auf und legt ihren Kopf in den Nacken. »Könnt ihr ihm nachher was zu Fressen geben? Hab ich vergessen.«

»Natürlich.«

»Bis heute Abend.« Meine Mutter und Hartmut winken Leo zu und ich bringe die beiden zum Tor, nachdem ich unsere Gläser auf der Terrasse abgestellt habe.

Als ich zurückkomme, sagt Leo: »Ich muss dir was beichten.« Sie schielt mich von der Seite an.

»Ach ja?« Ich weiß genau, was jetzt kommt.

»Es ist meine Schuld, das mit dem Plastikdeckel.«

»Ist es nicht.«

»Und ob. Als ich den ersten Tag an der Waldbrücke

war, bin ich doch abgehauen und hab meinen Becher stehen lassen.«

»Ich weiß.«

Ihr Kopf schnellt zu mir herum.

»Schon die Zeichnung vergessen?«

Nach einer kurzen Schockstarre atmet Leo beruhigt aus.

»Hab ihn entsorgt. Von dir ist der Deckel, der das Eichhörnchen verletzt hat, also nicht.«

Die Erleichterung ist ihr anzusehen.

»Ab sofort nimmst du deinen Müll aber immer mit. Verstanden?«

»Auf jeden Fall.«

»Wo wir gerade dabei sind: Hast du die Zeichnung noch?«

Sie weicht meinem Blick aus. »Klar.«

»Jetzt kannst du sie sicherlich verstehen.«

Sie presst ihre Lippen aufeinander.

Ich bin total enttäuscht, dass sie mich anlügt. Ist sie vielleicht doch in alles verwickelt und hat die Zeichnung dort verloren, weil sie zum Spionieren der Wilderer am See war?

Immer, wenn ich denke, sie sei anders als alle anderen, holt sie mich mit Karacho auf den Boden der Tatsachen zurück. Wieder denke ich an unseren Kuss. Hat sie mir nur was vorgespielt?

Kaum ist Leo weg, mache ich mich erneut auf den Weg in den Wald. Der silberne Kombi lässt mir keine Ruhe.

Es dauert keine Viertelstunde und ich erreiche den kleinen Wanderrastplatz am Sägersee, wo jetzt der dunkelblaue Kombi von Lillys Vater parkt.

Ein Pfad schlängelt sich bis zum See. Nachdem ich den ganzen Weg nach Spuren abgesucht habe, erreiche ich den Steg. Ich erschrecke zuerst, denn dort sitzt ein Mann. Doch dann erkenne ich ihn.

»Hallo, Herr Möller.« Lillys Vater sitzt auf einer kleinen Holzbank.

»Bist du auch auf Spurensuche?«

Ich erstarre für eine Sekunde. Seine Stimme. Sie ist merkwürdig rau. Ist es die, die ich am See gehört habe? Ruhig Ole, du darfst dir nichts anmerken lassen. »Haben Sie einen Hinweis auf die Wilderer gefunden?«

Er räuspert sich und schüttelt den Kopf. »Die müssen erst in der Vorbereitung sein.« Seine Stimme klingt schon weniger rau.

Nein, doch nicht. Meine Phantasie spielt mir wohl nur einen Streich. Wieso sollte er auch? Als Fischer weiß er, was für verheerende Auswirkungen die Wilderei hat. Trotzdem klingt er manchmal so ähnlich, wie der Typ von neulich Abend. »Meinen Sie, die kommen heute Nacht?«

Herr Möller verzieht nachdenklich sein Gesicht. »Wenn sie es drauf anlegen? Aber so dumm sind die nicht.«

»Können wir nicht irgendwas machen?«

Er schnieft. »Zu Hause verstecken und abwarten. Die sind nicht zimperlich.«

»Ich auch nicht.«

Ein lautes Lachen schallt über den See. »Ole, das sind keine kleinen Jungs und wir spielen nicht Räuber und Gendarm. Versprich mir, dass du dich da raushältst.«

Ich kann nicht anders, als es ihm zu versichern.

»Na gut. Dann bleib nicht zu lange hier.« Herr Möller geht.

Nachdem er hinter der Biegung verschwunden ist, jault kurz darauf der Motor seines Autos auf und er fährt durch den Wald nach Teerofen.

Umso besser, jetzt kann ich mich in Ruhe umschauen.

Auf den ersten Blick finde ich nichts. Zwar ist überall am Ufer das Gras plattgetreten, aber andere Auffälligkeiten gibt es keine.

Lockeren Schrittes gehe ich die Dorfstraße nach Hause. Schon von Weitem sehe ich einen silbernen Skoda bei uns vor dem Grundstück vorbeifahren. Ich lege einen Zahn zu. Als ich nur noch einhundert Meter entfernt bin, wirft jemand etwas aus dem Fahrerfenster und zwei Gegenstände landen bei uns im Garten. Dann startet das Auto durch und fährt mit quietschenden Reifen an. Ich sprinte los und hoffe, das Nummernschild zu erkennen, aber dafür bin ich zu langsam.

Als ich an unserer Pforte ankomme und nachsehen will, was der Typ abgeworfen hat, sitzt Rieke auf unserem Treppenabsatz und weint. Ihr Gesicht ist puterrot und sie hält Puschel schützend in den Armen.

»Was ist los, Maus?«

Sie drückt mir ihr Kuscheltier in den Schoß und für ein paar Sekunden bin ich wie gelähmt. Puschel liegt in zwei Teilen vor mir, seinem Körper und dem abgetrennten Kopf. Ein ungutes Gefühl überkommt mich.

»Was ist passiert?«

Sie weist auf das Blumenbeet neben dem Tor. »Dort vorn lag Puschel. Genau so.« Sie weist vorwurfsvoll auf ihr Lieblingskuscheltier.

Dann stürzt sich meine kleine Schwester über Puschel, umarmt meine Oberschenkel und weint

188

bitterlich. Ihr kleiner Körper schüttelt sich, wie eine Waschmaschine im Schleudergang.

Meine Luftröhre muss sich um mein Herz gewickelt haben, denn es wird fast zerquetscht. Ich habe Rieke in Gefahr gebracht. Das ist eine klare Drohung und sie machen nicht mal vor meiner kleinen Schwester halt.

Aber wie haben die Puschel in die Hände bekommen?

Er ist seit meinem Geburtstag verschwunden. Damit kommt jeder infrage, der an dem Abend bei uns war, aber bei wem fange ich an?

Das überlege ich noch. Vorher muss ich dafür sorgen, dass meine Eltern mich nicht wegsperren.

»Rieke?«

Sie sieht mich aus verquollenen Augen an.

»Kein Wort zu Mutti oder Vati. Ich mach Puschel wieder heil. Versprochen?«

Rieke wischt sich die Tränen ab. »Aber wehe, wenn nicht.«

Kapitel 13 - Leo

Mit einem schlechten Gewissen gehe ich nach Hause. Warum habe ich Ole nicht einfach die Wahrheit gesagt? Klar, hätte er denken können, seine Zeichnung bedeutet mir nichts, aber ich habe sie doch nicht mit Absicht verbummelt.

Als ich um die Ecke komme, trinken meine Eltern Kaffee und essen die kleinen Schweineohren aus Blätterteig, die ich so sehr liebe.

»Setz dich zu uns.« Mein Papa schiebt mit einem Arm einen weiteren weißen Plastikstuhl an den Tisch.

Das erste Schweineohr stopfe ich mir vollständig in den Mund. Der Zucker hinterlässt ein befriedigendes Gefühl. Schließlich hatte ich heute kein Mittagessen.

»Deine Großmutter hat vorhin angerufen.« Meine Mama stützt ihren Kopf mit ihrer rechten Hand auf dem Tisch ab und funkelt mich an.

Mein Papa atmet hörbar durch.

»Und?« Ich pariere ihren Blick.

»Sie hat heute unsere Blumen in der Wohnung in Berlin gegossen.«

»Ist doch nett«, antworte ich mit einem breiten Lächeln.

»Das hat sie über dein Zeugnis nicht gesagt.« Meine Mama zieht ihre Augenbrauen hoch.

»Sagtest du nicht, sie war Blumengießen?«

»Genau.« Sie nimmt ihre Kaffeetasse und lehnt sich im Stuhl zurück.

»In meiner untersten Schreibtischschublade?« Meine Nasenflügel beben. Was bildet Oma sich eigentlich ein, in meinen Sachen zu wühlen? Bah! Ein Ekelschauer läuft mir über den Rücken, wie unzählige kleine Spinnen.

»Lenk nicht ab, Leopoldine.«

Mein Papa schlägt seine Hände auf den Tisch. Das Geschirr klappert. »Jetzt muss ich Leo aber mal beistehen. Kramt sie auch in unseren Unterlagen?«

»Leopoldine hätte Oma das Kursbuch auch zeigen können, dann wäre diese Situation nicht entstanden.« Sie trinkt einen Schluck.

»Stopp! Es gibt keinen Grund, der das Verhalten deiner Mutter rechtfertigt. Das ist Privatsphäre.« Er rückt ein Stück vom Tisch ab.

Sie murmelt vor sich hin: »Es hätte nicht passieren dürfen.« Dann blickt sie ihm direkt in die Augen. »Doch ihren Unmut über Leos Zeugnis kann ich durchaus verstehen.«

»Hörst du bitte auf? Dieses Thema hatten wir schon.« Er macht eine kurze Pause. »Ab-schlie-ßend.« Dabei betont er jede einzelne Silbe.

Meine Mama nippt an ihrem Kaffee und sieht mich über den Porzellanrand an. »Was ist eigentlich mit dir und David?«

»Wieso? Hat sie den auch zufällig gefunden?« Ich habe auf diesen Mist keine Lust und springe auf. Der Stuhl schurrt laut über den Boden.

Auf direktem Weg steige ich die Treppe hoch. Oben ist es brütend heiß und ich öffne die Fenster für ein bisschen Durchzug. Leider muss ich so gefühlt das einemillionste Mal eine Diskussion meiner Eltern anhören. Ich schnappe mir meinen Kalender und mein Handy, bevor ich mich rücklings aufs Bett schmeiße.

Mit meinem Mittelfinger scrolle ich durch meine Nachrichten. Isa hat vor ein paar Minuten erst meine letzte gelesen, dass ich jemanden kennengelernt habe. Sie ist online. Ich könnte vor Freude kreischen.

<Wer ist er und wie sieht er aus?>

Ich schniefe freudig und gebe sofort meine Antwort ein. Es tut gut, Isa nah bei mir zu spüren. <Ole, gut und mitten im Wald.>

Erneut vergehen nur wenige Sekunden bis zur nächsten Nachricht. <Gut?>

<Blonde Haare, blaue Augen und so groß wie du.>

<Hört sich klasse an.>

Ich seufze. Wenn ich Isa schon von Ole berichte, dann die ganze Wahrheit.

<Er ist jünger als ich> Ich drücke den kleinen Pfeil auf dem Display und warte gespannt. Mein Atem beschleunigt sich. Isa ist zwar meine beste Freundin, aber auch sehr direkt. Was, wenn sie den Altersunterschied ablehnt?

Mein Smartphone zappelt. <Kackenegal! Your rules, your game. Hauptsache, du bist glücklich, Kleene> Erleichtert atme ich aus und habe vor Freude Pipi in den Augen. Die nächste Nachricht geht ein. <Habt ihr schon was am Laufen?>

Ich schlucke. <Ein Kuss>

192

Mit Sicherheit springt Isa jetzt gerade auf der Stelle und jubelt laut. <Woahh! Bin stolz auf dich. Weiter so!>

Kichernd tippe ich die nächsten Worte. <Und bei dir?>

<Nils und gut>

<Haha> Ich setze einen tränenlachenden Emoji dazu.

<Er ist sexy und größer als großartig>

<Freu mich für dich> Isa hat es wirklich verdient.

<Wie geht's David?>

Diese Antwort lässt einen Augenblick länger auf sich warten. <Vergiss den Idioten! Er hat dich nicht verdient.>

<Erzähl>

Ich klopfe seitlich an mein Handy, als könne ich damit den Empfang beschleunigen.

<Später. Muss jetzt los.>

Ist klar. Mein Arm sinkt auf das weiche Bett und mein Blick ist auf die Decke gerichtet. Erneut vibriert es in meiner Hand. Mit einer gewissen Vorfreude nehme ich mein Smartphone hoch, doch nicht Isa hat geschrieben.

David: <Bereust du deine Entscheidung schon?>

Deprimiert feuere ich mein Handy aufs Kissen.

Ich habe keine Lust mehr, mir heute noch Gedanken über irgendetwas zu machen, doch sofort schweifen meine Gedanken zu Ole. Seine strahlenden Augen, seine samtigen Lippen.

Den nächsten Vormittag verbringe ich mit einem Buch im Liegestuhl. Mein Papa hat mir den Sonnenschirm aufgespannt, bevor meine Eltern zu einem Spaziergang aufgebrochen sind.

Ich genieße die Ruhe.

»Juhu!« Lilly steht an unserer Pforte.

»Komm her.« Ich winke ihr einladend zu.

Sie drängelt sich mit auf meine Liege, obwohl es auch ohne Kuscheleinheiten schon warm genug ist.

»Ausgenüchtert?«

»Hör bloß auf, sonst wird mir gleich wieder schlecht. Hab wohl zu viel durcheinander getrunken. War Vince heute schon hier?«

Ich schüttle den Kopf. »Dem geht es bestimmt wie dir. Was ist denn mit ihm?«

»Wollte nur wissen, ob er hier war. Krieg ihn nicht ans Handy.« Sie tut es mit einer lässigen Handbewegung ab.

»Kommst du morgen Abend wieder mit zur Bussi?«

»Morgen?«

»Heute wirst du dort niemanden treffen. Die müssen alle ausnüchtern. Einschließlich mir.« Sie schielt unschuldig nach oben.

»Klar, bin ich dabei.«

Als meine Eltern zurückkehren, verabschiedet sie sich. Ich bringe sie die kleine Böschung zum Tor hoch.

Bevor sie geht, dreht Lilly sich zu mir und kommt mir so nah, dass ich ihren Atem im Gesicht spüren kann.

»Mir hat jemand erzählt, du hast was mit Ole.«

Ein überdimensionaler Stöpsel steckt plötzlich in meiner Kehle und ich bringe kein Wort raus.

Sie sieht mir in die Augen, als würde dort die Antwort aufblinken. Ich konzentriere mich auf meine Atmung und blende mein schlechtes Gewissen aus. Im Lügen bin ich wirklich furchtbar. In meinen Wangen kribbelt es bereits. Jetzt bloß nicht rot werden.

»Nee. Quatsch. Wer erzählt denn sowas?« Ich bemühe mich um einen erstaunten Ton.

»Hab ich nur gehört.« Gleichgültig wendet sie sich ab.

Mit erhobenem Kinn spreche ich weiter. »Habt ihr eigentlich was miteinander?«

Sie dreht sich zu mir und klimpert mit den Augen. »Bis jetzt noch nicht. Aber wer weiß?«

Wenn sie mich provozieren will, ist ihr das gerade bravourös gelungen. Ihr Gesichtsausdruck passt bloß überhaupt nicht dazu. Ob Ole ihr was gesteckt hat? Ich kann es mir nicht vorstellen, aber wer weiß sonst von diesem Kuss? Die anderen konnten uns von der Terrasse nicht sehen und Lilly war voll.

Misstrauisch mustere ich sie von oben bis unten und achte auf jedes Detail ihrer Mimik und Gestik. Völlig selbstsicher schreitet sie erneut auf mich zu.

»Ein guter Rat unter Freunden. Stell dich nicht zwischen die Jungs.«

Ich halte die Luft an. Droht sie mir?

Lilly verzieht ihren Mund zu einem wissenden Lächeln. »Du würdest es bereuen.«

Ja. Sie droht mir. Ich ahne, wie sehr sie in Ole verliebt ist. Lilly macht kein Geheimnis aus ihrer Schwärmerei für ihn. Aber geht das nicht zu weit? Sprachlos sehe ich ihr nach.

»Bis morgen Abend.« Sie schwingt ihren Arm, bis sie außer Sichtweite ist.

Nach dem Mittag spaziere ich gleich zu Herrn Wibell. Die Sonnenstrahlen kitzeln auf meiner Haut. Als ich an Oles Zuhause vorbeikomme, schiele ich hinüber. Meine Hoffnungen werden nicht erhört. Nicht mal Klara ist irgendwo zu sehen. Ich folge dem Mühlenbach und betrete den Traumgarten.

Mein neuer Schachlehrer hat es sich auf seinem kleinen Steg bequem gemacht und winkt mich zu sich.

»Guten Tag, Leo. Ich hab das Schachbrett schon aufgebaut. Du bist Weiß.«

Ich setze mich auf den kleinen Metallstuhl ihm gegenüber und stelle meinen Bauern auf d4. Unter Aufbietung all meiner Kräfte halte ich dreißig Minuten durch. Nach seinem letzten genialen Zug betrachtet Herr Wibell mich.

»Gut gemacht. Du bist schon viel besser.«

»Besser?«

Er beugt sich zu mir vor. »Du bist zu steif. Du schießt dich auf etwas ein und bist überhaupt nicht flexibel.«

Meine Schultern sacken herunter. »Manchmal ist es, als ob ich innerlich erstarre, wenn ich einen Fehler gemacht habe, und dann kann ich kaum noch denken.« Ich beiße seitlich auf meine Unterlippe.

»Das seh ich. Wovor hast du Angst? Zu verlieren ist kein Weltuntergang.« Er lächelt mich aus seinen warmen, braunen Augen an.

»Dass sich alle über mich lustig machen.«

»Worüber? Einen Fehler? Wer von uns macht keinen?« Er lehnt sich noch weiter vor.

»Die wissen alle, wie gut ich sein möchte, damit ich endlich eine Mädchenmannschaft trainieren darf. Und bei den Qualis hat mich dann einer mit dem Schäferzug schachmatt gesetzt. Oberpeinlich.«

Er schnieft mitleidig aus. »Ich verrate dir mal was: Das ist uns allen schon passiert.«

Erstaunt sehe ich zu ihm hoch. »Glaub ich nicht.«

»Doch.« Herr Wibell erzählt mir eine Geschichte, wie er einst während seines ersten Turniers vernichtend geschlagen wurde. Dann fasst er nach meiner Hand und wird ernst. »Leo, jede Niederlage ist immer auch ein Gewinn. Du lernst durch Misserfolge, neue Strategien zu entwickeln. Wenn du das verinnerlichst und umsetzt, kann nichts mehr schiefgehen.«

Ich weiche seinem Blick aus. Es klingt alles sehr logisch, was er sagt. Trotzdem zweifle ich.

»Komm mal mit.«

Wie in Trance folge ich ihm in sein Häuschen. Er bleibt vor der langen Wand stehen, die mit glänzenden Pokalen übersät ist. Andächtig stehe ich davor. Herr Wibell nimmt einen heraus. »Das ist mein Allererster.« Er drückt ihn mir in die Hand. »Ab heute ist er dein Glücksbringer.«

Zwar bin ich total gerührt, aber schiebe ihn zurück. »Das kann ich nicht annehmen.«

Er überlegt und kratzt sich im Bart. »Wie wäre es, wenn wir etwas vereinbaren? Du behältst ihn so lange, bis du dein erstes Turnier gewonnen hast.«

Das klingt gut. Ich halte ihm meine Hand hin. »Deal.«

Er schlägt ein und drückt mir den Pokal in die Arme. Dann gehen wir wieder raus. »Und damit es dir nicht langweilig wird, gebe ich dir ein interessantes Buch mit.« Er holt einen dicken Wälzer mit Schachtaktiken von der Terrasse und wir verabschieden uns.

Fast bin ich schon um die Ecke, da ruft er mich zurück.

»Bevor ich es vergesse, morgen habe ich keine Zeit. Da muss ich eine Gruppe in Neustrelitz trainieren.«

Neugierig horche ich auf und mir wird klar, was Herr Wibell mir sagen will. Wenn er nach seiner ersten Niederlage aufgegeben hätte, wäre er nie so gut geworden und könnte den Spaß und die Freude an diesem Spiel nicht weitervermitteln. Ich atme tief durch.

Es wird Zeit, sich meinen Ängsten zu stellen, wenn ich irgendwann mein Ziel erreichen möchte. »Darf ich mit?«

»Ich hatte gehofft, dass du das fragst.« Er zwinkert mir zu. »Um zwölf Uhr siebenundvierzig fährt der Bus. Die Haltestelle ist schräg vor eurem Bungalow.«

Mir gelingt es nicht, das Grinsen zu unterdrücken, das mein ganzes Gesicht strahlen lässt. »Danke, danke, danke!« Mit einem Satz bin ich bei ihm und umarme ihn. Und es ist mir auch völlig egal, was er gerade von mir denkt. Ich trample auf der Stelle und reibe mir die Hände. »Danke. Ich gebe mein Bestes.«

»Da bin ich mir sicher. Du bist eine Bereicherung für uns und nicht nur wegen deines Riesentalents.« Endlich glaubt jemand an mich.

»Bis morgen.« Ich winke ihm und tänzle davon.

»Sei pünktlich.« Er zeigt auf seine nicht vorhandene Armbanduhr.

Mit diesem Hochgefühl laufe ich nach Hause und nehme mir fest vor, einen Zwischenstopp einzulegen. Ich muss Ole die Wahrheit wegen der Zeichnung sagen.

Vom Schotterweg biege ich auf die Straße ab und überquere den Wasserlauf. In diesem Moment entdecke ich Rieke, die betrübt vor ihrem Haus hin und her schleicht. Schon von Weitem grüße ich sie. »Hey Rieke, ist Ole da?«

Allein bei der Erwähnung des Namens verzieht sie wütend ihr Gesicht.

»Was ist los?«

»Ole wollte Puschel heilmachen und jetzt sieht er aus wie ein Monster.« Sie hält ihn mir entgegen. Der Kopf des Stofftieres hängt schlaff und irgendwie schief vom Körper.

»Ihr habt ihn wiedergefunden?« Aufmunternd lächle ich sie an.

»Ja, er lag im Garten und sein Kopf war ab.«

Mein Lächeln erstirbt. »Wieso macht Ole sowas?«

»Das war nicht Ole. Er hat Puschel den Kopf wieder angenäht.«

»Das ist doch nett von ihm.«

»Aber er kann nicht nähen.« Zur Demonstration schüttelt sie Puschel, dessen Kopf dabei umherschlenkert.

»Frag doch deine Mutti.«

»Psst.« Rieke hält sich ihren Zeigefinger vor den Mund. »Die darf davon nichts wissen, sonst bekommt Ole wieder Ärger.«

»Wenn du willst, versuche ich Puschel zu helfen. Ich kann ein bisschen nähen.«

Kapitel 14 - Ole

Gerade will ich rein, da kommt Lilly Möller die Straße entlang auf mich zu. »Hi Ole.«

Es ist zu spät. Ich kann nicht mehr abhauen, also gehe ich runter zu unserer Gartenpforte und warte, bis sie da ist. »Hi Lilly, wieder nüchtern?«

Verlegen schaut sie zu Boden und kichert leise. »War wohl ein bisschen viel gestern Abend auf deinem Geburtstag.«

Besser, ich gebe keine Antwort. Das würde nur noch peinlicher für sie werden.

Lilly muss es spüren und beginnt ein anderes Thema. »Ich war vorhin bei Leo. Sie ist wirklich nett.«

»Jup.«

»Wusstest du, dass Vince auf sie steht?« Lilly mustert mich.

»Nö. Hat er dir das erzählt?«

»Ich bitte dich! Hast du nicht gesehen, wie die sich anschmachten?«

»Ist mir nicht aufgefallen.«

»Typisch Kerl. Euch fehlt dafür ein Gen.« Lilly kommt ein Stück näher und flüstert: »Ich glaub, die treffen sich heimlich.«

Für eine Sekunde stockt mir der Atem. »Wirklich?«

Lilly nickt. »Neulich Abend ist Leo im Stockdusteren zum Röthsee gegangen, hinten zur Löschwasserentnahmestelle, und Vince soll auch da gewesen sein.«

Ich kann es nicht glauben. »Woher weißt du das?«

»Ein befreundeter Jäger von meinem Vater hat sie gesehen.«

Das kommt mir komisch vor. »Weißt du auch noch, welchen Abend?«

Lilly überlegt einen Moment. »In der Nacht, als auch die Wilderer dort zugeschlagen haben.«

Das muss ich erstmal verdauen.

Im Flur begrüße ich meinen Hund, der wie eine Roulade in seinem Körbchen liegt.

Die Handtasche meiner Mutter steht noch auf der Kommode. Meistens fahren meine Eltern dann nochmal weg.

Ich gehe in mein Zimmer, laufe ein paarmal auf und ab und fahre mir durch meine Haare. Was Lilly mir eben erzählt hat, schwirrt mir durch den Kopf und ich denke darüber nach. Es passt zu meinen Beobachtungen. Leider.

Die Zimmertür schwingt auf und meine Mutter steht vor mir. »Vati und ich müssen nochmal in die Stadt. Passt du auf Rieke auf?«

Es dauert noch fünfzehn Minuten, bis sie losfahren.

Erst dann hole ich meine Zeichnungen hervor. Minutenlang starre ich auf eine von Leo. Richtig vorstellen kann ich mir nicht, wie sie bei Nacht und Nebel Fische aus dem See zieht und sie in einen Lkw lädt. Allerdings hätte ich auch nie gedacht, sie mit einer Angel zu erwischen.

Ob Lilly sich nicht geirrt hat? Leo nachts allein auf dem Weg zum Röthsee? Doch es passt alles zusammen. Als Vince sie nach Hause gebracht hat, sie aber nicht reinging. Die Schritte auf dem Waldweg, bevor ich aufgeflogen bin. Meine zusammengeknüllte Zeichnung. Mit beiden Händen wische ich mir durchs Gesicht, als könnte ich dadurch klarer sehen.

Hoffentlich bleiben meine Eltern nicht zu lange weg. Ich hab noch was zu tun und will später zum Sägersee und nachsehen, ob es was Neues gibt. Um später keine Zeit zu verlieren, räume ich schon mal alles Notwendige in meinen Rucksack.

Nach gut dreißig Minuten klappern die Schuhe meines Vaters auf unserer Treppe. »Bin wieder da«, brüllt er bereits von draußen. Eilig gehe ich ihm entgegen. »Passt du jetzt auf Rieke auf?«

»Warum?« Er fummelt an dem Schlüssel, der sich im Schloss verhakt hat.

»Ich will endlich eine Spritztour machen.«

»Du weißt, dass du spätestens um sieben zu Hause sein sollst. Und fahre nicht ohne …«

»Vati, ja ich weiß. Ich versprech dir, ohne Helm fahre ich nicht.«

Er ist weiter mit dem widerspenstigen Stück Metall beschäftigt.

»Darf ich?«

»Denk an unsere Abmachung. Die Wilderer sind tabu.«

Ich rolle mit den Augen. »Ja-a.« Dann hole ich meinen Rucksack und verschwinde.

Es dauert keine fünf Minuten und ich knattere aus der Garage, biege auf die Dorfstraße ab und beschleunige. Ich will unbedingt die benachbarten Orte abfahren und nach dem silbernen Kombi suchen.

Nachdem ich jedes Dorf im Umkreis von zehn Kilometern abgeklappert und keinen silbernen Skoda gefunden habe, nehme ich zuletzt den Weg über Teerofen.

Schon von Weitem sehe ich den Dienstwagen meiner Mutter vor dem Haus von Lilly parken und wundere mich darüber, denn sie hat längst Feierabend und war auch schon zu Hause. Verheimlicht sie mir was?

Ich stelle mein Moped hinter der Ligusterhecke ab, die das Grundstück der Möllers von dem daran vorbeilaufenden Wanderweg trennt. In dem dichten Blattwerk suche ich mir eine Stelle, die etwas spärlicher bewachsen ist, und warte.

Es vergeht bestimmt eine halbe Stunde und ich bin drauf und dran loszufahren, da öffnet sich endlich die Eingangstür und ein Mann tritt heraus. Ich muss zweimal hingucken, um es zu glauben. Hartmut! Was will er denn hier und wo ist meine Mutti?

Herr Möller begleitet ihn zum Tor. Dadurch kommen sie mir so nahe, dass ich ihr Gespräch mithören kann. Zumindest einen Teil.

»Zweimal noch, dann haben wir einen neuen Revierförster. Glückwunsch!«

Hartmut strahlt Lillys Vater schleimig an. »Ohne dich hätte ich das nicht geschafft. Ich revanchiere mich.«

Seit wann duzen die sich?

»Ich weiß auch schon, wie«, sagt Herr Möller mit einem fordernden Unterton, der Hartmuts Lächeln gefrieren lässt. Sie schütteln sich die Hände, wie nach einem Vertragsabschluss, doch Hartmut erwidert seinen Händedruck mit dem Elan eines nassen Waschlappens. Dann verschwindet er und Herr Möller geht fröhlich gestimmt zurück ins Haus.

Die Eingangstür knallt zu. Augenblicklich schmeiße ich meine Simmi an und fahre durch den Wald zum Sägersee. Ich will nur schnell nachsehen, ob es neue Spuren gibt.

Im Schutz der Bäume jage ich den Waldweg entlang. Durch den weichen Sand komme ich immer mal wieder mit dem Moped ins Schleudern, kann mich aber gut abfangen. Der Wanderrastplatz ist diesmal leer. Ich parke und gehe zum See.

Bestimmt fünfmal schreite ich den Uferbereich ab, bevor ich mich auf die Holzbank setze und die rosarote Abendsonne genieße.

Ich lege mich auf den Rücken und strecke mich aus. Am Himmel hängt keine Wolke. Nur ein blauschillerndes Eisvogelpaar dreht seine Runden und zeigt stolz seine orangen Bäuche.

Meine Arme hängen seitlich hinunter und ich streiche mit meinen Händen über das raue unbearbeitete Holz der Stegbohlen. Erst nach ein paar Sekunden wird mir bewusst, dass dort noch etwas anderes ist. Sehr dünn und glatt. Über die Seite rolle ich mich ab und lasse mich auf meine Knie fallen. Obwohl ich wirklich gut gucken kann, muss ich ein paarmal mit meinen Fingern darüber fahren, bis ich es entdecke: Angelsehne. Sie ist um eines der Bretter gebunden. Das kann nur eins bedeuten.

Ich lege mich auf die spröden Bretter und beuge mich über die Kante. Meine Hüftknochen schließen bündig mit der letzten Bohle ab und meine Haarspitzen tauchen bereits ins Wasser. Mit lang ausgestrecktem Arm greife ich nach der Sehne. Daneben. Der zweite Versuch endet genauso erfolglos. Ich muss es anders probieren. Beim dritten Versuch hole ich ordentlich Schwung und bekomme sie zu fassen, kralle mich aber am Steg fest, um nicht in der Modderpampe darunter zu landen. Wie ein Faultier hänge ich nun seitlich am Stirnbrett. Um mich zur Badeleiter zu hangeln, lege ich mein rechtes Bein auf die oberste Stufe und schiebe meinen Körper stückchenweise weiter. Als ich nah genug bin, greife ich nach dem Handlauf. Dreck! Zwar klammert meine Hand an dem glatten Metall, dafür testet mein Arsch die Wassertemperatur. Ich klettere auf den Steg zurück, klopfe über meine nasse Hose, als könne ich damit den riesigen feuchten Fleck verschwinden lassen, und setze mich an die Kante. Die Jeans klebt in einem bestimmten Bereich fest an mir. Eklig. Wie ein kleiner Junge, der dringend zum Klo muss, rutsche ich auf meinem Arsch umher.

Vorsichtig ziehe ich an dem durchsichtigen Faden. Die Sehne spannt und frisst sich tief in meine Haut. Wenn die jetzt reißt … Geduldig kämpfe ich mich stückchenweise voran. Nach zehn Minuten und einer neuen Lebenslinie in meiner Handfläche schnaufe ich verärgert aus. Ich zerre eine kleine

Reuse aus dem Wasser. Zwei Zander und ein Aal liegen in ihrem Gefängnis. Und das in der Schonzeit, wo niemand diese Fische angeln darf. Die Schweine! Ganz vorsichtig lasse ich sie in den See gleiten, zurück in die Freiheit.

Ich hole mein Taschenmesser heraus und zerschneide schadenfroh das trichterförmige Netz. Damit stellen die Typen nichts mehr an.

Die Reste bringe ich zum Moped. Meine Hose klebt weiterhin an meinem Arsch, löst sich aber langsam mit jedem Schritt.

So wie es aussieht, spionieren die Wilderer den See aus. Sie wollen wissen, was es hier zu holen gibt. Damit besteht eine realistische Chance, ihnen in die Parade zu fahren.

Mit einem positiven Gefühl segle ich meine Maschine durch den hellen Karnickelsand. Die Bäume fliegen förmlich an mir vorbei und ich sammle Insekten auf meinem Visier. Der Fahrtwind sorgt dafür, dass die Härchen sich an meinem Körper aufstellen. Die Vibration des Motors überträgt sich über die Handgriffe auf meinen Körper und die Unterarme fühlen sich leicht taub an.

Ich schlingere auf die Hauptstraße zu. Von links kommt kein Auto und so biege ich direkt in die Dorfstraße ein. In diesem Moment erblicke ich Leo vor der Einfahrt zu den Krögers. Wo will die denn hin? Das bringe ich gleich in Erfahrung und schwenke das Lenkrad nach links. Mal sehen, wie viel Mut die Großstadt-Tusse hat. Schnurstracks fahre ich auf sie zu, doch sie regt sich nicht. Ich bin davon ausgegangen, dass sie mit einem Hechtsprung in der Lebensbaumhecke verschwindet, aber sie rührt sich nicht. Mittlerweile bin ich ihr ziemlich nah. Wenn ich Leo nicht umkacheln will, muss ich eine Vollbremsung hinlegen. Gerade noch rechtzeitig komme ich vor ihr zum Stehen und würge mein Moped dabei ab.

Zwar sind ihre Augen vor Angst geweitet, aber ein belustigtes Lächeln umspielt ihre vollen Lippen. »Spinnst du? Für solche Späße fehlt dir die Erfahrung.«

»Erfahrung? Mir?« Ich grinse und sehe ihr fest in die Augen. Es ist ein Genuss, zu beobachten, wie sie sich geniert. Lässig lehne ich mich zurück und verschränke die Arme vor der Brust.

Leo fummelt an den Fransen ihrer engen Jeans-Shorts und versucht meinem Blick standzuhalten. Völlig aus dem Konzept gebracht, stammelt sie rum, doch dann holt sie tief Luft und sagt: »Fahrerfahrung.«

Jetzt grinse ich noch breiter. »Puh. Da bin ich ja beruhigt.«

Abrupt bricht Leo den Blickkontakt ab. Ich habe sie. Mal wieder. Es macht mir echt Spaß, sie jedes Mal aufs Neue herauszufordern. Ihre Reaktionen sind einmalig. Am liebsten mag ich ihre Bissigkeit, aber das jetzt gerade hat auch was. Trotzdem muss ich mich zurücknehmen, denn es ist nur eine Rolle für sie, die sie perfekt spielt. Erst gaukelt sie Vince Interesse vor, dann küsst sie mich. Dieses Wissen krallt sich in mein Herz, denn ich habe gehofft und geglaubt, ihr liegt was an mir. Wirklich krass, wie es ihr gelingt, alle zu manipulieren. Die liebe, harmlose Leo. »Wo willst du eigentlich hin?«

Für eine Sekunde sieht sie mich an. »Nirgends.«

»Was machst du dann hier?« Ich weise mit dem Kopf auf den Bereich vor der Einfahrt.

»Komme gerade wieder nach Hause«, sagt sie patzig.

Verächtlich schnaube ich aus. Die denkt, ich bin total bescheuert und merke nichts. »Von wo?«

»Ist das ein Verhör?« Sie reckt ihr Kinn und verschränkt die Arme vor ihrem Oberkörper.

»Ich will nur sichergehen, dass du nicht wieder irgendwo deinen Kaffeebecher vergessen hast.«

Leo funkelt mich an und versucht ihre Unsicherheit zu überspielen. »Gibt es in diesem Kaff denn Coffee to go? Muss ich bisher übersehen haben.«

Fast lache ich laut los, reiße mich aber zusammen. Ihre Reaktion. Einfach genial. »Hier nicht, aber wer weiß, wo du heute schon warst?«

Leo überlegt kurz. »Eigentlich wollte ich mit dir reden, aber es hat wohl keinen Zweck.« Sie wendet sich ab und geht auf das schwarze Metalltor zu.

Ich könnte mich ohrfeigen. Vielleicht wollte sie sich mir anvertrauen. Alles versaut. Prima, Ole, toll gemacht.

Um mein Moped wieder zu starten, schwinge ich mich rauf, halte es am Lenkrad fest und trete es an. Genau in diesem Moment dreht Leo sich zu mir um, und ihr Blick gleitet an mir herab, um genau zu sein, zu dem nassen Fleck zwischen meinen Beinen. Wie peinlich. Mein Kopf wird ganz warm. Ich versuche Leo auszublenden und traktiere weiter den Anlasser. Leider funktioniert es nicht mehr so lässig, denn ich erwarte jede Sekunde einen scharfen Kommentar. Den habe ich mir auch verdient.

Leo lehnt sich an die Pforte und beobachtet mich. Wieso nutzt sie ihre Chance nicht?

Unter ihrem Blick gestaltet sich das Ganze nicht unbedingt leichter. Die Maschine springt einfach nicht an. Leo kommt einen Schritt auf mich zu. »Benzin ist aber noch drin, oder?« Sie beugt sich über meinen Tacho. »Ich will nur sichergehen, dass nichts ausgelaufen ist.« Ihr Blick wandert wieder zu dem nassen Fleck. Sie verzieht aber keine Miene.

Genervt sehe ich sie an. »Ja, Benzin ist drin.«

Jetzt trete ich nochmal besonders kraftvoll zu und siehe da, die Simmi erwacht zum Leben. Leo winkt mir zu, bevor sie durchs Tor verschwindet.

Ich hebe meine Hand ebenfalls und knattere endlich los. Sie muss denken, ich bin ein Totalidiot, nicht mal das Moped bekomme ich an.

Zu Hause fahre ich die Maschine in die Garage und lege den Helm ab. Ich steige die Treppe nach oben und gehe in mein Zimmer.

Mit meiner Gitarre setze ich mich auf mein Bett. Wenn ich spiele, sortieren sich meine Gedanken. Das ist mein Ersatz, seit meine Oma nicht mehr lebt. Vorher habe ich mit ihr immer über alles gesprochen. Sie hatte eine super Menschenkenntnis und immer einen Rat für mich.

Was wollte Hartmut bei Herrn Möller und was meinte der mit »neuer Revierförster«? Meine Mutti will ich nicht beunruhigen, also erzähle ich ihr besser nicht, was ich gehört habe, und frage auch nicht nach.

Und wo kam Leo her?

»Ole?«, krächzt es durchs Haus. Ich bin gespannt, was Rieke von mir will.

»In meinem Zimmer«, brülle ich zurück.

Sie hopst durch die offene Tür und trägt stolz Puschel vor sich her. Moment mal. So habe ich das Plüschtier aber nicht in Erinnerung.

Ich nehme ihr Puschel aus dem Arm und begutachte ihn. Wie neu. Eine Spontanheilung.

Meine Mutter war es nicht, mein Vater definitiv nicht und falls einer meiner Kumpels da gewesen sein sollte, traue ich ihnen so eine Nähkunst nicht zu.

»Leo war vorhin hier und wollte zu dir.«

Ich will es nicht glauben. Mit meiner rechten Hand drehe ich Puschel vor ihrem Gesicht.

Meine Schwester nimmt ihn mir aus der Hand und schmiegt ihn eng an ihre Brust.

Ein seltsames Gefühl macht sich in mir breit. Obwohl ich weiß, dass ich mich besser von Leo fernhalten sollte, weil sie mir was vormacht, erkenne ich Charakterzüge, die mir wirklich imponieren und mich staunen lassen. Kann das wirklich alles nur gespielt sein? Hat Lilly nicht vielleicht was in den falschen Hals gekriegt?

Meine Schwester steht auf und geht in den Flur.

»Rieke?«

Sie dreht sich zu mir um und guckt jetzt ernster als vorhin.

»Hat Leo Puschel heilgemacht?«

Zuerst denke ich, Rieke will nicht antworten, doch dann nickt sie mir zu, bevor sie verschwindet.

Kapitel 15 - Leo

Auf dem Weg zu meinen Arbeitsstunden bei Ole gehe ich an intensiv duftenden, cremeweiß blühenden Büschen vorbei, deren Blätter mich an Oleander erinnern, und summe leise eine Melodie vor mich hin.

Es sind nur noch ungefähr dreißig Meter, da öffnet sich die Haustür der Eickhoffs und mein Personal-Ranger tritt heraus. Er sieht zu jeder Tageszeit blendend aus, braungebrannt und die kornblonden Haare wieder in einem angedeuteten Seitenscheitel. Schmetterlingsflügelschläge. In meinem ganzen Körper.

Lässig hüpft er die Treppe runter und bemerkt mich nicht, denn ich befinde mich im Schutz einer der alten Erlen.

Ich wechsle die Straßenseite, so dass er gleich weiß, ich bin auf dem Weg zu ihm. Sein gestriges Verhalten irritiert mich nach wie vor. Nachdem er mich zu seiner

Zeichnung angesprochen hat, war er irgendwie komisch – oder bilde ich mir das nur ein, weil ich ein schlechtes Gewissen habe? Bis dahin dachte ich, zwischen uns sei alles gut. Ich meine, nach diesem Kuss.

Ole entdeckt mich, als ich nur noch ein paar Schritte entfernt bin. Bis dahin ist er mit seinem Handy beschäftigt und tippt auf dem Display umher. Er bleibt stehen und lässt mich rankommen.

»Heute ist was Besonderes dran. Das erlebt nicht jeder.«

»Um zwölf Uhr siebenundvierzig muss ich aber am Bus sein.«

»Schaffst du.«

Ole dreht sich um und geht aufs Grundstück. Ich folge ihm und erwische mich dabei, wie ich seine Rückseite abscanne. Echt sportlich. Dieser Körper! Dabei übersehe ich leider die weiß-braune Fellrolle mit den zwei riesigen Schlappohren und stolpere darüber. Der Hund jault auf und ich lande schmerzhaft auf allen vieren.

Ole schnellt herum und mit voller Wucht trifft mich sein wütender Blick, der sich aber sofort in einen belustigten ändert, nachdem er mich in dieser unvorteilhaften Pose vorfindet. »Vielleicht schaust du beim nächsten Mal einfach auf den Weg und misshandelst nicht meinen Hund.« Er zwinkert mir zu und geht weiter in Richtung See.

Ich hocke mich hin. »Komm her.« Zaghaft streichle ich Klaras Kopf und weiter über ihren Hals, bis sie sich auf die Seite wirft und auf den Rücken kullert. Ganz wohl ist mir dabei zwar immer noch nicht, aber sie tut mir leid. Vorsichtig fahre ich mit meiner Hand über ihre Brust. Wie weich ihr Fell ist und wie sie es genießt, obwohl sie mich kaum kennt. Stolz ergreift mich.

»Leo?«, brüllt Ole quer über das Grundstück. Sein angepisster Ton entgeht mir nicht. Was habe ich nun wieder falsch gemacht? Ich meine, außer seinen Hund zu treten? »Bin am Boot. Los jetzt!«

»Ich muss mich beeilen, sonst brummt mir dein Herrchen noch zusätzliche Arbeitsstunden auf«, flüstere ich Klara zu und kämpfe mich aus der Hocke hoch. Auch der Hund rollt sich auf seine kleinen Stampfer und folgt mir.

»Leo! Ich warte!«

Das hat jetzt mit Sicherheit auch Lilly in Teerofen gehört.

Um Ole nicht weiter zu provozieren, beschleunige ich meinen Schritt und trete aus dem Sichtschutz des Schilfs, das den Steg von der Straße aus unsichtbar werden lässt. Ich betrete die Holzbretter, an dessen Seite ein grünes Ruderboot angekettet ist.

Ole stemmt seine Fäuste in die Hüften. »Da bist du ja! Na, das ging ja schnell.« Den sarkastischen Unterton kann man nicht überhören. Sein Blick wandert zu seinem Hund.

»Klara geht es gut«, komme ich ihm zuvor.

»Das hoffe ich doch sehr.« Ole legt eine kurze Pause ein und ich sehe seine Kiefer arbeiten. »Falls du glaubst, deine Hinhaltetaktik …«

»Ich glaube gar nichts«, unterbreche ich ihn schroff und verschränke meine Arme vor der Brust. »Wollen wir dann endlich?«

Er sieht mich an und seine Gesichtszüge entspannen sich. »Macht sich besser, wenn du auch im Boot bist. Oder schwimmst du hinterher?«

Ich lege meinen Kopf schief und funkle ihn an. Punkt für ihn. Wie eine Idiotin stehe ich hier und hole mir eine Klatsche nach der nächsten.

213

Da ich nicht sofort ins Boot springe, hält Ole mir seine Hand hin. Natürlich ignoriere ich sie und schaffe es ohne seine Hilfe. Schließlich steige ich nicht das erste Mal in so ein Ding. Es fühlt sich an, als hätte ich gerade mal die Oberhand, da weist er auf die hölzerne Mittelbank, auf der immer der Ruderer sitzt. Ist klar. Meine Begeisterung hält sich in Grenzen, aber vorführen kann er mich damit nicht. Das Rudern hat mir mein Opi beigebracht und das beherrsche ich ziemlich gut. Selbstbewusst nehme ich entgegengesetzt zur Fahrtrichtung Platz.

Ole setzt sich ans hintere, eckige Ende und zieht seine Stirn kraus. »So rum?«

Ich nicke und antworte schnippisch: »Ja!«

Ole schürzt seine Unterlippe. »Na gut, wie du willst. Andersrum kann man aber besser gucken.«

Selbst mit dieser Fratze sieht er zum Anbeißen aus. »Besser gucken vielleicht.« Meine Augen wandern über den Boden des Boots und suchen die Ruder, als ein Geräusch meine nächsten Worte verschluckt.

Wie blöd! Hätte ich doch wissen müssen, dass er einen elektrischen Motor hat, nachdem er sich uns neulich fast lautlos genähert hat. Das Rudern würde für seine Arbeiten außerdem viel zu lange dauern. Weil ich mich jetzt aber nicht selbst verraten will, bleibe ich so rum sitzen und muss unseren damit erzwungenen Blickkontakt aushalten. Es herrscht eine seltsame Spannung, als würden wir beide gleich platzen, weil jeden etwas über den anderen beschäftigt.

Mein Blick gleitet über den glatten See, auf dem ein Schwanenpaar seine Bahnen zieht. Auch wenn ich ein gespaltenes Verhältnis zu Seerosen habe, bewundere ich die weißen und zartrosa Blüten, die wie kleine Kronen aus dem Wasser wachsen. Die kleinen, gelben

Mummeln wirken daneben wie ihr Gefolge und erinnern mich an flauschige Hummeln. Ole steuert das Boot quer über den See, wir werden gleich in den Kanal fahren.

Warum muss es zwischen uns so schwierig sein? Ich atme unzufrieden aus. Wenn ich ehrlich bin, trage ich dazu bei. Ich bin es, die ihm etwas verschweigt, die Zeichnung, die Sache mit David, meine aufflackernden Gefühle für Ole. Meine Omi spukt mir durch den Kopf. In der Liebe spielt das Alter keine Rolle, hat sie zu mir gesagt. Und wieso fühlt es sich dann so komisch an, sich von einem Jungen angezogen zu fühlen, der zwei Jahre jünger ist?

Auf jeden Fall reicht Oles Anwesenheit aus, um mich besonders zu fühlen, ein Kribbeln in meinem ganzen Körper in Gang zu setzen, was ich noch nie gespürt habe. Mit David war das anders. Bisher dachte ich, es sei normal, aber durch Ole weiß ich jetzt, wie es auch sein kann. Und das, nachdem wir uns erst einmal geküsst haben.

Verträumt blicke ich zu ihm und hole tief Luft. Er sieht nicht nur gut aus. Nach anfänglichen Schwierigkeiten fühle ich mich in seiner Nähe immer wohl, gleichberechtigt, ernstgenommen, wertgeschätzt, außer seinen kleinen Sticheleien. Ob er genauso fühlt? Oder mache ich mir nur etwas vor? Er kann Mädels wie Lilly haben. Interessiert er sich da überhaupt für mich? Es gibt nicht viele Jungs, die mich aushalten können.

Über uns wird es dunkler, die vielen Baumkronen bilden ein Dach über dem Kanal. Die Blätter rascheln. Ein bisschen wie stille Post. Um uns herum leuchtet alles in den verschiedensten Grüntönen und die Spiegelung im Wasser intensiviert diesen Eindruck. Die einzige Bewegung ist unsere kleine Bugwelle, die an den

Ufern ausläuft und die knorrigen Baumwurzeln umspült. Ein melodisches Plätschern.

An manchen Stellen liegen ausgefressene, handflächengroße, weiße oder schlammgrüne Muscheln als Hinweis auf Wasserratten und andere Tiere. Hin und wieder gleiten wir an einem angenagten Baumstamm vorbei. Es ist wundervoll, wie früher. Wenn die buntschillernden Libellen neugierig um einen herumflattern, fühlt man sich wie in einem Märchen.

Der Kanal schlängelt sich durch den Wald. Er ist nicht begradigt oder befestigt worden. Man hat ihn immer in seinem Urzustand gelassen. Vielleicht wirkt deswegen alles so verträumt. Wenn Ole zu dicht ans Ufer fährt, wirbelt er den Sand des Kanalbodens auf, was einen modrigen Geruch verströmt.

Mein Kopf geht von einer Seite zur anderen. Ich kann mich nicht sattsehen. Ole schweigt und konzentriert sich aufs Fahren. Besser, ich gucke wieder woanders hin, sonst wird es wieder so peinlich wie zu Beginn der Tour.

Auf einmal taucht dicht an unserem Boot ein dicker, dunkler, schleimiger Fischrücken auf und rast U-Boot-mäßig auf uns zu. Meine Augen werden immer größer und ich reiße den Mund auf, aus dem jedoch kein Laut kommt. Binnen Sekunden brodelt das Wasser um uns herum und überall spritzen und planschen diese Kreaturen. Jetzt schreie ich wie am Spieß und halte die Hände schützend vor mich. Die erste Schockstarre ist überwunden.

Ole redet auf mich ein, aber ich verstehe kein Wort. Mein Blick klebt an der Wasseroberfläche. Bei jeder Bewegung im Wasser kreische ich von Neuem. Was ist das?

Ich halte es nicht länger aus, ich muss hier weg. Schnell zur Brücke und dann aussteigen. Hastig springe ich auf. Dabei verliere ich mein Gleichgewicht und taumle. Ole steht jetzt ebenfalls auf. Bevor er mir seine Hand reichen kann, klammere ich mich an ihn und zapple umher. Immer wieder brülle ich, greife fester zu und ziehe mich an Ole hoch, bis ich fast auf seinem Arm sitze. Das Boot wankt wie verrückt, bringt jetzt auch Ole ins Strauchein und wir fallen der Länge nach hin. Die hölzerne Mittelbank bricht unter unserem Gewicht zusammen und wir landen auf den harten Bootsplanken. Ich falle auf Ole, der laut aufstöhnt.

Dann herrscht absolute Ruhe. Unsere Gesichter sind höchstens zehn Zentimeter voneinander entfernt. Ich kann genau erkennen, wie Ole sich sein Lachen verkneift. »Was war los? Deinen Schreien nach zu urteilen, hat uns gerade der weiße Hai angegriffen.«

Seine Reaktion überrascht mich. Eher habe ich mit einem Wutanfall gerechnet, allein wegen der zerbrochenen Holzbank. Doch es ist so peinlich. Mein Kopf fühlt sich an wie geschmolzenes Glas, das gerade in Form geblasen wird. Ich versuche ihm nicht in die Augen zu sehen. Dieses Blau so nah würde mich sofort aus der Fassung bringen.

»Wer weiß, was die Leute für Tiere aussetzen. Erinnerst du dich an das Krokodil im Baggersee aus der Tageszeitung?« Sein Körper strahlt eine unheimliche Wärme aus und er riecht so frisch. Wir brauchen einen Sicherheitsabstand. Ich kämpfe mich auf meine Hände. In diesem Moment umfasst Ole meinen oberen Rücken und hält mich fest. Mist! Was soll das?

Lange halte ich so nicht mehr aus. Es bleibt mir nichts anderes übrig, als ihn anzusehen, während ich nach einem bissigen Spruch suche. Doch seine Augen und die Gefühle, die ich darin tanzen sehe, lassen mich nicht mehr klar denken. Mehrere Völkerstämme von Schmetterlingen schwirren wild durch meinen Körper. Und mit Sicherheit nicht wegen des Sturzes und einer möglichen Verstauchung. Was stellt er nur mit mir an? Seine weichen Lippen ziehen mich magisch an und ich will nicht länger gegen meine Gefühle ankämpfen. Ganz sanft berühre ich seine Lippen mit meinen. Unbeschreiblich. Vorsichtig fahre ich mit meiner Zungenspitze über seine Unterlippe, bis er seinen Mund öffnet und wir uns treffen. Ole schmeckt nach Pfefferminze und ein bisschen süß. Ich vermute Erdbeermarmelade. Er erwidert meinen Kuss. Immer intensiver spielt er mit meiner Zunge und saugt zärtlich an meiner Lippe. Meine Arme geben nach und ich sinke langsam auf ihn nieder.

Ein plötzlicher Ruck lässt uns aufschrecken. Ich blicke mich um. Ohne Kapitän ist das Boot ans Ufer getrieben und an eine Baumwurzel gestoßen. Lange Gräser hängen im Bogen ins Boot, als suchen sie nach uns.

Mein Kopf glüht noch mehr. Ich schiebe mich erst in den Vierfüßlerstand und drücke mich dann hoch, wohl darauf bedacht, diesmal mein Gleichgewicht zu halten. Ole schwingt sich in einer Bewegung auf und steht so dicht vor mir, dass ich seine Körperwärme spüren kann. Sein Geruch krabbelt in meine Nase und ich hätte ihn am liebsten wieder geküsst.

Er begutachtet den Schaden, den ich angerichtet habe, und fährt sich durch seine Haare.

Ich räuspere mich. »Tut mir leid.«

Ole dreht sich zu mir. »Nicht so schlimm. Das reparier ich später.«

»Ich bezahle es auch.«

»Quatsch! Mitgehangen, mitgefangen. So teuer wird das nicht.«

»Ich helf dir.«

»Wenn es dein Gewissen beruhigt.«

Ole kommt mir schon wieder gefährlich nahe und in seinen Augen flackert Lust. Die Gier nach einem weiteren Kuss. Das ist mir bei David nie aufgefallen, oder habe ich bei ihm nicht darauf geachtet? Schnell senke ich meinen Blick.

»Weißt du, was schade ist?« Ole geht in die Mitte des Boots, stellt einen Eimer als Stütze unter die gebrochene Sitzbank und legt eine alte Decke drüber.

Ich schüttle den Kopf.

»Der weiße Hai hat wohl alle Lebewesen im Umkreis von drei Kilometern verjagt.«

Fragend sehe ich zu ihm hoch und kneife die Augen leicht zusammen, denn die Sonne blendet.

»Die Tiere, die ich dir zeigen wollte, sind dann wohl auch weg.«

»Was war das vorhin?« Ich weise auf die Wasseroberfläche.

»Was vermutest du denn?« Ole gibt mir einen Wink, ich könne mich wieder setzen.

»Keine Ahnung.«

»Karpfen. Es hat dieses Frühjahr viel geregnet und dadurch haben wir einen hohen Wasserpegel. Auf der Suche nach einem schattigen Fleckchen haben sie sich hier reinverirrt.« Ole wirft den Motor an und bringt uns wieder auf Kurs. Zu meiner Verwunderung fährt er weiter und macht nicht den Anschein, mir eine Strafaufgabe aufzuhalsen.

Ein paar Sekunden bleibt es still zwischen uns und ich sauge jeden Quadratmillimeter dieses Paradieses in mich auf.

»Danke für das Reparieren von Puschel.« Ole sieht an mir vorbei.

»Du hast Rieke einen Riesengefallen getan.« Er macht eine kurze Pause. »Mir im Übrigen auch.«

»Wie ist das mit Puschel überhaupt passiert?«

»Es begann vor ungefähr zwei Monaten, insgesamt aber schon früher. Durch die Zeitung bin ich aufmerksam geworden.

Wilderer fischen nachts die Seen leer, sie holen sich die Edelfische raus und lassen die anderen, die sie versehentlich mit rausziehen, am Ufer verrecken.«

Wir fahren auf den zweiten See. Ole stellt den Motor ab und wir treiben mit dem Wind.

Jetzt legt er auch seine andere Hand auf meine und die Schmetterlinge setzen sich erneut in Bewegung.

»Sie sind immer in bestimmten Gebieten unterwegs und nehmen sich dort einen See nach dem anderen vor.«

»Und jetzt sind sie hier?«

»Genau genommen sind sie seit zwei Monaten hier. Erst spionieren sie alles aus, dann bereiten sie die Stellen vor und dann schlagen sie in einer Nacht-und-Nebel-Aktion zu.«

»Haben sie hier schon alle Seen durch?«

»Nein. Den ersten, diesen hier und den Sägersee haben sie noch nicht. Der, wo wir gestern kurz waren. Erinnerst du dich?«

Ich nicke. »Hat die Polizei eine Spur?«

»Phh.« Ole rollt mit den Augen.« Meine Mutter ist Revierförsterin und die Einzige, die alles tut, was sie kann, aber die Ermittlungsbehörden sind leider nicht so aktiv. Zwei ältere Herren, kurz vorm Ruhestand.«

»Kann deine Mama sich nicht beschweren?«

»Alles schon versucht. Nutzlos. Sie wird als Störfaktor empfunden und soll sich zurückhalten, sonst wird sie versetzt. Gestern hab ich belauscht, wie Lillys Vater zu Hartmut schon *neuer Revierförster* gesagt hat.«

»Krass. Und was hat das mit Riekes Kuscheltier zu tun? Hast du ihm vor Wut den Kopf abgerissen, stellvertretend für die Wilderer?«

Ole schnieft belustigt aus. »Ich bin ihnen auf den Fersen. Offensichtlich zu dicht. Neulich Nacht haben sie mich entdeckt und gejagt. Jetzt wissen sie, wo ich wohne und wollen mich offensichtlich einschüchtern. Ich habe gesehen, wie sie Puschels Einzelteile aus dem Auto in unseren Garten geworfen haben.«

Erschrocken schlage ich mir die Hand vor den Mund. »Wissen deine Eltern davon?«

Oles Kopf schnellt zu mir und er sieht mir fest in die Augen. »Versprich mir, niemandem etwas zu erzählen.«

Obwohl ich weiß, dass es falsch ist, mache ich eine Bewegung vor meinem Mund, als schließe ich ihn ab. »Ich schweige wie die alte Eiche an eurem Haus. Versprochen.« Dabei fühle ich mich schlecht.

Ole grinste. »Das ist eine Erle, aber egal.«

Ich kämpfe gegen die steigende Temperatur in meinem Kopf an. »Hab mich verguckt.«

Wir prusten beide los.

Als wir uns wieder beruhigt haben, werde ich ernst. »Versprich du mir, dich nicht mehr in gefährliche Situationen zu bringen.«

»Wenn ich es nicht tue, kümmert sich keiner.«

Jetzt bin ich dran. Entschlossen drücke ich meinen Rücken durch. »Was kann ich tun?«

»Gar nichts. Ich möchte nicht, dass dir was passiert. Mit Rieke, das ist schon schlimm genug und zerfetzt mir meinen Kopf. Ich muss euch in Sicherheit wissen.«

Natürlich kann ich ihn verstehen, aber ich will ihm unbedingt helfen. »Und was, wenn du mir einfach alles erzählst und wir überlegen, wer es sein kann und was wir machen können?«

Er legte den Kopf schief. »Find ich gut.« Ole hebt seinen Hintern ein Stück an, beugt sich vor und küsst mich auf den Mund.

Kurz lenkt er mich damit ab, doch es hält nicht lange. »Hast du denn schon einen Verdächtigen?«

Er schüttelt unschlüssig den Kopf. »Auf jeden Fall jemand von hier. Nur Einheimische kennen die Stellen, wo gewildert wird. Die sind immer mitten im Wald und gut mit einem Transporter oder kleinen Lkw zu erreichen. Und es muss jemand sein, der uns nahesteht, sonst wären die nicht an Riekes Kuscheltier gekommen.«

»Wer hätte Puschel denn mitgehen lassen können?«

»Verschwunden ist er an meinem Geburtstag. Da waren erst die beiden Polizisten, Lillys Vater und Herr Möller im Haus und abends ihr.«

Ich grüble. »Die Polizisten fallen raus. Oder wohnen die hier irgendwo?«

Ole schüttelt den Kopf. »Hartmut ist auch nicht von hier.«

»Aber neulich Vormittag kam er mir im Wald mit so einem kleinen Dicken entgegen.«

»Wo?«

»Auf dem Weg zur Waldbrücke.«

»Und kanntest du den anderen oder hast du ihn schon mal gesehen?«

»Leider nein. Aber Hartmut will irgendwie in euren Angelverein und dabei gibt es Schwierigkeiten.«

»Der? Hat mein Vater mir noch gar nicht erzählt. Und was für Schwierigkeiten?«

»Weiß ich auch nicht, ich hab nur einen Teil vom Gespräch gehört.«

Ole sieht nachdenklich aus. »Nö, Hartmut auf keinen Fall. Der ist viel zu ängstlich.«

»Aber gestern hat er schon sehr spezielle Fragen gestellt. Findest du nicht?«

»Der wollte sich nur wichtigtun.«

Ich grübele. »Was ist mit Lillys Vater?«

»Niemals! Er war unser Fischer.«

»War?«

»Ja, die drei Seen sind jetzt an den Angelverein verpachtet worden.«

»Siehst du? Vielleicht will er sich dafür rächen?«

Ole schnieft belustigt. »Quatsch. Er ist auch im Angelverein. Das wär, als betrüge er sich selbst.«

Ich wische mir über die Augen. »Glaubst du, es ist einer von deinen Freunden?«

Jetzt wird Ole ernst. »Am Anfang hab ich gedacht, du gehörst dazu. Deshalb hab ich dich auch gezeichnet. Ein Phantombild für die Polizei.«

Sofort schießt Hitze in meine Wangen und ich kann es nicht länger für mich behalten. Wenn Ole sich mir öffnet, sollte auch ich mit offenen Karten spielen. »Ich muss dir was beichten. Eigentlich wollte ich es dir schon gestern sagen.«

Unsicher blickt er zu mir.

»Die Zeichnung. Ich hab sie nicht mehr. Sie ist verschwunden.«

»Hast du sie verloren?«

Ich schüttle heftig den Kopf. »Nee, sie war in meinem Rucksack und der Reißverschluss war zu.«

»Möglicherweise ist sie bei einem Spaziergang rausgefallen.«

»Bei was für einem Spaziergang?« Irritiert sehe ich ihn an.

»Der mit Vince?«

Wieso fängt er jetzt damit an? »Mit Sicherheit nicht.«

»Vielleicht aber, als ihr euch später am Röthsee getroffen habt.«

»Wo?«

»Komm Leo, sei bitte ehrlich.«

»Keine Ahnung, wovon du redest.« Langsam werde ich wütend.

»Ein Jäger hat dich gesehen, wie du nachts den Waldweg zur Löschwasserentnahmestelle gegangen bist und dich dort mit Vince getroffen hast. Der Abend, an dem die Wilderer zugeschlagen haben.«

»Ganz bestimmt«, antworte ich sarkastisch. Jetzt werde ich wütend. »Ich weiß nicht, was er gesehen hat, aber definitiv nicht mich.«

»Sorry, Leo, aber dein Äußeres ist schon eher auffällig und nicht so leicht zu verwechseln.«

»Ole, ich bin nachtblind. Mir fällt es schon schwer, auf einer geraden Strecke nicht vom Weg abzukommen. Da laufe ich mit Sicherheit nicht nachts durch den Wald. Was glaubst du, warum Vince mich neulich Abend an die Hand genommen hat?«

Für einen kurzen Moment sehe ich Erleichterung in seinen Augen, aber dann stockt er. »Ich habe die Zeichnung dort gefunden. Erst habe ich Schritte gehört und als ich nachgesehen habe, lag sie auf dem Weg.«

»Echt?«

»Vince war auch dort.« Nach einer kurzen Pause ergänzt er: »Mit Malte.«

»Ich denk, der Jäger hat nur Vince und mich gesehen, oder haben wir einen flotten Dreier geschoben, als wir die Netze aus dem See gezerrt haben?«

Ole guckt mich schief an.

Ich überlege noch, warum jemand behauptet haben kann, mich nachts am See gesehen zu haben. Das alles ist schon eigenartig. »Meinst du, Vince und Malte stecken mit drin?«

»Ich weiß nicht. Vince ist zwar seit einiger Zeit komisch, aber vorstellen kann ich mir das nicht. Und die anderen kommen auch nicht infrage.«

»Was liegt als Nächstes an?«

»Nachher will ich zum Sägersee und nachsehen, ob es was Neues gibt.« Bevor ich mich selbst einladen kann, spricht Ole weiter. »Aber jetzt geht es um dich.« Er dreht sich nach links zum Schilf, nimmt sein Fernglas und sucht etwas. »Für heute müssen wir uns wohl eine andere Beschäftigung überlegen. Die Biber hast du vertrieben.«

»Biber?«

»Sie haben zurzeit Junge und ich wollte sie dir zeigen.«

Mein Herz hüpft. Wenn er mich nicht wirklich mögen würde, hätte er mich nicht hierher mitgenommen. »Und nun?« Ich kneife die Augen gegen die blendende Sonne zusammen.

»Was schlägst du vor?«

»Keine Ahnung.«

Ole lehnt sich zu mir vor. »Ich wüsste was.« Er grinst.

Ein Aufblitzen von der anderen Uferseite lenkt mich ab. Als ich genauer hinsehe, erkenne ich es. Tote Fische, die mit dem Bauch nach oben schwimmen. »Mist!«, entfährt es mir.

Kapitel 16 - Ole

»Was ist?«

»Guck mal.« Leo zeigt auf eine Stelle am gegenüberliegenden Seeufer.

Ich nehme mein Fernglas. »Dreck! Die haben mich verarscht.

Sie haben Spuren am Sägersee gelegt, um mich abzulenken.«

Mit einem Griff hole ich mein Handy aus meiner Hosentasche und rufe meine Mutter an. Ich erzähle ihr von unserer Entdeckung und erkläre genau, wo es ist. Sie ist so aufgeregt, dass sie ins Telefon brüllt.

»Wir haben dir gesagt, du sollst dich da raushalten. Seltsam, dass gerade du es wieder gefunden hast, wie willst du das der Polizei erklären? Du weißt, dass mein Job auf dem Spiel steht. Warte zu Hause auf mich.«

Leo sieht mich erschrocken an.

»Gut, Ole. Bis nachher. Hartmut und ich fahren gleich los. Wenn noch etwas sein sollte, meldest du dich.«

»Mmh.« Ist das peinlich! Ich komme mir vor wie ein gescholtener Dreijähriger. Dabei bin ich hier derjenige, der etwas unternimmt.

»Ole!«

»Ja, Mutti, dann melde ich mich«, antworte ich etwas barsch und beende das Telefonat.

Zeitgleich schalte ich den Motor an und die Rotorblätter lassen das Wasser aufblubbern. Wir steuern auf den Kanal zu.

»Was sollte das?«

»Die Polizei verdächtigt mich. Bisher hat meine Mutter zu mir gehalten, aber langsam steht sie so unter Druck, dass sie Freund und Feind nicht mehr unterscheiden kann.«

Leo lächelt mich an. »Sie glaubt doch nicht echt, du hast etwas damit zu tun? Soll ich mit ihr reden?«

»Nein, ich erkläre es ihr später.« Beschämt senke ich meinen Blick.

Während wir durch den Kanal fahren, sagen wir kein Wort.

Nach ein paar Minuten schippere ich uns quer über den ersten See. Von Weitem sehe ich Klara aufgeregt hin- und herlaufen, sie hat uns schon gewittert.

Ich bemühe mich um ein sanftes Anlegemanöver, das glücklicherweise klappt. Mit ein paar geübten Handgriffen bugsiere ich das Boot an die Anlegestelle und schließe es an.

Dann steige ich aus, halte Leo meine Hand hin und ziehe sie auf den Steg, nachdem sie zugegriffen hat.

Erst will sie mir ihre Hand wieder entziehen, doch dann schlendern wir händchenhaltend zum Haus und setzen uns auf die Treppe in den Schatten. Leo stützt sich mit ihren Ellbogen auf ihren Knien ab.

Einen Moment dauert es bestimmt noch, bis meine Mutter ankommt, also hole ich aus der Küche zwei kleine, blaue Wasserflaschen und gebe Leo eine.

Sie mustert mich von oben bis unten und lächelt mich an. In ihren Augen liegt ein besonderer Ausdruck, der mein Herz gegen meine Rippen wummern lässt. Was ist denn los mit mir? Ich muss mich unbedingt ablenken, um wieder ich selbst zu werden.

»Stilles Wasser?« Sie wartet, bis ich meine Flasche aufdrehe.

»Ja.«

Dann öffnet sie auch ihre. In Zeitlupe.

»Wenn du so weitermachst, verdurstest du.«

Leo sieht aus, als ob sie sich schämt und nippt vorsichtig an der Öffnung.

»Was ist los?« Ich lasse mich neben sie auf die Treppe plumpsen.

»Nichts.«

Doch diesen Gesichtsausdruck kenne ich mittlerweile ziemlich gut. »Komm schon.«

Sie holt tief Luft und ficht einen inneren Kampf aus.

Doch dann erzählt sie von ihrem letzten Schach-Turnier.

»Es war zwei Tage bevor ich herkam. Seit Wochen habe ich jede freie Minute trainiert, sogar nachts. Und trotzdem habe ich jedes verdammte Spiel verloren.«

In Leos Blick erkenne ich, dass sie die Situation erneut durchlebt.

»Weißt du, was das Schlimmste war?«

Ich antworte ihr nicht, nehme nur ihre Hände in meine.

»Der Trainer, Herr Fuchs, ist der Auffassung, Mädchen könnten nicht so gut sein wie Jungs. Ich habe immer dagegen argumentiert und wollte es allen zeigen, doch an diesem Tag habe ich es höchstpersönlich bewiesen.«

»Wie kommt der auf so einen Schwachsinn?«

Sie zuckt die Schultern. »Der krönende Abschluss war dann die Siegerehrung. Ich war spät dran und der Direktor hat schon seine Rede gehalten. Als ich zu meinem Platz geschlichen bin, musste ich von dem Geruch nach Bohnerwachs heftig husten und wollte schnell was trinken, damit es aufhört. Und? Ich hab mich natürlich bekleckert und musste so auf die Bühne. Kannst du dir vorstellen, was das für eine Freude für meine Gegner war?«

Ich presse sie fest an mich und sie flüchtet sich in meine schützende Umarmung. »Gleich danach habe ich gedacht: Das war's. Ich wollte nichts mehr mit Schach zu tun haben und fuhr mit meinen Eltern hierher. Aber ich kann es nicht. Ich liebe das Spiel einfach zu sehr und will auch andere Mädchen dafür begeistern.«

»Hey, keine Jungs?«

Sie grinst mich an. »Doch, seitdem ich bei Herrn Wibell übe, weiß ich, dass ich Kinder trainieren möchte, egal ob Jungs oder Mädchen. Nur brauchen Mädels mehr Zuspruch, um sich nicht kleinmachen zu lassen.«

Ich halte ihr meine Faust entgegen und sie tippt mit ihrer kurz dagegen.

»Außerdem will ich es den Idioten jetzt erst recht zeigen. Herrn Fuchs und vor allem David.«

»David?« Den Namen hat sie bisher noch nie erwähnt.

Leo erstarrt und hält die Luft an. Was das bedeutet, weiß ich. Hätte ich mir auch denken können.

»Er war mein Freund.«

»War? Bist du dir sicher?« Ich klinge sarkastisch.

»Sehr sicher, sonst wär ich jetzt mit ihm auf Mallorca.«

Etwas unsicher gehe ich jetzt auf Abstand. »Was ist passiert?«

Leo windet sich.

»Du musst wissen, er ist der beste Spieler im Verein. Als er dann Interesse an mir hatte, konnte ich es kaum glauben. Wir kamen zusammen und er hat mich trainiert und mir immer Mut zugesprochen. Irgendwann fing er dann an, mir ein schlechtes Gewissen einzureden, ob ich ihn blamieren will und so. Ich übte noch mehr, aber …« Leo beißt sich von innen auf ihre Wange, während ihre Augen sich mit Wasser füllen.

»Er hat mich immer wieder angetrieben und unter Druck gesetzt. Zu dem Turnier hatte er mir versprochen zu kommen.«

»Er war nicht da?«

Sie schüttelt ihren Kopf. Meine beste Freundin Isa hat mir nach dem Turnier erzählt, dass er überall rumerzählt, ich hätte es einfach nicht drauf und würde es auch nie schaffen.«

»Wie bekloppt ist der denn?«

»Vielleicht hat er ja recht, aber von meinem Freund hätte ich mir Ehrlichkeit gewünscht. Warum hat er es mir nicht gesagt?«

»Spinnst du? Ich hab dich jetzt zweimal spielen sehen und du bist wirklich gut. Gib nicht auf!«

»Mach ich auch nicht. Ich kämpfe. Und weißt du, wieso?«

Leo klingt wütend.

»Na?«

»Weil er mich verarscht und manipuliert hat.«

»Wie?« Irritiert blicke ich sie an.

»Als du mich das erste Mal an der Waldbrücke gesehen hast, bin ich drauf gestoßen. Ich wollte mein Übungsheft zerreißen und alles wegschmeißen, da fiel mir bei einer Strategie auf, dass sie falsch war und David hatte sie mir ins Heft geschrieben. Daraufhin hab ich alle Seiten durchgeblättert und plötzlich war es mir klar. Er hat mir falsche Taktiken beigebracht, damit ich niemals besser werde als er und er der unangefochtene Schachkönig bleibt.«

Während sie redet, balle ich meine Fäuste dermaßen zusammen, dass die Fingernägel tiefe Abdrücke in der Haut hinterlassen. Was für ein Vollpfosten.

»Beim nächsten Mal schlage ich ihn«, zischt Leo durch ihre zusammengebissenen Zähne.

Ich streiche ihr sanft die Locken hinters Ohr und beobachte zufrieden, wie sie ihren Kopf gegen meine Hand lehnt und es genießt. Augenblicklich guckt sie runter. Zu gern würde ich sie jetzt küssen, aber der Dienstwagen meiner Mutter fährt in diesem Moment auf den Hof.

Sie steigt aus und stürmt auf uns zu, während Hartmut sitzen bleibt und selbstgefällig grinst.

»Ist es deinem Kollegen zu anstrengend, auszusteigen?«, frage ich sie mit verschränkten Armen vor meiner Brust.

»Nein. Ich habe ihn darum gebeten.«

»Und das interessiert ihn? Will er deinen Posten nicht mehr?«

»Ole, sprich bitte leise.« Sie knibbelt an ihren Fingern. Dann schaut sie zu Leo. »Entschuldigst du uns bitte?«

»Nein, macht sie nicht.«

»Ole, das ist eine Sache zwischen uns.«

»Leo weiß Bescheid.«

Meine Mutter hält für eine Sekunde die Luft an, bevor sie fast flüsternd weiterspricht. »Wo warst du gestern Abend?«

»Zu Hause.«

»Ich meine, als du mit dem Moped unterwegs warst.«

Dreck! Kommt bestimmt gut, wenn ich sage, ich habe Hartmut und Herrn Möller nachgestellt und ihren Nachfolger schon kennengelernt.

Da kommt Leo mir unerwartet zu Hilfe. »Bei mir.« Ihre Wangen färben sich.

Meine Mutter atmet tief durch und sieht uns misstrauisch an. »Na gut. Wollen wir zum See? Ihr müsst mir zeigen, wo die toten Fische sind.«

Als Antwort schlage ich den Weg in Richtung Garage ein. Mit diesem Idioten will ich nicht in einem Auto sitzen.

»Fährst du vor, Ole?« Jetzt klingt meine Mutti wieder versöhnlicher.

»Klar.« Leo folgt mir. Das Moped steht gleich vorn und ich schiebe es die Anhöhe hinauf. Sie schwingt ihr Bein über die Sitzbank und legt ihre Arme um meine Hüfte. Mein Körper reagiert sofort. Ich stehe unter Strom. Das wird eine ziemlich anstrengende Fahrt werden. Zumindest für mich.

Als ich den Gasgriff drehe, knattert das Moped los. Leo klammert sich fester und meine Qualen intensivieren sich. Ich hätte sie doch einfach küssen sollen, dann wäre es jetzt erträglicher.

Auf dem Waldweg spiele ich ein bisschen mit dem Moped und wir kommen ins Schlingern. Dabei juchzt Leo laut auf und ich mache mir erst recht einen Spaß draus. Nach zehn Minuten biege ich hinter einer Lärchenschonung ab und bringe die Simmi zum Stehen.

232

Meine Mutter parkt gleich neben uns.

Sie fegt aus dem Auto und kommt auf mich zu. »Mein lieber Freund, das möchte ich nicht nochmal sehen! Sonst ist das Moped wieder weg. Haben wir uns verstanden?«

Ich nicke stumm und trau mich gar nicht, zu Leo zu gucken, die lacht sich bestimmt halbtot.

Jetzt steigt auch Hartmut aus und stellt sich zu uns. »Das war wirklich verantwortungslos.«

Halt die Klappe, du Langweiler, denke ich und wage nun doch einen Blick. Leo sieht mich mitleidig an. Zugleich liegt aber ein provokantes Funkeln in ihren Augen.

Sie geht einen Schritt auf Hartmut zu. »Wie meinen Sie das?«

Für einen Moment fehlen ihm die Worte, doch dann schlägt er seinen oberlehrerhaften Ton an. »Ole hatte einen Mitfahrer, da muss er Rücksicht nehmen und kann ihn nicht in Gefahr bringen.«

Leo räuspert sich und drückt ihren Rücken durch. »Da kann ich Sie beruhigen. Oles Mitfahrerin hat sich das so gewünscht und empfand es zu keinem Zeitpunkt als gefährlich. Ansonsten hätte sie Ole ein Zeichen gegeben, und der wäre dem Wunsch seiner Mitfahrerin mit Sicherheit nachgekommen. Oder?« Sie wirft mir einen Blick über ihre Schulter zu.

»Natürlich.« Ich freue mich riesig. Leo hat ihm schön eine abgewatscht, wo er immer denkt, er sei der Schlauste. Alter, bin ich stolz! Sogar meine Mutter muss sich ihr Lachen verkneifen.

Hartmut grinst überheblich und schnieft. »Dann hätten wir das ja geklärt.« Er wendet sich ab und nimmt genau den Weg, der zum Ufer führt. Perplex sehe ich ihm nach. Woher weiß er, wo wir hinwollen?

»Ole?« Während auch wir uns in Bewegung setzen, spricht Leo weiter. »Den Trampelpfad kenne ich.«

»Offensichtlich nicht nur du.«

»Was meinst du?«

Ich nicke in Richtung Hartmut. »Er kann nicht wissen, wo die Stelle ist, wo wir die toten Fische gefunden haben.«

»Du hast es deiner Mutter doch vorhin erklärt.«

»Die ist hier auch aufgewachsen und kennt jeden Quadratmillimeter des Waldes, aber Hartmut doch nicht. Der hat Probleme, von Neustrelitz nach Papiermühle zu finden.«

»Quatsch, jetzt übertreibst du aber.«

»Ehrlich, Leo. Diesen Pfad kennen nur Einheimische.«

»Ich auch.«

»Von deinem Vater.«

»Nein, Lilly hat es mir gezeigt, als wir spazieren waren. Warte!« Leo holt ihr Handy aus der Tasche. »Guck!«

Tatsächlich! Sie zeigt mir ein Foto, auf dem Lilly und sie genau hier stehen und zum See zeigen. »Wann war das?«

»Der Morgen, nachdem ich mich angeblich heimlich mit Vince am Röthsee getroffen habe.«

War klar, dass sie es mir irgendwann unter die Nase reiben würde, aber ich quittiere es mit einem spaßigen Lächeln und gehe nicht weiter darauf ein. »Also, als die Wilderer dort zugeschlagen haben.«

Leo schlägt ihre Hand vor den Mund. »Du meinst, Lilly war dabei?«

Ich schüttle den Kopf. »Nö, zum Wildern ist die viel zu naiv.«

Leo stellt sich mir in den Weg. »Vielleicht gerade wegen ihrer Naivität? Vielleicht weiß sie nicht, was sie tut?«

»Dann hätte sie sich längst verquatscht. Die kann doch nichts für sich behalten.«

Wir unterbrechen unser Gespräch, denn wir kommen am Ufer an und uns bietet sich wieder dieses furchtbare Bild: Überall tote Fische am Ufer und surrende Schmeißfliegen in der Luft. Für Leo ist es das erste Mal, dass sie so etwas sehen muss, und sie hält sich angeekelt die Nase zu. »Wer macht sowas?«

»Geldgeile Arschlöcher.«

Meine Mutter informiert die Polizei und bittet, wieder die Fischkadaver abtransportieren zu lassen.

Es dauert eine gute Stunde, bis alles bereinigt ist. Ich habe glücklicherweise ein Alibi, so dass das Verhör und die Schuldzuweisungen dieses Mal ausfallen.

Die Beamten hieven sich im Anschluss in ihren Wagen und verschwinden.

Auch Hartmut und meine Mutter wollen wieder los. Während er kurz winkt und dann einsteigt, kommt sie auf uns zu. »Soll ich euch zu Hause noch schnell was zum Mittag machen?«

Leo sieht mich panisch an. »Wie spät ist es?«

Ich schaue auf mein Handydisplay. »Dreizehn Uhr fünfzig.«

»Mist! Ich bin zu spät.«

Kapitel 17 - Leo

Mein Herz zieht sich schmerzhaft zusammen, wenn ich daran denke, dass Herr Wibell allein an der Bushaltestelle steht und vergeblich auf mich wartet. Er vermutet bestimmt, ich habe aufgegeben und vertraue meinen Fähigkeiten nicht.

Damit habe ich mir meine nächste Chance versaut, meinen großen Traum zu verwirklichen. Ich erzähle Ole von Herrn Wibell und dem Schachunterricht in Neustrelitz, zu dem ich ihn begleiten sollte.

»Ich bringe dich sofort hin.«

Auf dem Weg zum Moped, fasse ich nach seiner Hand. Ich kann es nicht beschreiben, aber es fühlt sich so gut an, ihn zu berühren, und ein angenehmes Kribbeln breitet sich in meinem ganzen Körper aus. Wenn unsere Blicke sich für eine Sekunde treffen, grinse ich wie blöd.

Am Moped bleiben wir stehen und Ole dreht sich zu mir.

»Danke«, flüstere ich.

Er nimmt mein Gesicht sanft zwischen seine Hände und streichelt mit seinen rauen Daumen über meine Wangenknochen. Die Schmetterlinge in meinem Körper flattern los. »Das ist eine Wiedergutmachung«, raunt er. Sein Atem kitzelt auf meinen Lippen.

Ich winde mich aus der Situation. »Beeilung! Du hast es versprochen.«

Verzweifelt schnieft Ole aus und lässt betrübt den Kopf und die Schultern hängen. Mir geht es nicht anders, aber das holen wir nach, schwöre ich mir.

Zwanzig Minuten später erreichen wir unser Ziel. Ein dreistöckiges Gebäude, gestrichen in creme und orange. Auf den blaugerahmten, gläsernen Eingangsbereich hat man GRUNDSCHULE DANIEL SANDERS gedruckt.

Ole parkt auf dem Schulgelände und wir rennen hinein. Auf der Hälfte des Flures steuert Ole auf eine Tür zu und öffnet sie sofort. Ich hätte mich gern nochmal gesammelt und ihm gesagt, dass wir das mit uns nicht gleich allen unter die Nase reiben müssen. Dafür ist es jetzt jedoch zu spät. Und offensichtlich kann er meine Gedanken lesen. Obwohl er genau das macht, was ich ihm vorschlagen wollte, zwickt mich sein Verhalten.

Ein ziemlicher Geräuschpegel schlägt uns entgegen. Ich sehe ein paar kleine Jungs, erste Klasse, schätze ich, die um Tische und Stühle herumtoben und Fangen spielen.

Beim Eintreten in den Raum folge ich Ole, der schnurstracks auf Herrn Wibell zusteuert. Dabei entgeht mir eine kleine Schwelle. Ich stolpere und sehe mich schon der Länge nach hinklatschen, doch glücklicherweise springt mir Vince entgegen und vermeidet damit noch Schlimmeres. Glaube ich zu diesem Zeitpunkt. Schwungvoll lande ich in seiner Umarmung. »Seit wann so stürmisch, Leo? Kannst du nicht bis nachher warten?«

Das hat er jetzt nicht wirklich gesagt! Während ich versuche, mich aus seinen Armen zu befreien, spähe ich über seine Schulter zu Herrn Wibell und Ole. Der scheint nicht besonders erfreut über die Szene, die sich ihm bietet. Sofort schießt mir Hitze in die Wangen und ich versuche seinem Blick auszuweichen.

»Vince! Lass mich los.« Ziemlich rabiat schüttle ich ihn ab und streiche mein Shirt glatt. Erst jetzt nehme ich wahr, dass Herr Wibell und Ole sich umarmen und ich meine, in diesem Stimmengewirr etwas von *Opa* gehört zu haben. Herr Wibell ist Oles Opa? Wieso war er dann nicht auf seinem Geburtstag?

Bevor ich mich jedoch an des Rätsels Lösung machen kann, muss ich erstmal Vince Bescheid geben. »Was sollte das denn?«, keife ich.

Verschmitzt lächelt er mich an. »Wärst du lieber abgesegelt?«

»Du weißt genau, was ich meine.«

»Ja? Weiß ich das?« Er schleicht langsam auf mich zu und zwinkert mit einem Auge.

Ich verschränke die Arme vor meiner Brust und versuche einen Schmollmund zu ziehen. »Blödmann«, nuschle ich. Doch dann muss ich schon gackern und Vince kann sich auch nicht mehr halten. Prompt spüre ich Oles stechenden Blick in meinem Rücken und bekomme ein schlechtes Gewissen.

Aber wieso eigentlich? Vince und ich machen doch nichts Verbotenes. Außerdem ist Ole zuerst in den Raum gegangen und hat mich nicht mehr beachtet.

Dann muss er jetzt wohl damit leben, ob es ihm gefällt oder nicht.

Ich drehe meinen Kopf zu ihm und blicke in sein finsteres Gesicht. Oh-oh, ihm ist jedenfalls nicht nach Lachen zumute. Darüber müssen wir später unbedingt reden. Versöhnlich gehe ich einen Schritt auf ihn zu, doch Ole wendet sich ab und setzt sich an den Tisch von Riekes Mannschaft. Meine Wangen beginnen zu glühen und ich fühle mich bloßgestellt. Er tut ja so, als hätte ich mich Vince an den Hals geworfen.

Eine Berührung an meiner Schulter reißt mich aus meinen Gedanken. Im ersten Moment will ich Vince gleich wieder anpflaumen. Doch als ich mich drehe, lächelt Herr Wibell mich an. »Schön, dass du da bist.«

»Es tut mir leid, dass wir so spät sind.« Ich lasse den Kopf hängen.

»Muss es nicht, Mädchen.« Er legt mir seine riesige Hand auf den Rücken und schiebt mich an den Tisch zu den kleinen Jungs aus der ersten Klasse, an dem auch schon Vince sitzt. Voller Sehnsucht blicke ich über die Schulter zu Rieke und ihrer Freundin. Und Ole.

Er zaubert mir ein Lächeln auf die Lippen, weil er den Prinzessinnen das Damengambit erklärt, wobei er aus der Sicht des Damenbauern spricht und sich wie ein Ritter aufführt.

»Leo?«

Ich zucke zusammen. Herr Wibell steht neben mir, während ich vermutlich schon wieder die Farbe eines Granatapfels annehme. Er hat mich dabei ertappt, wie ich seinen Enkel anstarre. Peinlicher geht es nicht.

»Magst du den Jungs die Gabel und den Spieß erklären?«

Ich soll den Kindern etwas beibringen? Innerlich fühle ich mich, als hüpfe ich auf einem Trampolin.

»Ehrlich?«

»Seh ich aus, als ob ich scherze?« Herr Wibell versucht streng zu klingen, aber ich weiß, er will mir eine Freude machen.

Bevor ich mich dafür bedanken kann, quatscht Vince schon wieder dazwischen. »Mein Spezialgebiet sind Fesselungen. Wollen wir sie ihnen zeigen?« Er weist dabei auf die Jungs.

Derweil schleicht sich Herr Wibell hinter ihn, legt ihm seine Hände auf die Schultern und beugt sich ein Stück zu ihm hinunter. Er tut, als wolle er flüstern, doch alle können mithören. »Wir wissen beide, dass Fesselungen nicht deine Stärke sind.«

Vince erstarrt und überrascht mich damit, denn sprachlos habe ich ihn noch nie gesehen.

Ein belustigtes Schniefen vom anderen Tisch lässt ihn wieder aufblicken und Oles Augen blitzen. »Mach dir keine Sorgen, Vince. Die schaffst du allemal.«

Ein kleiner, schwarzhaariger Junge steht auf und hält Vince seine Hand für eine High five hin. Als der nicht reagiert, wuschelt sich der Knirps lässig durch die Haare. »Ole hat recht. Sie ist schließlich nur ein Mädchen.«

Er hat noch nicht mal ausgesprochen, da springt Rieke auf und brüllt: »Hey, du Blödmann!« Ich bewundere ihren Mut. Nicht viele Mädels in ihrem Alter trauen sich, so mit einem älteren Jungen zu sprechen. »Wenn wir wollen, machen wir euch fertig.« Sie zeigt ihm die Faust.

»Das glaube ich auch.« Herr Wibell unterbricht das Spektakel und die Jungs schauen ihn entgeistert an. Fast allen stehen die Münder offen.

»Niemals!«, lacht der kleine, überhebliche Macho.

Herr Wibell schiebt seine Unterlippe vor und zieht

eine Schulter fragend nach oben. »Probier es aus. Leo ist in deiner Gruppe.«

»Genau, Magnus, oder traust du dich nicht?« Rieke wackelt mit dem Kopf wie ein neugieriger Papagei.

Magnus heißt unser kleiner Wichtigtuer also, der jetzt ein wenig kleinlaut auf seinen Stuhl zurückgleitet.

»Soll man sich nicht Gegner auf Augenhöhe suchen?« Ole lehnt sich lässig zurück und mustert mich abschätzig.

Echt bescheuert. Was soll das? Ich verschränke die Arme vor meiner Brust. »Leider wird das nichts. Ich sehe keinen Spieler auf meinem Niveau.« Herr Wibell ausgenommen, der ist natürlich um Welten besser als ich.

Rieke nickt ihrem Bruder mit einem Siehst-du-sie-hat-Ahnung-Ausdruck zu. Innerlich triumphiere ich. Sogar unser Schachlehrer schmunzelt vor sich hin.

Ole atmet verächtlich aus. »Wieso? Wir haben genug Anfänger hier.«

»Uhh.« Magnus sieht zu Rieke und verzieht verächtlich seinen Mund. »Eins zu null für uns.«

Mist. Wieder mal fällt mir nichts Schlagfertiges ein und ich beobachte meine Zehen bei ihren Aerobic-Übungen.

»Du wärst der richtige Gegner.« Herr Wibell nickt seinem Enkel zu.

Ich reiße meinen Kopf hoch und sehe aufgebracht von einem zum anderen. Ganz bestimmt werde ich nicht gegen Ole spielen, schon gar nicht vor Publikum. Außerdem muss ich mir nicht die nächste Klatsche holen.

»Mit Sicherheit nicht. An mir ist sie bereits gescheitert.« Er lächelt provokant.

Vielen Dank, jetzt wissen es alle in diesem Raum.

Niemand wird mehr was von mir lernen wollen.

Vince steht auf und sein Stuhl scharrt über den Boden. »Hör auf, Alter, nur weil du Leo einmal überrumpelt hast, heißt das nicht, dass du besser bist.«

Steht Vince mir anstatt seines besten Kumpels bei? In diesem Moment legt mir jemand seinen Arm um die Schultern. Bevor ich ihn abschütteln kann, erkenne ich Nele neben mir und entspanne mich etwas, als sie mich anlächelt. Dann wendet sie sich an Ole: »Wenigstens traut Leo sich, Turniere zu spielen.«

Watsch! Das sitzt. Alle Anwesenden erstarren und warten auf Oles Reaktion. Der sagt nichts mehr. Seine Gesichtszüge verhärten sich und seine Nasenflügel beben. »Können wir endlich anfangen?«, zischt er.

Rieke setzt sich als Erste in Bewegung und geht an den Tisch zu ihrem Bruder. Ihre Augen glänzen verräterisch. Sie setzt sich neben Ole und stupst ihn sanft mit dem Ellbogen an.

Jetzt erheben sich auch alle anderen und huschen wortlos an ihre Tische. Eine bedrückende Stille umhüllt uns und ich warte auf den befreienden Knall. Nichts geschieht.

Und so bleibt es für die restliche Übungsstunde. Ein paarmal wage ich einen Blick zu Ole, doch der erklärt mit verkniffenem Gesicht die Italienische Eröffnung. Obwohl Rieke sonst mit Feuereifer dabei ist, sitzt sie nun mit hängenden Schultern und ohne jede emotionale Regung neben ihrem großen Vorbild.

Doch auf keinen Fall werde ich mir meine heutige Chance verderben lassen. Mit Begeisterung bringe ich den Jungs die Gabel und den Spieß bei und muss darüber lächeln, wie sie versuchen, ihren Gegner mit dem Neuerlernten in die Falle zu locken. Sie lassen sich von meiner Euphorie anstecken und ihre Augen strahlen, wenn ihnen eine der beiden Taktiken gelingt. Zwischendurch wird getuschelt und abgeklatscht, aber alle trainieren konzentriert. Insgesamt schätze ich meine Leistung heute als gelungen ein und es fühlt sich verdammt gut an.

Kurz vor Ende beugt sich Vince zu mir rüber und flüstert: »Die Jungs haben mich gerade zum Gruppensprecher ernannt.«

Ich mustere ihn ernst. »Warum?«

»Sie trauen sich nicht zu fragen, ob du beim nächsten Mal wieder die Gruppe leitest?«

Enttäuscht stoße ich den Atem aus. Nur weil ich die Stunde heute gut finde, heißt es noch lange nicht, dass die anderen es auch so sehen. »Bin ich so schlecht?« Ich rutsche ein Stück dichter ran, damit niemand Vince' Antwort hören kann.

»Schlecht?« Er rümpft ungläubig die Nase. »Du bist toll und sie sind begeistert. Es traut sich bloß niemand was zu sagen. Wegen vorhin.«

Meine Mundwinkel wandern schnurstracks zu meinen Ohren und ich fühle mich fast wie nach einer Fahrt mit dem Freefall.

Vince streckt mir seine Hände entgegen und spricht jetzt so laut, dass uns alle ansehen. »Bist du dabei?«

»Klar!« Ich klatsche ab und die Jungs freuen sich.

Herr Wibell gesellt sich zu uns. »Seid ihr fertig?«

Magnus ruft laut: »Yeah!«

»Dann räumt bitte auf, bevor ihr geht.« Er weist auf die Schachbretter. »Ach so, und seid pünktlich um acht Uhr zum Turnier im Carolinum.«

»Geht klar«, sagt Magnus und klappt sein Spielbrett zusammen.

Turnier? Ich drehe mich zu unserem Schachlehrer.

In diesem Moment tritt Ole in mein Sichtfeld.

»Kommst du?«

Zu gern würde ich mit ihm nach Hause fahren, aber nochmal lasse ich Herrn Wibell nicht im Stich. »Nein, ich …« Weiter komme ich nicht, da stürmt er mit beiden Helmen aus dem Raum und brabbelt leise vor sich hin.

Ich sehe ihm traurig hinterher.

»Mach dir nichts draus. Ole ist manchmal ein bisschen ruppig, aber in ein paar Minuten tut es ihm leid und er ärgert sich über sich selbst.«

Schön wäre es, dann würde nicht nur ich mich scheiße fühlen.

Nachdem alle gegangen sind, verstaue ich die privaten Schachutensilien von Herrn Wibell in seinen Taschen und wir machen uns auf den Weg zur Bushaltestelle.

Draußen ist es immer noch heiß und schwül. Wir schlendern schweigend nebeneinander her bis zur ersten Kreuzung. Das rote Ampelmännchen lässt uns warten und Herr Wibell schielt zu mir rüber. »Wie war es heute für dich?«

Ich druckse herum. Er weiß, was in mir vorgeht. »Mal abgesehen von Ole fand ich es gut«, antworte ich lächelnd und auch sein Gesichtsausdruck klärt sich auf. »Die Jungs wünschen sich sogar, dass ich beim nächsten Mal wieder in ihrer Gruppe bin.«

»Na, wenn das mal kein Lob ist.«

Verlegen senke ich meinen Blick.

»Was ist los? Du solltest stolz auf dich sein.« Herr Wibell bleibt stehen und beobachtet mich.

»Bisher habe ich im Schach kein Lob bekommen. Eher haben sich alle über mich lustig gemacht.«

Er fährt über seinen grauen Bart und überlegt kurz.

»Hast du Lust, am Samstag die Mannschaft auf dem Turnier im Carolinum zu betreuen?«

Mein Kopf schnellt hoch. »Meinen Sie das im Ernst?«

»Ja, Leo. Du warst heute wirklich toll. Und weißt du, warum?«

»Nee?«

»Weil du deine Freude am Schachsport vermittelt hast und nicht nur auf Perfektion fokussiert warst. Du hast allen ihre Freiräume gelassen, sich individuell auf die neuen Techniken einzustellen und nicht, dich zu kopieren.«

Tränen treten mir in die Augen und ich könnte platzen vor Freude. »Danke«, presse ich heiser hervor.

Er streicht mir über die Schulter. »Dafür musst du dich nicht bedanken. Mach einfach weiter so.«

Ich nicke.

»Ach, bevor ich es vergesse: Das Turnier ist ein Freundschaftsspiel und es gibt eine besondere Regel dabei.«

War klar. Gute Dinge haben immer einen Haken. »Und die wäre?«

»Wenn es zwischen den Mannschaften Gleichstand gibt, spielen die Betreuer die entscheidende Partie.«

Mir stockt kurz der Atem, aber ich will mich nicht den negativen Gedanken aus meiner Vergangenheit hingeben. Herr Wibell hat mich gut vorbereitet und glaubt an mich.

»Krieg ich hin«, sage ich lächelnd. Aber in Wahrheit klopft mir mein Herz bis zum Hals.

Der Bus hält an und wir steigen aus. Herr Wibell will sich gleich bei mir verabschieden, aber ich bestehe darauf, ihn nach Hause zu begleiten und ihm beim Tragen zu helfen.

Als wir an Oles Haus vorbeischlendern, gleitet mein Blick über das Grundstück, aber ich kann ihn nirgends entdecken. Irgendwie bin ich enttäuscht, denn obwohl es vorhin so komisch gelaufen ist, hätte ich ihn jetzt gern gesehen. An der Brücke über dem Bachlauf werfe ich nochmal einen Blick zurück, aber vergebens.

»Hallo Leo! Hallo Opi!«, kreischt jemand. Ich entdecke Rieke am Ufer des Kanals, die uns ausgelassen zuwinkt.

Herr Wibell lacht. »Meine Kleine! Sie ist ihrer Großmutter so ähnlich.« Wehmütig sieht er zu ihr.

»Hier ist ein Biber, der hängt fest«, brüllt sie. »Ich helfe ihm freizukommen.« Genau in diesem Moment rutscht Rieke am Ufer ab und landet platschend in den Seerosen im Wasser, genau an der Stelle, wo der Kanal in den See übergeht.

Mist! Ich lasse die Taschen fallen und renne panisch los. Leise bete ich vor mich hin: »Hoffentlich ist es dort nicht tief. Hoffentlich kann sie schwimmen. Hoffentlich geht alles gut.« Bäume und Büsche versperren mir die Sicht. Ich höre nur wildes Geplansche und verzweifelte Schreie.

Die Bilder von damals laufen wie in einer Dia-Show vor meinem inneren Auge ab. Meine Ängste dürfen mich jetzt nicht lähmen. Ich bin ihre einzige Chance. Aber die Seerosen … Kann mein blöder Kopf nicht einmal aufhören zu denken?

Kurz bevor ich die Stelle erreiche, habe ich freie Sicht und Rieke taucht wild gestikulierend unter. Das Atmen fällt mir zunehmend schwerer. Ohne anzuhalten, springe ich mit Anlauf in den See.

Das Wasser schlägt über meinem Kopf zusammen. Ich reiße die Augen auf, um nach Rieke zu suchen. Anderthalb Meter von mir entfernt schweben ihre blonden Haare. Mit zwei kräftigen Schwimmzügen bin ich bei ihr und führe meine Arme unter ihren Achseln durch. So doll ich kann, strample ich mit meinen Füßen und wir bewegen uns langsam nach oben. Es ist, als schwimme ich gegen einen Widerstand an. Nach einer gefühlten Ewigkeit durchbrechen wir mit Schwung die Wasseroberfläche und prusten los, Rieke schnappt hastig nach Luft und klammert sich an mir fest. Ihre Nägel bohren sich in meine Haut und sie versucht an mir hochzuklettern. »Ganz ruhig. Du bist in Sicherheit.« Mit meinem linken Arm drücke ich sie fest an mich und schwimme in Richtung Ufer, wo Herr Wibell völlig apathisch steht. Rieke wird jetzt ruhiger, ich jedoch nicht. So sehr ich mich bemühe, wir kommen nicht von der Stelle. »Herr Wibell! Holen Sie Hilfe!«

Er regt sich nicht.

»Herr Wibell!«, schreie ich. »Helfen Sie uns!«

Leider erreiche ich ihn nicht. Und nun? Meine Kräfte halten nicht ewig.

Aus Leibeskräften brülle ich um Hilfe, während ich Rieke und mich über Wasser halte. Ich mag mir gar keine Gedanken machen, warum wir nicht von der Stelle kommen. Jetzt erst wird mir bewusst, dass wir inmitten von Seerosen dümpeln und ich spüre die schleimigen Stiele an meinem Körper.

»Hilfe!«

Dann höre ich aus einiger Entfernung eine mir bekannte Stimme, die sich genauso aufgeregt anhört wie meine. »Leo? Wo bist du? Was ist!?«

»Hier hinten im Kanal«, rufe ich.

Ole kommt den schmalen Pfad entlanggeprescht. »Bring Rieke her!«

»Ich kann nicht.«

»Reiß dich zusammen, Leo«, schimpft er.

»Es geht nicht. Sie hängt irgendwo fest.«

Mit einem flachen Kopfsprung taucht Ole in den See und erreicht uns nach einem Zug. »Pass auf, dass ihr Kopf über Wasser bleibt, ich seh nach.«

»Beeil dich.«

Schon verschwindet Ole in die Tiefe und ich spüre, wie er an Riekes Körper zerrt.

»Ich habe Angst«, jammert sie.

Das habe ich auch, mein Kopf gerät immer wieder unter Wasser und ich schnappe mühsam nach Luft.

Nach unendlichen Minuten taucht Ole wieder auf. »Die Schweine!« Er nimmt mir Rieke ab und schwimmt mit ihr ans Ufer. Erleichtert kann ich Luft holen.

Ich folge den beiden. »Was ist?«

»Rieke hat in einem Stellnetz festgehangen.« Als er sich dem Ufer nähert, kommt Herr Wibell langsam wieder zu sich.

»Opa! Nimm sie mir ab!«

Herr Wibell zieht Rieke vorsichtig aus dem Wasser und nimmt die Kleine fest in seine Arme, die jetzt bitterlich weint.

Ole drückt sich am Ufer aus dem Wasser, marschiert auf die beiden zu und entreißt ihm Rieke. Wie ein Äffchen klammert sie an ihm und kuschelt ihr Köpfchen in seine Halsbeuge.

Ich würde mich freuen, wenn mir auch jemand aus dem Wasser helfen würde, aber ich will nicht stören. Robbengleich walze nun auch ich mich an Land und stelle mich nass und schmutzig zu den Dreien.

»Ich will zu Leo.« Rieke streckt ihre Arme nach mir

aus, doch ich muss erstmal Luft holen. Nun schießt mir schon wieder Wasser in die Augen. Was für ein emotionaler Tag.

Ole springt nochmal rein und schwimmt zu der Stelle, an der wir gerade festhingen. Er taucht ab und kommt mit einem Seil wieder hoch. Das Netz. Damit quält er sich an Land und zerrt es gemeinsam mit Herrn Wibell heraus. Fast am Ende hat sich ein Baby-Biber verheddert und ist qualvoll verendet.

»Ole?«, flüstere ich.

Er sieht mich an. Die Kälte in seinen Augen jagt mir einen Schauer über den Rücken.

»Ist das nicht genau die Stelle, an der Lilly an deinem Geburtstag aus dem Gebüsch gekrabbelt ist?«

»Keine Ahnung.« Er wendet sich ab.

Rieke klappert mittlerweile laut mit den Zähnen und quetscht sich an mich. Aber auch mir wird trotz der Hitze langsam frisch, meine Kleidung hängt klatschnass an mir herunter.

Ole schnappt sich seine kleine Schwester. »Ich bring dich nach Hause und hol Mutti.«

»Und Leo?«

Er überhört die Frage und geht weiter. Eine Ohrfeige hätte nicht mehr wehtun können.

»Leo hat mich gerettet.«

»Dann sag nochmal Danke«, blafft er.

Herr Wibell und ich gehen hinter den beiden. Auf der Brücke bleibe ich stehen und winke Rieke zum Abschied. Ole dreht sich nicht mehr um.

In meiner Kehle brennt es, und nicht, weil ich zu viel Wasser geschluckt habe. Obwohl ich stolz und froh sein müsste, was ich gerade vollbracht habe, fühle ich mich schlecht. Ich hebe die Beutel mit den Schachutensilien auf und gehe zu Herrn Wibells Haus, denn er ist schon dorthin verschwunden.

Nicht, dass ihm was passiert ist. Ich stürme um die Ecke und erstarre in der Bewegung. Er sitzt auf seinem kleinen Steg und schluchzt laut vor sich hin.

Ich schleiche mich an ihn heran und setze mich neben ihn, so dass sich unsere Arme berühren. »Es ist doch alles gut gegangen«, flüstere ich.

»Hast du nicht gesehen, wie mein Enkel mich ansieht? So voller Hass.«

Ole hat ihn wirklich nicht besonders nett angeguckt, aber bestimmt hat er sich gesorgt, was mit seinem Großvater ist. Herr Wibell war nicht in der Lage, sich zu bewegen. »Nein, bestimmt nicht«, beruhige ich ihn.

»Doch Leo, ich kenne diesen Blick. Seit letztem Jahr bleibt mir nichts anderes übrig, als es zu ertragen.«

Jetzt erstarre ich. Was ist passiert?

Herr Wibell erzählt und Tränen kullern unaufhörlich über seine Wangen. »Meine Frau und ich waren am See. Sie war schwimmen und ich sah ihr dabei zu.« Sein Körper schüttelt sich bei jedem Schluchzer. »Auf einmal fing sie an, wild um sich zu schlagen. Erst dachte ich, sie macht einen Spaß, aber dann ging sie unter und ist nicht mehr aufgetaucht. Es soll ein Herzinfarkt gewesen sein.« Er schnieft.

Auch mir laufen mittlerweile die Tränen. Dieser warmherzige Mensch ist innerlich völlig kaputt und verzweifelt. »Es tut mir so leid.«

»Ich wollte sie retten und bin ins Wasser gesprungen.« Herr Wibell schüttelt den Kopf. »Ich kann aber nicht schwimmen und bin auch untergegangen.« Wieder schluchzt er laut. »Als ich zu mir gekommen bin, hatte Ole mich gerettet, aber meine Frau war tot.«

Ich finde keine Worte. Mit beiden Armen drücke ich ihn an mich und lege meine Stirn an seine Schulter, um ihm still Trost zu spenden.

»Später haben sie mir erzählt, dass Ole erst mich aus dem Wasser gezogen hat und später meine Frau. Er ist mein Lebensretter.«

»Und er liebt sie.«

Herr Wibell schüttelt den Kopf. »In seinen Augen sehe ich nur einen Vorwurf, ich hätte seine geliebte Großmutter auf dem Gewissen. Deshalb bin ich auch so selten zu Besuch. Und heute ist wegen mir fast wieder ein Unglück geschehen.«

»Nein, ist es nicht«, sage ich scharf. Ich kann nicht länger ertragen, wie er sich für dieses Schicksal verantwortlich macht. Das ist so unfair. Warum zweifeln immer die Falschen an sich? In diesem Moment wird mir etwas klar. Ich bin doch nicht besser! Warum lasse ich das noch länger zu?

Wenn ich ständig versuche, meine Probleme mit einer negativen Grundeinstellung zu lösen und nicht selbst an mich glaube, wird es nie gelingen.

Herr Wibell runzelt seine Stirn.

»Die Wilderer haben Schuld, nicht Sie. Hätte Rieke nicht festgehangen, hätte ich sie problemlos aus dem Wasser gezogen. Das hat nichts mit Ihnen zu tun.«

»Hast du denn Oles Reaktion nicht bemerkt?«

»Doch, habe ich. Für mich sah er aber nur besorgt aus, und zwar nicht nur wegen Rieke.« Erst überlege ich, ob ich weiterrede, aber es muss raus. »Nach dem Erlebnis mit seiner Großmutter darf Ole Angst haben, erneut einen geliebten Menschen zu verlieren. Erfahrungen lassen sich nicht einfach so auslöschen.«

Er schnäuzt sich die Nase. »Danke, Leo.«

»Danke Ihnen, dass Sie es mir erzählt haben.« Jetzt erst merke ich, wie mein ganzer Körper zittert und auch Herrn Wibell bleibt es nicht verborgen.

»Geh nach Hause, Mädchen, und zieh dir was Trockenes an.«

»Mach ich.« Ich stehe auf und wische mein Gesicht trocken.

Er hebt seine Hand zum Abschied. »Dann sehen wir uns Samstagmorgen am Bus?«

»Klar. Glauben Sie, ich lasse meine Mannschaft im Stich?«

Kapitel 18 - Ole

Draußen umfängt mich eine angenehme Abendwärme und der Duft von Pfingstrosen hängt schwer in der Luft. Ich entscheide mich, zu Fuß zu gehen, um mir die richtigen Worte zurechtzulegen. Hauptsache, ich finde überhaupt welche. In Leos Nähe habe ich regelmäßig Sprachfindungsstörungen.

Gerade strecke ich meinen Arm zum Gartentor aus, da stürmt Klara auf mich zu, bellt ausgelassen und wedelt mit ihrem Schwanz. Sie springt an mir hoch und will spielen. Mit ruhiger Stimme rede ich auf sie ein und bete, sie möge endlich aufgeben. Nur mit ein paar Streicheleinheiten gelingt es mir. Als ich das Tor hinter mir schließe, blickt sie mich beleidigt an und trottet ins Haus. Sie tut mir leid. Die letzten Tage ist sie einfach zu kurz gekommen. Morgen gehe ich ausgiebig mit ihr spazieren und trainieren. Vielleicht kommt Leo auch mit? Meine Mundwinkel zucken. Noch nie habe ich jemanden kennengelernt, der Angst vor meinem treudoofen Hund hat, der keiner Fliege was tut.

Hinter der Fliederhecke biege ich rechts ab. Aus meiner Tasche hole ich einen Kaugummi und stecke ihn mir in den Mund. Der frische Geschmack lässt mich wieder klarer denken. Ich atme nochmal tief durch und klopfe beherzt an die Tür.

Durch die Scheibe ist zu erkennen, dass Licht angeschaltet wird und es ist nicht Leo, die zur Tür kommt. Ob sie ihren Eltern schon von Riekes Sturz ins Wasser erzählt hat? Vielleicht sind sie jetzt wütend auf mich und … Die Tür springt auf.

»Hallo.«

»Guten Abend«, stottere ich.

Ruhe. Ich schaffe es nicht mal, Herrn Varnstein in die Augen zu sehen, obwohl wir uns kennen.

Er stützt seine Hände lässig in die Hüften und grinst. »Ich denk mal, du bist nicht wegen mir hier?«

»Ähm … nein. Ich will zu Leo. Ist sie da?«

»Nein!«, brüllt sie von oben.

Ich erstarre, halte die Luft an und spüre, wie mein Kopf immer wärmer wird.

Ihr Vater grinst noch breiter. »Komm rein. Wartest du bitte kurz?« Er steigt die Treppe hoch.

»Ja.«

In der Küche blubbert ein Wasserkocher, bis es laut klickt.

»Hallo.«

»Guten Abend, Frau Varnstein.« Auch sie grinst mich wissend an, geht in die Küche und gießt das Wasser auf. Nach ein paar Sekunden riecht es nach irgendeinem Früchtetee. Schwere Schritte auf dem knarrenden Holzboden kündigen Herrn Varnsteins Rückkehr an. »Sie kommt gleich.«

»Danke.«

Herr Varnstein verschwindet mit seiner Frau und den beiden Teetassen im Wohnraum.

Dann erscheint Leo endlich an der Treppe und steigt in Zeitlupe die Stufen hinunter. Die ganze Zeit sieht sie mir in die Augen.

»Wollen wir runter zum See?«

»Okay.« Sie schlüpft in ihre weißen Turnschuhe.

Wir gehen um den Bungalow, durch die kleine, schwarze Gartenpforte und folgen dem schmalen Weg. Auf der rechten Seite wachsen hohe Lebensbäume, um die Insekten schwirren.

In der Nähe des Sees steigt mir ein feucht-dumpfer Geruch in die Nase. So riecht es immer, wenn wir beim Baden die ganze Zeit reinspringen und den Boden aufwühlen.

Ganz langsam spazieren wir im Schein der untergehenden Sonne auf den Steg. Als wir am Ende angekommen sind, stehen wir dicht nebeneinander und schauen in die Ferne. Die Wasseroberfläche liegt in kleinen Falten vor uns.

»Wollen wir uns setzen?« Ich weise auf die alte Holzbank.

Ohne meine Frage zu beantworten, geht sie rüber und nimmt Platz. Mit ihren Händen stützt Leo sich auf die vorderste Latte der Sitzfläche und drückt ihren Rücken durch.

Ich setze mich dicht neben sie, achte aber auf Abstand, um sie nicht zu bedrängen.

Leo sieht weiter aufs Wasser. »Ich bin sauer auf dich. Du hast mich beim Schach als Anfängerin bezeichnet. Vielleicht bin ich nicht so gut wie du, aber Anfängerin?«

255

Ihre Augen schimmern feucht und es tut mir schrecklich weh, dass es ihr dermaßen nahe gegangen ist. Das ist das Allerletzte, was ich will.

Ich lege meinen Arm um sie. Meine Nase verschwindet in ihren Haaren, die angenehm frisch nach Apfel duften. »Es tut mir wirklich leid. Ich bin ein Idiot«, flüstere ich.

Leo drängt sich enger an meine Brust und ich spüre, wie sie nickt.

»Hey«, warne ich sie, pike mit meinen Fingern in ihre Seiten und sie zuckt zusammen. »Anfängerin habe ich nur gesagt, um dich ein bisschen zu ärgern und zu provozieren. Du spielst wirklich gut, ganz ehrlich.«

Leo löst sich von mir und sieht mir in die Augen. Ihrem Blick nach zu urteilen, überlegt sie gerade, ob ich sie verarsche, aber ich gebe ihr keine Anhaltspunkte. »Ernsthaft, du bist krass gut.« Jetzt lächelt sie, guckt aber peinlich berührt weg.

Ich lege ihr meinen Zeigefinger unters Kinn und schiebe es hoch, bis wir uns in die Augen sehen. Der Sonnenuntergang spiegelt sich in ihren Pupillen und man hört das leise Plätschern des Wassers am Ufer. Leos Wangen schimmern rosé und sie atmet schnell durch ihre leicht geöffneten Lippen. Was macht sie nur mit mir? Überall in mir prickelt es, als hätte ich eine Überdosis Brausepulver genommen. Es tut fast schon weh. Quälend langsam beuge ich mich vor, bis ich ihren Atem spüre. Leicht wie ein schwebender Pusteblumensamen berührt sie meine Lippen mit ihren. Ich schließe die Augen und erwidere den Kuss. Sie schmeckt so fruchtig süß.

Wau, wau. Uuuhhh.

Nee, ne? Dieser Hund macht mich wahnsinnig, doch ich ignoriere ihn und genieße den zärtlichen Moment.

Wau, wau. Uuuhhh. Klara steigert ihre Lautstärke und Leo giggelt leise.

Wau, wau. Uuuhhh.

»Klara, aus!«, brülle ich rüber zu unserem Steg, der ungefähr fünfzehn Meter Luftlinie entfernt ist. Dort sitzt sie, beobachtet uns und jammert vor sich hin, weil sie nicht zu uns kann. Ich drehe mich wieder zu Leo und lege meine Hände sanft an ihre Wangen. Gerade als ich mich erneut vorbeuge, jault mein Hund ein weiteres Mal.

Wir prusten beide laut los. Wieder versuche ich meinen Hund zur Ruhe zu bringen. Vergebens. »Wollen wir noch ein Stück gehen? Solange sie mich sieht, wird sie nicht aufhören.«

Leo gackert vor sich hin. »Ist vielleicht besser, sonst kommt noch das Veterinäramt wegen des Verdachts auf Hundewohlgefährdung.«

Hand in Hand schlendern wir über die Holzbohlen zurück.

Gleich hinter dem Steg liegt die große Freifläche der Bungalowsiedlung mit einer Feuerstelle, einer Schaukel, zwei Fußballtoren fürs Kleinfeld und einer Tischtennisplatte aus Beton, die wir jetzt ansteuern. Die hohen Gräser kitzeln an meinen Waden und hin und wieder surrt eine Mücke an meinem Ohr.

Leo lehnt sich an die Tischtennisplatte. Ich stelle mich dicht vor sie, meine Füße außen an ihre. Unsere Beine berühren sich und ich bekomme den nächsten Brausepulverschub. Zu meiner Beruhigung macht es auch mit Leo etwas, denn als ich zärtlich über ihre Arme streichle, spüre ich ihre Gänsehaut. Ihr rechter Mundwinkel wandert frech nach oben und zieht mich an wie ein Magnet. Langsam bewege ich meinen Kopf auf sie zu, bis unsere Nasenspitzen aneinanderstupsen.

Eine leichte Brise weht ihr eine einzelne lockige Haarsträhne ins Gesicht, die sich in ihren langen, hellbraunen Wimpern verfängt und ihre Aufmerksamkeit auf sich lenkt.

»Du? Wegen vorhin …« Ihre hellblauen Augen bitten um Erlaubnis, weiterzusprechen.

»Mhm.« Mein Atem beschleunigt sich. Ich weiß genau, was jetzt kommt. Noch nie habe ich mit jemandem darüber gesprochen. Mein Opa hat es zwar mal versucht, aber für mich ist es ein Tabuthema.

»Was meinte Nele damit, du würdest keine Turniere spielen, und wieso warst du so fies? Sie wollte mich doch nur in Schutz nehmen.«

Beschämt senke ich meinen Blick. »Ich hab doch gar nichts gesagt.«

»Ole, hör auf mich für blöd zu verkaufen. Wir wissen beide, was ich meine.« Sie kneift ihre Augen zusammen und taxiert mich. Erst denke ich, sie stürmt wutentbrannt los, doch so einfach macht sie es mir nicht.

Ich hebe meinen Kopf und sehe Leo in die Augen. »Sie hat meinen Knopf gedrückt.«

»Was für einen Knopf?«

»Meinen wunden Punkt.« Ich schlucke hörbar.

Leo nimmt meine Hände und verschränkt ihre Finger mit meinen. »Erzählst du es mir?«

Es ist mir zwar total peinlich, aber ich weiß, sie wird dadurch nicht anders über mich denken. Außerdem wird es Zeit, dass ich darüber spreche. Und wenn nicht mit Leo, mit wem dann?

»Vor ein paar Jahren war ich zu einem Wettkampf. Musste eine Altersklasse höher spielen.« Ich löse eine Hand und fahre mir über den Nacken. »Mein Opa hatte mich angemeldet«, ergänze ich. »Vor meinem letzten

Spiel kam der Betreuer einer anderen Mannschaft zu mir und erzählte mir, wie talentiert ich sei.«

Leo massiert meine Daumenwurzel, was mich bestärkt, weiterzureden und mir Halt gibt.

»Er fragte, ob er mir eine siegessichere Taktik zeigen soll, und ich war natürlich total begeistert.« Nie werde ich diesen Typen vergessen. »Diese hässliche Fratze«, zische ich.

Leo zuckt zusammen.

»Tut mir leid.« Ich will sie nicht erschrecken.

»Schon gut.« Sie beugt sich vor und gibt mir einen Kuss auf den Handrücken.

»Viel gibt es nicht mehr zu erzählen. Er hat mir seine Taktik gezeigt und ich hab trotzdem verloren.« Noch immer schäme ich mich dafür, wie naiv ich damals war, und weiche Leos Blick aus.

»Hey, die ganze Wahrheit.« Sie schüttelt meine Hand.

Ich hole tief Luft. »Er hat mir falsche Züge beigebracht. Das hab ich leider erst zu spät gemerkt.«

Leo stellt sich auf die Zehenspitzen und lehnt ihre Stirn an meine. »Toller Betreuer.«

»Er war gar kein Betreuer, er war mein letzter Gegner.« Ich vergrabe mein Gesicht in Leos Halsbeuge. Ein Hauch Vanille strömt in meine Nase und ich drücke sie fester an mich.

Sie streichelt meinen Rücken, fährt mit ihren Fingerspitzen zu meinem Nacken hoch, in meine Haare, und krault meinen Kopf, bis ich mich löse und sie ansehe.

»Also fast wie bei mir.«

»Ja. Leider fällt es mir seitdem schwer, mich auf neue Leute und Freundschaften einzulassen.«

»Ach nee.« Sie gibt mir einen flüchtigen Kuss auf den Mund. »Ich finde, du bist auf einem guten Weg.«

Für einen Moment sind wir beide still.

»Warum hast du aufgegeben? Du bist viel besser als ich.«

Wham! Das sitzt. Ich stottere vor mich hin, denn ich kann ihr diese Frage nicht beantworten. Oder will ich nicht?

»Lässt du diesen perversen Typen damit durchkommen? Lässt du ihn so weitermachen? Der braucht eine Abreibung!« Leo steigert sich in ihre Wut hinein.

Ich schlucke. Sie hat recht. Wieso habe ich mich bis jetzt zurückgezogen? Am Anfang war es okay. Wunden lecken. Aber jetzt? Was, wenn Rieke an so einen Schwachmaten gerät? »Ich hab es bisher einfach ausgeblendet.«

»Feigling! Wovor hast du Angst? Zu verlieren? Bloßgestellt zu werden? Jemanden zu enttäuschen?«

Sie sieht mich vorwurfsvoll an. »Alles Quatsch! Wen interessiert's? Hauptsache du hast Spaß. Und den wirst du haben, wenn du alle niederringst.«

Leo grinst frech. Es scheint, als hätte sie sich gerade von irgendetwas befreit. »Außerdem hast du den besten Schachlehrer der Welt.«

Bevor ich endlich weitersprechen kann, druckse ich rum. »Weißt du, Leo, es ...«

»Dein Opa hat mir alles erzählt. Es tut mir leid, was mit deiner Oma passiert ist. Aber da könnt ihr beide nichts für. Das darf euch nicht im Weg stehen.«

»Hast du gesehen, wie er mich ansieht? Er gibt mir die Schuld am Tod meiner Oma.«

»Hört auf, euch gegenseitig damit zu bezichtigen!« Sie wird ungehalten und auf ihrer Nasenwurzel bildet sich eine kleine Falte. »Dein Opa hat mir genau dasselbe erzählt. Ihr müsst unbedingt miteinander reden.«

»Was meinst du?«

»Er glaubt, du gibst ihm die Schuld für den Tod deiner Großmutter und meidest deshalb den Kontakt zu ihm.«

»Oh Gott, nein!« Ich wische mir übers Gesicht. »Weißt du, wie froh ich damals war, dass er wiederbelebt werden konnte und ich ihn noch hatte?«

»Sag es ihm, Ole. Er liebt dich über alles. Wie konntet ihr dieses bescheuerte Missverständnis so viel Raum einnehmen lassen, dass ihr euch fast entfremdet?«

»Weiß ich auch nicht.«

»Am besten, du gehst gleich zu ihm. Heute ist alles wieder hochgekommen und er ist verzweifelt.«

»Dreck!« Innerlich aufgewühlt renne ich los. Nach ein paar Metern höre ich hinter mir jemanden hecheln.

»Ole, warte noch kurz«, keucht Leo.

Ich drehe um und laufe zu ihr zurück.

»Nur, damit du es weißt, für mich ist es kein Spiel. Ich meine es ernst mit dir.« Sie schlingt ihre Arme um meinen Hals und in diesem Moment treffen ihre weichen Lippen auf meine. Sie schmeckt so gut und lässt mir keine Zeit zum Atmen. Ihre Zunge drängt in meinen leicht geöffneten Mund und schlingt sich um meine. Ich kann nicht widerstehen. Immer wieder necke ich sie und der Kuss wird intensiver. Ihr Herz pocht wild an meiner Brust und ich verliere fast den Verstand. Für ein paar Sekunden vertreibt sie damit all meine schrecklichen Gedanken, doch dann stößt sie sich ab und tritt einen Schritt zurück.

»Los jetzt!«

Die ersten Meter laufe ich rückwärts und lasse Leo nicht aus den Augen. Auf der Straße drehe ich mich aber um, winke ihr zu und stürze los. Nein, ich fliege, und zwar auf Wolke sieben. Für mich war es klar, als ich sie das erste Mal sah, aber dass sie sich tatsächlich in mich verliebt hat, grenzt an ein Wunder.

Es dauert höchstens drei Minuten und ich stehe vor dem Haus meines Großvaters. Wie ein Irrer hämmere ich gegen die Eingangstür. »Opa?«

In dem Moment reißt er schon die Tür auf und mich in seine Arme. »Ich hab dich lieb, Ole.«

»Ich dich auch, Opa.«

Ein paar Sekunden halten wir uns fest, bevor er mich zu der verwitterten Holzbank unter dem Rosenspalier im hinteren Bereich seines Gartens führt, den Lieblingsplatz meiner Oma. Volle, gelbe Blüten umranken das gesamte Metallgestänge und verströmen ein blumig-zitroniges Aroma. Nachdem wir uns gesetzt haben, schweigen wir ein paar Sekunden. Aber es ist nicht still. Ein seichter Wind rauscht in den Blättern und es fühlt sich ein bisschen an, als wäre meine Oma bei uns und schimpft, was für Trottel wir waren.

»Es hätte ihr das Herz gebrochen, uns so zu sehen.« Ein verdächtiges Brennen breitet sich in meinem Hals aus.

»Oh ja.« Mein Opa schielt zu mir. »Aber soweit wäre es mit ihr nicht gekommen. Oma hätte uns ein paar Takte erzählt und so lange auf uns eingeredet, bis einer von uns Sturköpfen einsichtig geworden wäre.«

»Genau, das hätten wir gebraucht«, sage ich mit einem schmerzvollen Lächeln. »Einen ordentlichen Tritt in den Hintern. Wir haben so viel verpasst.« Mein Herz wird schwer, als ich an die zurückliegenden einsamen Monate ohne meinen Opa und meine Oma denke.

»Das stimmt, aber wir können noch einiges nachholen.« Er legt mir seinen Arm um die Schultern.

Es herrscht betretenes Schweigen.

»Opa?«

»Ja, mein Junge?«

»Als ich euch gefunden habe, dachte ich schon, ich hätte euch beide verloren.« Ich schlucke gegen den Schmerz in meiner Kehle an.

»Das tut mir unendlich leid, mein Junge. Und es war dumm von mir, mich ins Wasser zu stürzen, obwohl ich nicht schwimmen kann. Aber ich konnte nicht tatenlos zusehen, wie Oma um ihr Leben kämpft und stirbt. Bis zum Schluss habe ich gehofft, es wendet sich noch zum Guten.«

Meine Nase fängt an zu laufen. »Ich war so froh, als sie dich reanimieren konnten.«

Mein Opa schluchzt auf. »Damals wäre ich lieber tot gewesen. Ich hatte eure wundervolle Oma, Dianas Mutter und meine große Liebe, auf dem Gewissen. Am schlimmsten war es, euch in die Augen zu sehen. Die vorwurfsvollen Blicke haben sich tief in mein Herz gebohrt. Dabei habe ich doch genauso gelitten wie ihr.« Ein paar Tränen tropfen auf sein Shirt.

»Wieso haben wir nicht darüber geredet? Ich dachte immer, du gibst mir die Schuld an ihrem Tod.«

»Du warst so tapfer, mein Junge, und ich habe mich geschämt, weil ich nichts tun konnte und euch noch eine zusätzliche Last geworden bin. Wäre ich nicht ins Wasser gesprungen, hätte es vielleicht ein anderes Ende genommen.«

Ich schüttle den Kopf. »Oma hatte einen Herzinfarkt, sie ist nicht ertrunken. Wir hätten nichts für sie tun können, haben die Ärzte gesagt.«

»Es ist nur so schwer zu akzeptieren, denn es fühlt sich anders an.«

»Ich weiß, was du meinst.«

263

»Sie wäre stolz auf dich gewesen, mein Junge.«

»Auf uns, Opa. Wir haben beide um ihr Überleben gekämpft und ich bin mir sicher, das hat sie noch mitbekommen. Oma weiß, dass wir sie alle geliebt haben.«

Nachdem wir uns ausgesprochen haben, bin ich so überwältigt und aufgekratzt, dass ich unbedingt noch zu Leo muss, um mich bei ihr zu bedanken.

Ich mache einen Abstecher nach Hause. Bevor ich die nächste Strafe riskiere, weil ich zu spät komme, sage ich lieber Bescheid.

Aus der Küche höre ich Stimmen. Das eine ist meine Mutter, die andere kann ich im Moment nicht richtig einordnen, obwohl sie mir bekannt vorkommt. Mit voller Konzentration versuche ich, unseren Besuch zu erkennen. Wer ist das?

Als ich um die Ecke gehe, sehe ich meine Mutter am Küchentisch sitzen und diskutieren. Dabei gestikuliert sie für ihre Verhältnisse ziemlich wild. Irgendetwas stimmt nicht.

»Hallo«, sage ich beim Betreten der Küche. Am liebsten würde ich genervt aufstöhnen. Hartmut sitzt meiner Mutter gegenüber und grient so ekelhaft wie immer. »Hallo Ole.«

Was für ein Schleimer. Und mit seiner gespielten Coolness ist er völlig drüber. Ich schlendere zur Anrichte, nehme mir ein Glas und gieße mir Milch ein. Die ganze Zeit behalte ich die beiden im Augenwinkel und lausche.

»Hartmut, ich hab es selbst gesehen, auf dem Video, das Ole gedreht hat, und du auch.« Sie beugt sich über den Tisch und pocht vor ihm aufs Holz.

»Das hätte jeder auf dem Video sein können. Du interpretierst da was rein.«

»Hör auf! Man konnte deutlich erkennen, dass dort was vorbereitet wurde, und ich bin mir sicher, heute Nacht schlagen sie zu.«

Darum geht es also. Ich drehe mich um und lehne mich gegen die kühle Arbeitsplatte.

»Das glaub ich nicht.« Er kratzt sich am Kinn. »Aber wenn du meinst, ruf die Polizei.«

»Die machen uns doch alles wieder kaputt. Wenn ich jetzt anrufe, sind die in einer halben Stunde hier und stellen sich mit ihrem Auto in den Wald. Wahrscheinlich genau an die Stelle.«

»Sei nicht so sarkastisch, liebe Kollegin.«

»Du weißt, wie es die letzten Male war. Das silberblaue Auto konnte man im Wald überhaupt nicht ausmachen und zum Glück haben ihre Handys auch nicht wie Scheinwerfer geleuchtet.« Sie schüttelt immer noch aufgeregt ihren Kopf.

»Diana! Sei bitte vernünftig.«

»Bin ich. Wir wollen aber zu einem Ende kommen. Außerdem rufe ich sofort die Polizei, wenn ich an der Stelle Aktivitäten beobachte. Aber eben erst dann. Sie sollen auf frischer Tat ertappt werden.«

»Ich weiß nicht.«

»Na, ich bin auf jeden Fall dabei«, werfe ich ein.

Der Kopf meiner Mutter schnellt zu mir herum. »Du hast mir was versprochen und hast wirklich schon genug für uns getan.«

»Mhm.«

»Ole«, sagt sie warnend. »Versprich mir, dass du heute nicht in den Wald gehst.« Sie legt eine kurze Pause ein. »Solange du in Sicherheit bist, habe ich alles unter Kontrolle.«

Als ich jetzt sehe, welch große Mühe sie sich gibt, will ich nicht mit ihr streiten. Nicht, wo sie alles Erdenkliche tut, um den Fall voranzubringen. »Versprochen.« Die letzten Tage ist sie in meinem Ansehen wieder gestiegen. Wie früher engagiert sie sich, um die verdammten Wilderer zu stellen. Nichtsdestotrotz muss ich mich ja nicht raushalten. Wenn ich mich nun versehentlich in den Wald verirre und ganz unerwartet auf die Typen stoße, kann ich auch die Polizei rufen.

Sie dreht sich wieder zu Hartmut. »Bist du nun dabei?«

Er überlegt einen Moment. »Das ist mir 'ne Nummer zu groß.«

So ein Feigling.

Ich drücke mich von der Arbeitsplatte ab. »Bin dann weg.«

»Ole?« Wieder dieser warnende Ton.

»Mutti, ich hab's versprochen.«

»Wo willst du denn hin?«

»Zu Leo.«

»Du kennst die Regeln, kein Ausgang nach sieben.«

»Es ist wichtig.« Ich beuge mich zu ihr runter und flüstere. »Muss ihr unbedingt was erklären. Bitte.«

»Na dann, viel Spaß.« Sie zwinkert mir zu und hebt dabei ihren Zeigefinger.

»Wo ist eigentlich Papa?«

»Der Vorstand des Angelvereins trifft sich. Es gibt Schwierigkeiten, irgendwelche neuen Auflagen. Aber keine Sorge, ich erkläre ihm, dass du ausnahmsweise länger draußen bist.«

Sofort blicke ich zu Hartmut. Er windet sich auf seinem Stuhl. Bei mir dämmert es. Deswegen war er bei Herrn Möller. Dich krieg ich, Alter! »Tschüss.«

In meinem Zimmer packe ich zwei Flaschen Wasser und Jelly Beans ein. Dann überlege ich, was ich noch mitnehmen kann. Genau. Zwei Hoodies, falls es heute Abend frischer wird.

Auf dem Weg in den Flur werfe ich mir meinen Rucksack über die Schulter und schlüpfe in meine Schuhe. Anschließend hole ich mir noch schnell eine Taschenlampe aus der Garage und packe auch das Nachsichtgerät ein. Man weiß ja nie.

Ich schließe unsere Gartenpforte hinter mir und stiefle gemächlich die Straße lang. Auch jetzt sorgt die schwüle Abendluft für klebende Klamotten am Körper. Die Sonne ist fast verschwunden.

Von hinten nähert sich ein Auto. Auf meiner Höhe hupt es und ich blicke mich um. Hartmut, dieses Weichei, fährt winkend an mir vorbei. Ich fasse es nicht! In einem silbernen Skoda-Kombi.

Plötzlich geht er in die Eisen und die Rücklichter leuchten rot auf. Er legt den Rückwärtsgang ein, fährt langsam auf mich zu, hält neben mir an und kurbelt die Scheibe runter. Damit er mich ansehen kann, beugt er sich über den Beifahrersitz. »Deine Mutter macht sich wirklich Sorgen um dich. Mach keine Dummheiten und pass auf dich auf.« Er zwinkert mir zu und fährt dann wieder an.

Fassungslos blicke ich ihm nach. Sollte das eine Drohung sein? Ich schüttle den Kopf. Das ist bestimmt nur ein dummer Zufall. Hartmut, ein Wilderer? Diese Flachzange. Jetzt muss ich über mich selbst lachen. Trotzdem ist das alles seltsam.

Mit einem Blick auf die Uhr lege ich einen Schritt zu.

Gerade biege ich um die Fliederhecke, deren Blätter sich leise aneinander reiben, da höre ich das Knattern eines Mopeds. Ich bin mir sicher, es ist Vince, denn ich kenne hier in der Gegend nur zwei dieser DDR-Maschinen und eine davon gehört mir.

In letzter Zeit sehen wir uns nur wenig und er unternimmt viel mit Malte. Mal sehen, was sie heute getrieben haben. Ich warte, dass er endlich in mein Sichtfeld kommt, um ihm zu winken. Doch gleich hinter dem Ortseingangsschild bremst er ab und biegt mit seinem Beifahrer in den Waldweg, der zum Steg des Sägersees führt.

Meine Mutter ist sich sicher, dass es heute Nacht genau dort passieren wird, die Wilderer werden zuschlagen.

Ich muss hinterher. Sollte Vince was mit den Typen zu tun haben, ist er für mich gestorben.

In einem legeren Tempo jogge ich dem Knattergeräusch hinterher. Mit der Schwalbe kann Vince auf dem sandigen Waldboden nicht schnell fahren, sonst kommt er ins Schlingern und sie stürzen. Trotzdem halte ich mich ran, um nicht den Anschluss zu verlieren.

Im Wald ist es angenehm frisch und es riecht nach trockenem Gras und nach den Abgasen von Vincents Gefährt. Die Vögel zwitschern wieder fröhlich, nachdem sie durch das Moped eine Schreckenspause eingelegt haben.

Ich renne durch den grünen Korridor. Das Motorengeräusch erstirbt und ich stoppe. Was will Vince um diese Uhrzeit hier?

Nach ein paar Minuten erreiche ich den kleinen Pfad, der vom Hauptweg zum Steg führt, und pirsche mich in einer einzigen Slow-Motion-Bewegung ans Ufer heran. Bloß kein Aufsehen erregen. Vielleicht erwische ich Vince gleich in Aktion.

Auf dem Weg halte ich mich weit rechts immer in der Deckung der Büsche und Bäume, hinter denen der Steg liegt. Bei jedem kleinen Knacken zucke ich zusammen und bete, nicht aufzufliegen.

Mittlerweile habe ich mich so dicht herangekämpft, dass ich Stimmen hören kann, jedoch nicht, was genau sie sagen. Vince ist nicht allein, Malte ist bei ihm. Ich schlüpfe unter die tiefhängenden, rutenförmigen Äste einer Trauerweide, in deren Schutz ich mich wie in einer Höhle fühle. Von hier habe ich eine gute Sicht. So nah es geht, schleiche ich in Vince' und Maltes Nähe.

Für ein paar Sekunden sagen sie nichts und ich denke schon, sie haben mich bemerkt, doch nichts rührt sich. Ganz leise schiebe ich ein paar Zweige beiseite, die mich mit ihren langen Blättern wie kleine Lanzetten am Weiterspionieren hindern wollen.

Vince' schwarze Haare sehe ich schon und in diesem Augenblick auch den Rest. Mich trifft fast der Schlag! Wenn ich auch mit viel gerechnet und mich auf das Ende unserer Freundschaft vorbereitet habe, übertrifft das hier meine Vorstellungskraft.

Malte hat seinen Arm um meinen besten Kumpel gelegt und seine linke Hand berührt Vince' Nacken. Er zieht ihn liebevoll an sich und dann küsst er ihn. Immer wieder verschmelzen ihre Lippen miteinander, als hätten sie Angst sich zu verlieren oder als würden sie gleich gewaltsam getrennt.

Ich trete einen Schritt zurück. Völlig geschockt von dem, was ich da gerade beobachtet habe. Nicht, dass ich irgendetwas gegen Homosexuelle habe. Aber das ist mein bester Kumpel und ich habe nichts geahnt. Seit Monaten macht er mir vor, dass er alle Weiber abschleppen will, die ihm über den Weg laufen. Und

269

nun das. Wieso? Vertraut er mir nicht? Was verheimlicht er mir noch?

Wie ferngesteuert stolpere ich rückwärts und falle hin. Ich rapple mich wieder auf, nur um dann meine Flucht fortzusetzen. Es fällt mir schwer, klar zu denken. Die ganze Zeit überlege ich, ob Vince mir schon mal ein Zeichen gegeben hat, dass er auf Jungs steht, ich aber zu beschäftigt mit mir selbst war, um es zu erkennen. Mir fällt nichts ein. Vielleicht bin ich auch einfach nur ein schlechter bester Kumpel und er hat sich deswegen von mir abgewendet?

Und was sollte der Dreck mit Leo? Ich glaubte wirklich, er hat Interesse an ihr und wollte sie mir vor der Nase wegschnappen. Aber wer weiß, vielleicht steht er auch auf sie? Hab öfter schon gehört, dass manche gleichzeitig auf Jungs und Mädels abfahren.

Beim nächsten Schritt verheddere ich mich in den hohen Gräsern und strauchle. Dabei pralle ich gegen jemanden. Ich richte mich wieder auf, sehe mich um und erschrecke: »Du?« Was ist hier los?

Hartmut steht wie aus dem Boden gewachsen plötzlich vor mir.

Ein paar Sekunden lang betrachtet er mich. Dann spricht er mit gespielt mitleidigem Ton: »Ach Göttchen, du bist ja ganz durch den Wind! Wusstest du etwa noch nichts von unseren beiden Süßen?« Er weist mit dem Kopf hinter mich.

»Nee. Müssen die beiden ja auch nicht gleich jedem auf die Nase binden.« Ich verschränke die Arme vor meiner Brust.

»Was willst du überhaupt hier?«

»Haben die Schwuchteln nichts gesagt?«

»Nee.«

Hartmut grient und macht einen Schritt auf mich zu.

»Was willst du von mir?« Ich löse meine verschränkten Arme und lasse sie seitlich an meinem Körper runterhängen. Falls er mich überraschend angreift, bin ich bereit.

»Rate mal«, sagt er mit einem spöttischen Lächeln.

Was meint er? In meinem Kopf herrscht noch für ein paar Sekunden Nebel mit einer Sichtweite von einem Millimeter, doch dann ist es mir klar. Mein Herz beginnt schneller zu schlagen. Jetzt bloß nichts versauen. »Du willst mir doch nicht weismachen, dass du die Seen leerräumst.« Verächtlich spucke ich ihm vor die Füße.

»Stimmt. Nicht ich allein.« Er weist wieder über meine Schulter. »Da gibt es Helfer.«

»Hör auf. Vince tut keiner Fliege was. Außerdem gehört Angeln schon lange nicht mehr zu seinen Hobbys.«

»Vielleicht bleibt ihm aber nichts anderes übrig?«

Was soll das denn schon wieder heißen? Es wird im Wald immer dunkler. Ich muss weg. Und zwar schnell. »Was bist du für ein Arsch!« Ich ziehe meine Oberlippe angeekelt hoch.

»Nun werd mal nicht frech, Bürschchen. Du bist gerade nicht in der Position.«

Mein Herz donnert gegen meine Rippen, aber ich lasse mir nichts anmerken. »Glaubst du wirklich, du machst mir Schiss?«

Er kommt einen Schritt auf mich zu und kneift seine Augen bedrohlich zusammen. »Ja.« Seine dreckige Lache trifft mich in Intervallen.

Jede Sekunde rechne ich mit seinem Angriff. Völlig konzentriert beobachte ich seine Bewegungen. »Nun weißt du es also.« Der kalte Ausdruck in seinen Augen erschreckt mich. »Und was macht man mit Leuten, die zu viel wissen?«

Dreck! Wo habe ich mich nur reinbugsiert? Mir bleibt nur ein Ausweg. Ich hole aus und schlage ihm meine Faust seitlich ans Kinn. Er stöhnt auf, fällt auf die Knie und hält sich die Hände ins Gesicht.

»Ole!«, schreit Vincent vom Steg herüber.

Ruckartig drehe ich mich um.

»Pass auf!«

Doch es ist schon zu spät. Ich höre ein luftdurchschneidendes Geräusch und ein harter Schlag trifft mich am Hinterkopf, bringt mich zum Taumeln und ich überlege, wer das war. Meine Kraft lässt nach. In Zeitlupe drehe ich mich im Kreis und versuche diesen Dreck zu verstehen, mir alles einzuprägen. Langsam verschwimmt die Welt um mich herum und ich falle. Dann verschlingt mich die gierige Dunkelheit.

Kapitel 19 - Leo

Ich winke Ole, bis ich ihn nicht mehr sehen kann. Dann erst kehre ich um und gehe den schmalen Weg zum Bungalow hoch. Mit meinen Händen streiche ich durch die Hecke mit den kleinen weichen Blättern. Ein paar weiße Knallerbsen fallen herunter und liegen wie Hagelkörner da.

Durch das bewachsene Rosenspalier, das der Eingang zu unserem Grundstück ist, sehe ich ein kleines Lagerfeuer. Nur zu gern würde ich Ole jetzt hier haben, aber es wird Zeit, dass er sich mit seinem Opa ausspricht. Wie konnten die beiden sich nur in so ein Missverständnis hineinmanövrieren? Männer reden einfach zu wenig. Und Ole ist extrem knausrig, wenn es um Worte geht. Wie er mich angeguckt hat, als ich David erwähnt habe. Er wusste sofort, dass er mein Freund war, und es hat ihn verletzt. Hoffentlich glaubt er mir, denn ich meine es wirklich ernst mit ihm. David ist für mich gestorben.

So sehr ich mich anfänglich dagegen gewehrt habe, mein Herz hat sich entschieden. Scheiß drauf, ob er nun jünger oder älter ist. Es gibt Wichtigeres, zum Beispiel, dass er gut küssen kann. Mit den Fingern berühre ich meine Lippen, in denen es immer noch kribbelt und lächle dabei in mich hinein.

Ich öffne die Gartenpforte, die meine Ankunft laut quietschend ankündigt. Meine Eltern sehen in meine Richtung und grinsen sich vielsagend an, als ich in den schwachen Lichtkegel trete.

»Komm zu mir, Süße.« Meine Mama hebt ihre Decke hoch. Die Chance lasse ich mir nicht entgehen, husche darunter und kuschle mich eng an sie.

»Alles gut?«

Meine Mundwinkel schießen automatisch nach oben.

»Los, erzähl schon.« Sie schubst mich leicht.

Auch mein Vater beugt sich zu mir, als Aufforderung, ich soll reden.

»Es gibt nichts«, flüstere ich.

Er zieht eine Augenbraue hoch. »Sollst du schwindeln?«

»Sollt ihr so neugierig sein?«

»Wir sind deine Eltern.«

»Lass mich da bitte raus.« Meine Mama hebt amüsiert die Hände.

Er kniet nieder und fleht mich an. Ich gebe ihm einen Kuss auf die Stirn. »Gute Nacht, Papa.«

Dann drehe ich mich zu meiner Mama, gebe ihr ebenfalls einen Schmatzer und drücke sie. Dabei flüstert sie mir ins Ohr: »Ich hab dich lieb.«

»Ich dich auch.«

»Wer flüstert, der lügt«, protestiert mein Papa.

Ich lächle, umrunde ihn und wuschle ihm durch die Haare. »Bis morgen früh.«

»Erzählst du es uns dann?«

»Papa, wenn du so weitermachst, erzähl ich es nie.« Damit verschwinde ich im Haus und höre, wie die beiden aufgeregt miteinander tuscheln. Was sie wohl haben? Sie tun ja so, als wäre Ole der erste Junge, den ich küsse, und den meine Eltern kennenlernen. Das Spiel haben wir mit David doch schon durch. Vielleicht spüren sie aber auch, dass es mit Ole ernster ist.

Völlig erschöpft kämpfe ich mich die Treppe hoch. Dann lasse ich mich ins Bett plumpsen und starre für einen Moment an die Decke. Ich grinse vor mich hin und kann einfach nicht aufhören. War Ole süß, als er hier vorhin stand! Das zeigt mir, wie ernst er es mit mir meint. David hätte sowas nie gemacht. Er wartet immer, bis ich wieder angekrochen komme und mich entschuldige, obwohl es oft nicht mein Fehler war. Wieso wird mir das erst jetzt bewusst?

Vorher hatte ich keine Ahnung, was es heißt, verliebt zu sein, so richtig mit Kribbeln im Bauch. Erst seit Ole in meiner Nähe ist. Dieses Gefühl, wenn man denkt, man platzt vor Freude.

Ich lange rüber zu meinem Nachttisch und nehme mein Handy. Es leuchtet auf, weil ich versehentlich den Home-Button drücke. Ein paar Nachrichten sind eingegangen. Drei von Isa und zwei von David. Die von meiner besten Freundin öffne ich sofort. <Hi Kleene, alles klar? Bei mir schon.♥♥♥ Leider ist unser Urlaub fast rum.> Dann folgt ein Bild. Da es wegen des bombastischen Empfangs verpixelt ist, vermute ich, es ist ein Selfie von ihr und Stef. Was haben die plötzlich alle mit ihr? Ist sie so eine Partygranate? Beleidigt scrolle ich weiter. Das brauch ich jetzt nicht, verdirbt mir nur die Laune. <Vermiss dich. Kann es gar nicht erwarten, dich wiederzusehen.>

Das besänftigt mich wieder. Mir geht es genauso. Schließlich treffen wir uns sonst jeden Tag. Trotzdem bin ich momentan lieber hier. Bei Ole.

<Bei mir ist auch alles ♥♥♥>, tippe ich auf meinem Display und betätige das Senden-Symbol.

Dann öffne ich Davids Nachrichten. <Wann meldest du dich mal?> Gar nicht mehr, denke ich. Das ist typisch. Er will mir ein schlechtes Gewissen machen.

Die zweite Nachricht lässt mich grübeln. <Bis Samstag.> Hat Isa ihm nicht erzählt, dass ich mit meinen Eltern verreist bin? Und selbst wenn nicht, glaubt er echt, ich will mich mit ihm treffen?

Ich beschließe, ihm nicht zu antworten, denn darüber ärgert er sich am meisten. Was denkt er sich überhaupt? Ich habe seine Masche durchschaut und seitdem ich einen Schlussstrich gezogen habe, geht es mir deutlich besser. Für mich ist hier endgültig Ende und seit heute Abend weiß ich, es ist die beste Entscheidung, die ich treffen konnte. Ole ist für mich da und nimmt mich, wie ich bin. Was uns beide verbindet, ist etwas Besonderes. Hoffentlich kann er sich mit seinem Opa aussprechen. Ich schreibe Ole noch schnell: <Alles okay? Melde dich kurz, wenn du zu Hause bist. Gute Nacht.> Dann gehe ich zum Fenster, um die Jalousie runterzulassen. Ich muss zweimal hinsehen. Ole läuft quer über die Straße schräg in den Wald hinein. Es sieht aus, als ob er zu mir wollte, doch ihn muss was davon abgebracht haben, denn er rennt in den Wald. Da ist etwas passiert. Die Wilderer!

Sofort ziehe ich mir einen Hoodie über, schnappe mein Handy und stürme die Treppe hinunter. Nachdem ich meine Turnschuhe angezogen habe, flitze ich ums Haus. Meine Eltern sitzen immer noch am Lagerfeuer.

»Hast du es dir anders überlegt?«, scherzt mein Papa.

»Ich muss nochmal zu Ole.«

»Jetzt noch?«

Ich nicke. »Ist wichtig und ich krieg ihn nicht ans Handy.«

»Aber komm nicht zu spät.«

»Bis nachher.«

Um kein Aufsehen zu erregen und niemanden zu beunruhigen gehe ich gemächlich los und versuche entspannt zu wirken. Mittlerweile ist es dunkel, so dass meine Eltern mir nicht lange nachsehen können.

Wie eine Geisteskranke renne ich die Straße entlang. Ein ungutes Gefühl treibt mich an. Durch mein hohes Tempo schleudern mir Mücken und kleine Fliegen ins Gesicht. Angeekelt schließe ich den Mund und presse meine Lippen fest aufeinander, so dass ich nur noch durch die Nase atmen kann. Binnen Sekunden schnaufe ich wie ein Flusspferd.

Über mir fliegen zwei Krähen, die sich in der Luft laut krächzend um etwas streiten und sich mit Schnabelhieben traktieren.

Ich zittere am ganzen Körper und habe noch nicht mal einen Schritt in den Wald gemacht. Groß, finster und furchteinflößend liegt er vor mir.

In dem Moment, wo ich den Bürgersteig verlasse, bleibe ich stehen, atme nochmal tief durch und straffe meinen Körper. Mit all meinem Mut marschiere ich los.

Bei jedem Schritt sacke ich ein Stück in den sandigen Waldboden ein. Ich konzentriere mich nur auf den Weg, denn ich kann im Dunkeln so schlecht sehen. Durch jedes kleine Knacken schrecke ich auf.

Das Mondlicht wirft schauerliche Schatten auf den Weg. Für eine Sekunde überlege ich, die Taschenlampen-App meines Handys zu aktivieren, aber mein Akku nähert sich dem Scheintod und möglicherweise brauche ich es später noch. Ich gebe die Hoffnung nicht auf, dass Ole nur auf dem Steg sitzt und Tiere beobachtet, doch mein Unterbewusstsein lacht mich dafür aus.

Bis jetzt nehme ich nur Blätterrascheln, das leichte Rauschen der Baumkronen oder ein Knacken, wenn ein Tier sich seinen Weg durchs Dickicht bahnt, wahr.

Wieder atme ich tief durch und suche die Umgebung nach einem Anhaltspunkt ab. Neben mir erkenne ich durch die Baumstämme den kleinen Teich, wo wir das verletzte Eichhörnchen gefunden haben. Die Oberfläche schillert bläulich-silber.

Schnurstracks gehe ich weiter, den Blick immer auf den Weg gerichtet.

Nach der nächsten kleinen Bergkuppe kann ich endlich die Abzweigung zum Steg erkennen und stoße innerlich einen Jubelschrei aus. Hauptsache, Ole ist überhaupt hier. Nicht, dass ich die Strapazen umsonst auf mich genommen habe und er womöglich mit Vince unterwegs ist.

In diesem Moment erkenne ich ein Moped und ein Auto, einen Kombi, und ich glaube, mein Herz springt gleich aus meiner Brust. Zwei Männer tragen eine leblose Person und legen sie auf die Rücksitzbank. Ist das Ole? Das darf nicht sein! Ich muss näher ran. Gerade als ich die nächsten Schritte schleiche, kommen sie mit einer weiteren Person, die sich ohne Gegenwehr ins Auto verfrachten lässt.

Die beiden Männer steigen ein, der Motor jault auf und sie verschwinden in die entgegengesetzte Richtung.

Voller Sorge biege ich in den Pfad ein, der mich zu meinem Ziel führt. Ich stakse wie ein Storch durch das hohe Gras, das mir fast bis zu den Knien reicht. Lange

278

Halme peitschen mir gegen die Hose und hinterlassen feuchte Spuren. Zwar kann ich sie nicht sehen, aber der Stoff saugt die Feuchtigkeit auf und klebt mehr und mehr an meiner Haut.

Die Baumkronen geben den Blick auf mich frei. Wie ein Suchscheinwerfer leuchtet der Mond jetzt über mir und ich schleiche über die Lichtung in Richtung Ufer.

Gleich habe ich es geschafft, denn ich höre bereits das Wasser an die Stegbohlen plätschern. Während ich mich hinhocke, schiebe ich ein paar Äste auseinander.

In der Deckung des Gebüschs habe ich es nicht erkennen können, aber in zehn Metern Entfernung ragen helle Schuhe aus dem Gras. Den Rest verschlingen die vielen langen Halme. Und nun? Ich muss nachsehen.

»Hallo?«, rufe ich.

Nichts geschieht. Kein gutes Zeichen. Ich versuche es etwas lauter. »Hallo?«

Wieder rührt sich nichts.

Ganz langsam bewege ich mich auf die Person zu. Je näher ich komme, desto schneller pocht mein Herz, doch beim nächsten Schritt setzt es aus. Oles Jacke! Für eine Millisekunde hoffe ich noch, jemand hätte sie ihm geklaut, aber es ist auch seine Hose und dann sehe ich sein Gesicht.

Es trifft mich eiskalt. Mit einem Satz lande ich neben ihm im Gras und streiche ihm über seine Wangen. Sie sind warm. Das ist ein gutes Zeichen. Oder? Ich versuche mich an meinen Erste-Hilfe-Kurs zu erinnern. Der Puls, der Puls. Wie war das noch? Ich taste mit meinen Fingern neben den Kehlkopf und rutsche ein Stück hinunter in die Halsgrube. Ein leichtes Pochen unter meinen Fingern lässt mich vor Freude fast

279

losheulen. Sachte klatsche ich in sein Gesicht. »Ole! Ole!! Hörst du mich?«

Er reagiert nicht. Als ich ihn genauer betrachte, erkenne ich auf seiner Stirn dunkle Flecken und weiß sofort, was es ist. Trotzdem berühre ich sie. Blut. Mein Herz schlägt wieder schneller. Ich muss einen Notarzt rufen. Panisch wühle ich mein Handy heraus und drücke den Button. Nichts passiert. Mist. Genau jetzt muss dieses Scheißding leer sein? Also bleibt nur eins, ich muss Hilfe holen. Zum Abschied küsse ich Ole kurz auf den Mund und flüstere: »Alles wird gut.«

In diesem Moment fängt er an, sich zu regen, und blinzelt.

»Ole?« Ich drehe sein Gesicht in meine Richtung, bis sich unsere Blicke treffen. »Was ist passiert?«

Kapitel 20 - Ole

Ein paar Sekunden brauche ich, um zu mir zu kommen, und versuche mich zu erinnern, was eigentlich passiert ist. Durch die Dunkelheit kann ich jedoch nur Umrisse erkennen und konzentriere mich auf mögliche Geräusche. Irgendetwas hat mich doch eben geweckt. Das durchdringende Geschrei ängstlicher Rehe hallt durch den Wald und jagt mir einen Schauer über den Rücken. Nein, es war was anderes, etwas Bekanntes.

In diesem Moment erkenne ich Leos Augen, in denen sich der silberne Mond spiegelt und ihre Locken stehen widerspenstig vom Kopf ab. Irritiert sehe ich sie an. »Was machst du hier?«

»Ich bin dir gefolgt.« Behutsam fährt sie durch meine Haare.

»Woher wusstest du …?«

»Ich hab dich zufällig in den Wald rennen sehen, als ich die Jalousie in meinem Zimmer runtergelassen habe«, fällt Leo mir ins Wort.

Während ich versuche mich aufzurichten, stöhne ich schmerzhaft auf. »Du hast mir versprochen, dich hier rauszuhalten.

»Und du hast mir versprochen, dich nicht mehr in Gefahr zu bringen.« Sie wird ungehaltener.

»Wusste ich ja vorher nicht.« Ich streichle über ihre Wange, um mich zu versichern, dass sie unversehrt ist. »Geht's dir gut?«

»Mir schon«, antwortet sie besorgt. »Bei dir sieht es aber nicht so gut aus.«

»Ist nicht weiter schlimm.«

»Hör auf, Ole, du blutest am Kopf!«

»Halb so wild.« Ich stütze mich auf meine Ellbogen. Dabei dröhnt es ganz schön in meinem Schädel. Jemand hat mir ordentlich eine verpasst, aber ich habe nicht gesehen, wer es war. Nur daran, dass Vince mich warnen wollte, kann ich mich erinnern. Vince!

Sofort drehe ich mich in alle Richtungen, kann ihn aber zwischen den Büschen und Sträuchern mit ihren wildwuchernden, gespenstisch wirkenden Ästen nirgends entdecken. Mein bester Kumpel hat mich doch hier nicht einfach liegengelassen? Ihm muss was zugestoßen sein. Mir geht es kalt über. »Hast du irgendwas gesehen?«

Leo nickt. »Der silberne Kombi war hier. Zwei Männer haben eine leblose Person ins Auto getragen. Ich dachte schon, das wärst du.« Sie spricht höher als sonst, ängstlich.

Dreck! Ich habe es geahnt. Und nun? »Hast du jemanden erkannt?«

»Leider nicht.« Leo senkt ihren Kopf.

»Das war bestimmt Vince.«

»Vince?«, schreit sie erschrocken auf.

»Psst. Ja, ich habe ihn und Malte hier erwischt.«

»Sie sind die Wilderer?«

»Nein, sie sind ein heimliches Liebespaar.«

»Was?«

Ich kann mir vorstellen, was für ein Durcheinander das für sie sein muss. Im Moment sind es einfach zu viele Informationen. »Erzähl ich dir nachher. Weißt du noch was?«

»Ja. Da war eine zweite Person, die sie ins Auto gebracht haben, und dann sind sie abgehauen.«

»Malte. Dreck!« Verzweifelt wische ich mir übers Gesicht. »Was machen wir? Die drehen hier heute Nacht ein Ding. Ganz sicher.«

»Dann lass uns die Polizei holen«, bettelt Leo.

»Bist du verrückt? Die machen uns wieder alles kaputt.«

»Oder wir sagen deiner Mutter und ihrem Kollegen Bescheid.«

»Vergiss es. Hartmut hängt mit drin.«

»Was?« Leo steht auf und geht nervös hin und her.

»Ja. Der silberne Skoda gehört ihm. Es war aber noch eine Person dabei.« Ich weise auf meine Verletzung am Kopf. Jemand ist wie aus dem Nichts von hinten gekommen, und hat mich k. o. geschlagen.

»Komm, wir gehen zu deiner Mutter. Das ist zu gefährlich für uns. Wer weiß, ob die nicht bewaffnet sind.«

In einiger Entfernung nehme ich Autogeräusche wahr, die sich auf uns zu bewegen. »Sie kommen wieder.«

»Los jetzt Ole, lass uns abhauen!« Leo klingt jetzt noch ängstlicher und ihre Stimme versagt fast.

»Nein, wenn sie mich hier nicht mehr finden, denken sie, ich hab sie schon verpfiffen. Dann blasen die alles ab.«

»Was hast du vor?«

»Vertrau mir bitte.« Ich nehme Leos Hand. Sie ist eiskalt und zittert. »Wir brauchen Beweise. Am besten, wir ertappen sie auf frischer Tat.« Mit meiner Hand taste ich die Wiese um mich herum ab. Das Gras ist hoch und nass. »Wo ist mein Rucksack?«

»Da.« Er liegt ungefähr zwei Meter von mir entfernt, Leo zieht ihn zu mir heran, geht aber genau wie ich zwischen den hohen Gräsern in Deckung.

Ich wühle das Nachtsichtgerät heraus und schalte die Videofunktion ein. Diesmal achte ich auf die richtige Einstellung. Sowas wie am Röthsee darf nicht nochmal passieren. »Du legst dich dort hinter den umgekippten Baum und filmst alles.«

»Ole, das ist 'ne Nummer zu groß für uns.« Ihre Stimme bricht.

Ich nehme sie nochmal in den Arm und drücke sie liebevoll an mich. »Gemeinsam schaffen wir das. Wenn ich dir ein Zeichen gebe, dann schleichst du dich davon, läufst zu meiner Mutter und erzählst ihr alles. Sie soll die Polizei rufen. Kriegst du das hin?«

Leo atmet tief durch. »Ja.« Dann schnappt sie sich das Nachtsichtgerät und versteckt sich hinter dem Baum. In der Dunkelheit ist sie kaum zu sehen.

Ich lege mich wieder hin und warte. Hoffentlich geht alles gut. Wenn Leo was passiert, kann ich mir das nie verzeihen. Ein Eichelhäher brüllt aus der Dunkelheit, dass sich mir die Härchen im Nacken aufstellen. Wie muss Leo sich erst fühlen?

Zwei Autos halten an. Hartmuts Skoda und ein kleiner Lkw. Es geht los.

Sofort springen zwei Männer aus den Autos und stürmen auf mich zu. In meiner Nähe bleiben sie stehen. »Dein Glück, dass er noch da ist. Wie konntest du so dämlich sein, ihn zu vergessen?« Hartmut spricht.

»Weil ich mit dem Langhammer-Sohn beschäftigt war. Die Schwuchtel ist ganz schön zäh.« Die raue Stimme. Da ist sie wieder. Leider kann ich meine Augen jetzt nicht öffnen.

»Und der andere hat die ganze Zeit geflennt, als ich sein Herzblatt verprügelt habe.« Ein lautes, schallendes Lachen setzt ein und ich zucke zusammen. Hoffentlich haben die nichts bemerkt.

»Egal, die beiden sind wir los. Ich hab sie weggeschafft.« In Hartmuts Stimme klingt Unsicherheit mit.

»Wohin?«

»Du musst nicht alles wissen«, sagt er überheblich.

Dreck! Wie soll ich Vince und Malte finden?

»Was machen wir jetzt mit Ole?«

»Nichts.« Hartmut stößt gegen meinen Fuß. »Guck ihn dir an. Was soll der noch machen?«

Hab ich einen Schreck bekommen! Mein Atem beschleunigt sich und mein Herz schlägt hart gegen meine Rippen.

»Wenn er wieder wach ist, wird er uns verraten.«

»Er hat einen heftigen Schlag an den Kopf bekommen und ist seitdem ohnmächtig. Wenn er was behauptet, erzählen wir das Gegenteil. Außerdem muss er uns erstmal was nachweisen.« Jetzt klingt auch Hartmut amüsiert.

»Wenn das seine Mutter rauskriegt. Oh-oh, ich kenn Diana. Die ist nicht ohne.«

Der kennt meine Mutter? Wer ist das, verdammt nochmal? Diese raue Stimme …

»Diana Eickhoff hat ganz andere Probleme. Wenn das hier bekannt wird, kann sie ab Montag Knöllchen verteilen, während ich es mir auf ihrem Platz bequem mache.«

Wie bitte? Meine Mutter hatte recht. Er sägt an ihrem Stuhl, dieser Vollidiot.

Jetzt redet der andere wieder. »Und was ist mit mir?«

»Höchstens noch zwei Wochen, dann gibt der Angelverein auf und du hast deine Seen wieder.«

Herr Möller also. Hatte ich doch das richtige Gefühl mit der Stimme.

»Ich hab dafür gesorgt, dass sie hohe Auflagen bekommen. Edelfische müssen nachbesetzt werden. Das können die sich nicht leisten.«

Die beiden wenden sich ab und gehen zurück zu den Autos. »Jetzt müssen wir aber anfangen, sonst schaffen wir es nicht rechtzeitig.«

Für einen Moment traue ich mich, meinen Kopf zu heben und ihnen nachzusehen. Gut, sie glauben, ich bin noch ohnmächtig. Dann wage ich einen Blick in Leos Richtung. Dort scheint alles in Ordnung zu sein.

Der Lkw wird angeschmissen und so dicht wie möglich an den See gefahren. Dabei dröhnt der Motor und ein leichtes Vibrieren unter meinen Füßen ist zu spüren. Nachdem sie die perfekte Position gefunden haben, schalten sie das Auto wieder aus. Ich höre sie rumhantieren, das Klappern hallt durch den dunklen Wald. Sie schließen bestimmt das Netz an die Motorwinde an.

Sobald die einsetzt, hau ich ab, denn dann sind sie am Ufer beschäftigt und passen auf, dass es sich nirgends verheddert. Das ist meine Chance.

Es raschelt neben mir im Gras. Ich öffne die Augen einen winzigen Spalt und fauche: »Bist du verrückt? Geh zurück in dein Versteck und filme weiter.«

286

»Hast du rausbekommen, wo Vince und Malte sind?«, flüstert Leo.

»Nein.«

Sie beugt sich weiter zu mir hinunter und ihr Atem kitzelt an meinem Ohr. »Ich hab eine Idee. Guck mal, da hinten ist Lilly.«

Seit ich weiß, dass Herr Möller drinhängt, überrascht es mich nicht mehr, dass seine Tochter auch hier ist. »Und?«

»Ich hab recht gehabt mit den Fotos.«

»Das weiß ich jetzt auch, aber was soll ich machen?«

»Lilly ist total verknallt in dich. Wenn du was rauskriegen willst, musst du sie dazu bringen, es dir zu erzählen.«

»Ich versuch's. Wenn ich bei Lilly bin, läufst du los zu mir nach Hause. Aber jetzt schnell zurück in dein Versteck.« Leo gehorcht und verschwindet lautlos hinter ihrem Baumstamm.

Meine einzige Chance. Hartmut und Herr Möller sind beschäftigt, denn es klappert immer noch am Ufer. Ich schnappe meinen Rucksack und pirsche mich von hinten an Lilly heran, die am Wanderrastplatz Ausschau hält. Sie geht auf und ab und reibt sich nervös die Hände.

Hinter einem Gebüsch verstecke ich mich und gucke nur ein kleines Stück hervor. »Lilly?«

Erschrocken dreht sie sich zu mir. »Ole?«

»Pst!« Ich zeige ihr an, sie soll leise sein. »Machst du hier etwa auch mit?«

Sie fängt an zu stottern. »Naja, nicht so richtig. Ich passe nur auf, ob jemand kommt.«

»... und spionierst die Stellen aus«, spreche ich für sie weiter.

»Woher weißt du das?«

»Dein Profilbild?«

Vor Schreck lässt sie fast die Taschenlampe fallen. Dabei leuchtet sie mir ins Gesicht. »Wie siehst du denn aus?«

»Mach das Licht aus«, zische ich. »Dein Vater hat mir eine verpasst.«

Sie hockt sich zu mir und begutachtet die Wunde. »Aber er hat mir versprochen, dass niemandem etwas passiert.«

»Tja. Dann hält er sich nicht daran. Vince hat er auch verprügelt.«

»Das kann ich nicht glauben.« Lilly schüttelt heftig den Kopf.

»Sie haben ihn und Malte irgendwo hingebracht, aber ich weiß nicht wohin.«

»Ich auch nicht.« Sie senkt den Blick und kämmt mit ihren Fingern durch die Blaubeerpflanzen neben ihren Füßen.

»Dann musst du es herausfinden!« Wütend packe ich ihre Hand und reiße sie damit aus ihrer Lethargie.

»Ich falle meinem Vater doch nicht in den Rücken.«

»Lilly«, sage ich warnend. »Im Moment kriegen sie dich für Beihilfe zur Fischwilderei ran. Das ist zwar kein Kavaliersdelikt, aber nichts im Vergleich zu unterlassener Hilfeleistung. Leo hat gesehen, dass Vince ohnmächtig war, als sie ihn weggeschafft haben.«

»Leo ist auch hier?« Sie springt auf.

»Nein«, entfährt es mir. Wie kann ich nur so dumm sein und ihren Namen erwähnen. »Lilly, bitte, ich brauche deine Hilfe. Kannst du nicht nach Vince und Malte fragen? Die gehören doch zu euch.«

Lilly windet sich. »Wir haben sie gleich am Anfang im Wald erwischt, als sie …« Es fällt ihr schwer weiterzusprechen.

»Ich weiß, dass Vince und Malte ein Paar sind.«

Lilly senkt ihren Kopf und nickt. »Seitdem erpresst Hartmut sie. Mitgehangen, mitgefangen.«

»Womit erpresst er sie?«

»Er will es Maltes Eltern erzählen. Die sind total altmodisch. Wenn die erfahren, dass ihr Sohn homosexuell ist, ist er für sie gestorben. Sie schmeißen ihn im hohen Bogen raus.«

Darüber kann ich mir in diesem Augenblick keine Gedanken machen. Jetzt geht es um Vince.

»Stell deinen Vater zur Rede. Sag, du hast mich dort hinten blutend im Gras liegen sehen.« Ich zeige auf die Stelle, wo die langen Halme immer noch plattgedrückt sind. »Und dann fragst du nach Vince und Malte. Er hat dir versprochen, dass niemand zu Schaden kommt. Bitte, Lilly.«

Sie kämpft mit sich und sieht mich einen Moment lang an, wobei ihr Blick zu dem Blut an meinem Kopf huscht. Dann nickt sie.

Eine Welle der Erleichterung erfasst mich.

Ich warte, bis Lilly ein paar Meter gegangen ist, erst dann

krame ich aus meinem Rucksack mein Angelmesser, das ich noch von einer meiner Touren dabeihabe.

Geduckt laufe ich zu Hartmuts Auto und verstecke mich dahinter. Sobald ich weiß, wo Vince steckt, werde ich Leo folgen. Vorher muss ich jedoch dafür sorgen, dass die Wilderer hier nicht wegkommen. Zumindest nicht mit einem Auto.

Mit voller Wucht ramme ich das Messer in eine Reifenflanke. Es zischt leise. Das Gleiche habe ich auch an den anderen Rädern vor. In der Deckung des Lkws schleiche ich nun dorthin. Ich wage einen Blick zum See. Das Mondlicht flackert aufgeregt in den kleinen, zappligen Wellen. An den Gesten von Herrn Möller und Hartmut erkenne ich, dass sie versuchen Lilly zu beruhigen. Das verschafft mir ein bisschen Zeit, falls es bei den Reifen des Lkws schwieriger wird. Ich setze das Messer an. In diesem Moment spüre ich eine Hand auf meiner Schulter. Dreck! Ich presse meine Lippen fest aufeinander und drehe mich ruckartig um, um meinen Gegner zu überraschen. Malte! »Was machst du denn hier?«

»Du musst mir helfen.« Er ist völlig außer Atem. Schweiß strömt über sein Gesicht.

»Wo ist Vince?«

»In dem kleinen Jägerhäuschen, hinten im Wald am zweiten See. Der Glatzkopf hat uns eingesperrt.« Malte klingt weinerlich. »Bitte, Ole, ich krieg ihn nicht wach.«

»Was macht ihr da?!« Hartmuts Stimme lässt mich erstarren.

Ich stehe auf und mir stockt der Atem, denn vor ihm steht Leo und er hält ihr ein großes, gebogenes Messer an den Hals.

»Rate mal.« Es ist sehr gewagt, was ich jetzt probiere. Langsam gehe ich zum nächsten Rad.

»Ole, was machst du da?« Lillys Vorwurf ist nicht zu überhören. Schnell drehe ich mich zu ihr, um zu schauen, ob Herr Möller auch dabei ist.

Ich versenke das Messer in dem Reifen. In diesem Moment windet sich Leo aus Hartmuts Armen. Der springt auf mich zu und versucht mich wegzuschubsen, aber es gelingt ihm nicht, weil ich ihn in der Bewegung abschüttle. Er landet bäuchlings neben mir.

»Lauft!«, brülle ich Leo und Malte zu. Sie rennt sofort los. Doch nicht Malte folgt ihr, sondern Lilly. Dreck!

Hartmut rammt mich seitlich und wir fallen hin. Für einen Moment weicht sämtliche Luft aus meinen Lungen. Aber der Gedanke an Leo und auch Vince setzt neue Energie in mir frei. Sofort schnelle ich auf, doch er packt mich am Bein.

»Malte, lauf! Leo darf nichts passieren!« Er erwacht aus seiner Schockstarre und feuert los.

Mit aller Kraft schüttle ich mein Bein, damit Hartmut mich loslässt, doch er reißt mich wieder zu Boden. Ich muss weg, bevor Herr Möller dazukommt. Mit ein paar ruckartigen Bewegungen schaffe ich ein bisschen Luft zwischen uns. Ich hole aus und verpasse ihm einen heftigen Leberhaken, der ihn kampfunfähig macht. Hartmut krümmt sich neben mir und stöhnt.

Den Moment nutze ich, springe auf und renne los. Jemand schmeißt den Lkw an, aber ich lasse mich nicht beirren. Ich hetze durch den Wald, so schnell ich kann.

Von Weitem sehe ich schon Blaulicht vor unserem Haus. Die Polizei und ein Krankenwagen stehen davor.

Als ich völlig außer Atem ankomme, reißt meine Mutter mich in ihre Arme. »Ole, alles gut?« Sie klingt besorgt und hat Tränen in den Augen.

»Ja, nur 'ne kleine Wunde am Kopf.«

Herr Schultz kommt dazu und tippt mir auf die Schulter. »Sind sie noch da?«

»Ja. Sie dürften auch vorerst nicht wegkommen.« Ich grinse.

Die beiden Beamten laufen zum Auto und steigen ein. Herr Schultz lässt die Fahrerscheibe runter. »Ach, Ole? Tut uns leid, dass wir dich beschuldigt haben.« Dann rasen sie mit lautem Sirenengeheul los.

Ich stürme auf Leo zu und reiße sie in meine Arme. »Alles in Ordnung?«

»Ja«, schluchzt sie auf.

»Ich bin so stolz auf dich. Wieso bist du nicht gleich abgehauen und hast Hilfe geholt?«

Ihre Augen stehen knietief im Wasser. »Ich konnte dich nicht alleinlassen.«

Zärtlich fasse ich an ihre Wangen und küsse sie. Ganz sanft.

In dem Moment, wo wir angefangen haben, ist es aber auch schon wieder vorbei. Meine Mutter räuspert sich neben uns. »Ich möchte euch nicht stören, aber ihr müsst uns helfen. Malte steht unter Schock. Er murmelt nur immerzu Vince' Namen.«

Dreck, den haben sie ja verschleppt. »Er ist in der kleinen Jägerhütte am zweiten See. Sag den Sanitätern Bescheid, ich fahr vor.« Hastig stürme ich in die Garage, hole das Moped und setze mir meinen Helm auf. Leo steht neben mir. »Willst du nicht lieber nach Hause? Morgen ist das Turnier.«

»Spinnst du? Vince ist unser Freund und außerdem kann ich dich nicht unbeaufsichtigt lassen.« Sie nimmt sich den anderen Helm und schwingt sich hinter mich. Dann düsen wir los. Es ist derselbe Weg, den wir neulich mit Hartmut und meiner Mutter im Schlepptau gefahren sind.

Die Jagdhütte liegt tief im Wald und ist nur Ortskundigen bekannt. Ich peitsche meine Maschine, so schnell es geht, und nehme dabei die ein oder andere Baumwurzel mit, die quer über den Weg verläuft. Diesmal gibt Leo keinen Laut von sich.

Der Krankenwagen hinter uns schaltet die Scheinwerfer ein, die einen Lichtkegel in die Dunkelheit schneiden. Dadurch sehe ich bereits von Weitem die Hütte mit ihren bemoosten Holzbrettern. Als wir dort ankommen, halte ich, bocke die Simmi auf und renne los. Leo ist dicht hinter mir, gefolgt von den Sanitätern.

Die Tür ist auf Höhe des Schlosses zersplittert. Malte hat das Vorhängeschloss zertrümmert, als er aus der Hütte geflohen ist. Im Laufen stoße ich sie auf. Es ist duster, trotzdem sehe ich ihn gleich. Vince liegt zugedeckt in der stabilen Seitenlage auf dem staubigen Boden.

»Macht Platz!«

Ich habe die Sanitäter gar nicht kommen hören. Sie leuchten den Raum mit einer Taschenlampe aus. Als ich meinen besten Kumpel angucke, erschrecke ich. Sein Gesicht ist geschwollen und blutig.

Sie hieven ihn auf eine Trage und legen ihm ein Atemgerät an. Dann transportieren sie ihn in den Krankenwagen. Solange mein bester Kumpel verarztet wird, sind Leo und ich an Maltes Seite und halten seine Hände. Er ist kreidebleich und steht noch immer unter Schock.

Vince stöhnt und kommt langsam zu sich. Die Sanitäter kümmern sich um ihn, während der Notarzt meine Kopfwunde behandelt. Durch die Schwellung ist die Haut ein Stück aufgeplatzt und er klebt zwei Strips darüber, um die Wundränder zusammenzuhalten und keine wulstige Narbe entstehen zu lassen.

Als er fertig ist, weise ich auf meinen besten Kumpel. »Wird er wieder?«

»Ja, keine Sorge, so schlimm ist es nicht. Wir müssen aber sichergehen, dass er keine Gehirnerschütterung hat«, sagt einer der Sanitäter. »Wir nehmen ihn vorsichtshalber mit und checken ihn durch.«

Zuletzt wird Malte untersucht und ich leiste Vince in dieser Zeit Gesellschaft. Immer noch bin ich stinksauer, weil er mir was vorgemacht hat. Er räuspert sich. »Hey, Alter.«

»Was ist?«, frage ich ziemlich scharf.

»Ich will es dir erklären.«

»Was meinst du? Dass du mit Malte geknutscht oder dass du mit den Wilderern gemeinsame Sache gemacht hast?«

»Ole. Hör mir bitte zu. Danach kannst du nie wieder ein Wort mit mir reden.«

Ich lasse ihn ein paar Minuten zappeln, aber er ist mein bester Kumpel und hat es verdient, wenigstens alles erklären zu dürfen. »Dann leg mal los.«

»Vor ungefähr drei Monaten hat das mit mir und Malte angefangen. Wir waren jeden Abend unterwegs und haben gefeiert. Manchmal bis in den Morgen.«

Aufmerksam höre ich ihm zu.

»Einmal sind wir nach einer Party zum Großen Stiegsee und haben dort noch gebadet. Es war Vollmond. Wir haben rumgealbert, uns mit Wasser bespritzt und gedümpelt. Und ich weiß gar nicht mehr wie, aber auf einmal haben wir uns geküsst. Erst nur kurz und dann …«

»Es reicht. Du musst mir nicht alle Einzelheiten erzählen«, sage ich schroff. Vielleicht ein bisschen zu schroff. Ich kann mir vorstellen, welche Überwindung es Vince kostet.

»Das war der Anfang. Und weil Maltes Eltern nichts mitbekommen sollten, haben wir uns dann immer heimlich im Wald getroffen, an den Seen, wo wir uns unbeobachtet gefühlt haben.«

»Und da haben sie euch erwischt und damit erpresst.« Ich setze mich zu ihm. »Wissen deine Eltern Bescheid?«

Er schüttelt den Kopf. »Sie hätten bestimmt nichts dagegen, aber wir hatten Angst, dass sie sich bei Maltes Eltern verquatschen.«

»Alter, Vince. Warum hast du es mir nicht erzählt? Meinst du, ich hätte dir die Freundschaft gekündigt? Ist mir völlig egal, ob du auf Mädels oder Typen stehst.«

»Weiß auch nicht. Malte wollte es nicht. Er hatte Angst.«

Ich kann nachvollziehen, dass er aus Liebe zu Malte gehandelt hat, und würde für Leo nichts anders machen, aber am Ende hat er doch seine Qualitäten als bester Kumpel gezeigt. Vince wollte mich retten und hat dafür diese Verletzung in Kauf genommen. Ich mag gar nicht daran denken, wie es auch hätte schlimmer ausgehen können.

»Tut mir leid, dass ich dir nicht die Wahrheit gesagt habe.«

»Schon gut. Bros?« Ich halte ihm meine Faust hin und er ditscht dagegen.

»Für immer, Alter.«

Nachdem auch Malte behandelt wurde, fährt er an Vince' Seite mit ins Krankenhaus.

Kapitel 21 - Leo

Als der Krankenwagen außer Sichtweite ist, bringt Ole mich nach Hause. Morgen steht das Turnier an und ich muss unbedingt ins Bett. Ich öffne die Tür.

»Hallo Leo.« Meine Mama schaut eine Politik-Sendung.

»Hey. Ist Papa schon im Bett?«

»Nein, der hat sich spontan zum Nachtangeln aufgemacht.«

»Aha«, antworte ich einsilbig.

»Alles gut mit dir, Leo?« Meine Mama richtet sich auf.

»Geht so.«

Sie mustert mich besorgt von oben bis unten. Dabei fühle ich mich unwohl und setze mich zu ihr auf die Couch.

»Wie siehst du aus? Was ist passiert?«

Erst jetzt bemerke ich ein paar Blutflecken auf meinen Klamotten. Weil ich meine Mama nicht weiter beunruhigen will, erzähle ich ihr die ganze Geschichte und sie lauscht aufmerksam meinen Ausführungen. Zwischendurch nimmt sie mich in den Arm. Das tut so gut.

Eine ganze Weile sitzen wir nur so da und halten uns. Ich genieße den Moment und entscheide mich einen Schritt auf sie zuzugehen, indem ich von Oles und meiner ersten Begegnung berichte und ihr sehr lebendig meinen Abflug in die Brennnesseln schildere. Sie lacht laut los und damit fällt jegliche Spannung von mir ab.

»Jetzt kann ich mich auch darüber amüsieren, aber in dem Moment war mir nur nach Schreien zumute.«

»Das glaub ich dir.« Sie ringt immer noch nach Luft.

Wann hatten wir das letzte Mal so einen schönen Moment? Leider kann ich mich nicht daran erinnern. »Ich hab dich wirklich lieb, Mama.«

Sie drückt mich fest an sich. »Ich dich auch.«

Es ist so schön mit ihr. Soll ich diesen Moment nutzen und sagen, was mich seit Monaten bewegt? Soll ich es wirklich wagen? Ist es nicht auch irgendwie meine Aufgabe? »Weißt du?«

»Was ist, Süße?«

Ich druckse erst rum, doch wenn ich es nicht anspreche, kann sie nicht wissen, wie es mir geht und was mich belastet. »Warum kann es nicht immer so sein zwischen uns?«

Schnell blickt sie auf ihre Knie und schluckt laut.

»Warum bist du manchmal so gemein zu mir?«

»Ich kann es dir nicht erklären. Es passiert automatisch.« Sie flüstert ihre Worte.

»Du tust mir damit aber weh und gibst mir das Gefühl, ich genüge dir nicht, bin nicht gut genug oder als schämst du dich für mich.«

Wieder sagt sie nichts.

»Mama! Sieh mich bitte an.« Ich nehme ihre Hände in meine und dann hebt sie ihren Kopf. Das Wasser steht ihr in den Augen, kurz vorm Überschwappen.

»Schatz, ich liebe dich über alles und mit dir ist alles in Ordnung. Dass ich dir so lange wehgetan habe und diese Gefühle ausgelöst habe, tut mir unsagbar leid.« Sie gibt mir einen Kuss auf jeden Handrücken. »Papa und ich haben viel geredet und wenn wir zu Hause sind, suche ich mir professionelle Hilfe.«

Völlig perplex starre ich sie an. Sie hat es erkannt. Meine Mama hat es endlich erkannt.

»Es wird sich nicht alles von heute auf morgen ändern, aber ich werde an mir arbeiten.« Eine dicke, runde Träne kullert ihre Wange herunter.

»Och, Mama.« Ich falle ihr um den Hals und nun heulen wir beide um die Wette.

»Du bist das tollste Mädchen auf der ganzen Welt und lass dir nie was anderes einreden«, schnieft sie mir ins Ohr.

»Und du die beste Mama«, schluchze ich zurück.

»Noch nicht, aber vielleicht bald.«

»Papa und ich sind auch da und unterstützen dich.«

»Ich weiß, meine Süße.«

Nochmal drücken wir uns fest. Dann verschwinde ich ins Bett.

Da meine Eltern noch nicht wach sind und ich sie auch nicht wecken will, fällt das Frühstück am nächsten Morgen spärlich aus. Ich schmiere mir ein Brötchen und drapiere ein paar hauchdünne Käsescheiben darauf, bevor ich es mir reinstopfe.

Meinen Rucksack habe ich gestern Nacht gepackt, nachdem ich mich mit meiner Mama ausgesprochen

298

habe. Also muss ich ihn mir nur schnappen und losgehen.

Nach einem anstrengenden Zwanzig-Meter-Fußmarsch erreiche ich den Family-Van von Familie Eickhoff, der in unserer Einfahrt parkt. Herr Wibell sitzt auf dem Beifahrersitz und Rieke winkt mir von der Rücksitzbank zu.

Ole steigt aus und begrüßt mich.

»Hey.« Es ist zwar ein bisschen komisch, mit seiner Familie im Rücken, aber ich küsse ihn trotzdem flüchtig auf den Mund.

Zehn Minuten nach acht poltern Ole, Rieke und ich mit lauten Schritten lachend in die Aula des Carolinums. Die beiden Männer suchen noch einen Parkplatz. Trotz der vielen Menschen und des Lärms richten sich alle Augenpaare auf uns. Für zwei Minuten habe ich ein unschönes Déjà-vu, aber heute geht es nicht um mich, sondern um meine Mannschaft.

Ich suche die Menge nach bekannten Gesichtern ab und erschrecke, als ich ein paar kleine Jungs aus unserem Berliner Verein sehe. Dann entdecke ich Herrn Fuchs, meinen ehemaligen Schachlehrer, in einer Ecke der Aula, der sich mit einem Klemmbrett Luft zufächert. Zum Glück ist David nicht dabei. Das hätte ich heute nicht gebraucht.

»Leo?« Rieke zupft an meinem Shirt. »Ich hab Angst.«

»Wovor?« Ich setze mich in die Hocke.

»Dass die anderen alle besser sind.«

Nur zu gut kann ich sie verstehen. Mir geht es auch immer so. »Konzentriere dich nur auf dich und lass die anderen machen. Du schaffst das. Da bin ich mir ganz sicher.« Ich stehe wieder auf.

Richtig zufrieden sieht Rieke mit meiner Antwort nicht aus. Aber was sagt man jetzt? So einfach, wie ich immer gedacht habe, ist das Trainersein doch nicht.

Schluss jetzt!, rufe ich mich zur Ordnung. Ich habe einen Auftrag und will Herrn Wibell nicht enttäuschen. Und mich natürlich auch nicht. Ich sehe mich um. Rechts neben der Aula-Eingangstür stehen Tische, an denen ein Schild mit ANMELDUNG prangt. »Rieke?«

Sie sieht zu mir hoch.

»Seid ihr schon angemeldet?«

Kopfschüttelnd fasst sie meine Hand. »Komm. Wir gehen zusammen.«

Rieke und ich schlängeln uns mit Ole im Schlepptau zwischen all den Leuten durch. An dem Anmeldetisch sitzen zwei Männer, so um die vierzig, und eine Frau mit hellblonden Haaren bis zu den Schultern um die dreißig. Sie lächelt uns freundlich an.

»Hallo, wir wollen uns anmelden.«

»Ich bin Stephanie. Und wer seid ihr?«

»Die Wild Squirrels«, krakelt Rieke. Plötzlich taucht Puschel in ihrer Hand auf und sie wedelt damit. »Unser Maskottchen«, erklärt sie mir.

Stephanie reicht mir eine Liste, in die ich die Mannschaftsmitglieder und deren Geburtsdaten einschreiben muss. »Den gebt ihr hier ab. Dann erhaltet ihr eure Startnummern.«

Rieke schnappt sich den Zettel und fegt damit zu den anderen, die mit ihren Eltern in die Aula kommen.

Ruckzuck ist sie zurück und Stephanie reicht uns die Startnummern. Die Wild Squirrels erhalten die Acht. Meine Lieblingszahl. Ob das ein Zeichen ist? Wir befestigen die Schilder an den T-Shirts, auf denen ein Eichhörnchen mit einem schwarzen Springer und einem weißen Turm gedruckt ist. »Die sind ja schick.« Ich zeige darauf.

»Hat Ole für uns machen lassen.« Stolz dreht sie sich vor mir hin und her. »Da werde ich ja richtig neidisch.« Sie freut sich und ich werfe Ole einen bewundernden Blick zu, der noch sehr mitgenommen aussieht von letzter Nacht. Dunkle Augenringe und ein paar Schürfwunden zeichnen sein Gesicht, ansonsten hat er aber alles gut überstanden. Nur die Narbe am Hinterkopf wird ihn ewig an dieses Erlebnis erinnern.

»Alle Betreuer und Trainer zu mir«, ertönt es über Lautsprecher.

»Wartet hier. Okay?« Alle Vier nicken synchron.

»Ich hab alles im Griff«, tönt Rieke. Sie ist heute in Höchstform.

Fünfzehn Minuten später wird die Eröffnungsrede gehalten. Im Anschluss werden die ersten Paarungen verlesen und die Kinder setzen sich auf die ihnen zugewiesenen Stühle. Als meine Schützlinge aufgerufen werden, zeige ich ihnen meine gedrückten Daumen und passe auf, dass sie den richtigen Platz einnehmen.

Endlich sitzen alle.

»Ich bitte die Trainer und Betreuer, das Spielfeld nicht zu betreten, um die Kinder nicht zu stören.« Diese Regel kenne ich und finde sie auch gut. Es ist echt lästig, wenn man versucht sich zu konzentrieren, und der gegnerische Trainer steht hinter einem und analysiert die Situation. Im schlimmsten Fall schüttelt er noch den Kopf oder verzieht den Mund. Furchtbar!

»Dann wünsche ich euch allen viel Spaß und los geht's.«

Alle schlagen gleichzeitig auf ihre Schachuhren. Die ersten Züge absolvieren die Kinder routiniert und notieren ihre Züge auf dem Partieformular, um es später auswerten zu können. Es dauert nicht lange, bis Denkpausen eingelegt werden. Und schon gehen die Psychospielchen los. Es haut mich um, dass es das schon bei den Kleinen gibt. Der ein oder andere steht auf und schlendert durch den Raum, oder stellt sich neben einen anderen Spieler und guckt einen Moment zu. Leider passiert das auch Rieke, die darauf nicht vorbereitet ist. Völlig irritiert schaut sie ihrer Gegenspielerin nach und sucht dann meinen Blick. Ich gebe ihr ein Zeichen, sie soll weitermachen, aber meine kleine Maus ist völlig aus dem Konzept. Mist! Diese kleinen Biester.

Als Erster kommt Magnus mit hängendem Kopf auf mich zu und drückt mir seinen Zettel in die Hand. »Verloren.«

Auf einen Blick erkenne ich seinen Fehler und ärgere mich tierisch. Aber das darf ich ihm jetzt nicht zeigen. »Das bedeutet überhaupt nichts. Du hast ja noch drei Spiele.« Ich zwinkere ihm zu. Er setzt sich in die erste Reihe der Zuschauer, stützt seine Unterarme auf seinen Knien ab und starrt auf den Boden.

Dann steht Mia vor mir und lacht breit. »Gewonnen.« Ich halte ihr meine Hand hin und sie klatscht ab.

Louis und Rieke kommen zum Schluss und haben beide unentschieden gespielt. Das ist kein schlechtes Ergebnis, aber sie sehen unglücklich aus.

»Hey Leute, das Mannschaftsergebnis zählt und eure erste Runde war gut.« Ich überfliege die Partieformulare und hole tief Luft. »Kommt, wir gehen rüber in den Aufenthaltsraum und sehen uns die hier an.« Ich wedle mit den weißen Zetteln.

Sie laufen mir hinterher, wie Küken ihrer Entenmama. Nur Mia schreitet mit stolzgeschwellter Brust und das soll sie auch. Rieke gibt keinen Laut mehr von sich und auch Magnus und Louis sind geknickt.

Wir suchen uns einen freien Platz und ich breite die Blätter vor uns aus.

»Fangen wir mit dem Einfachsten an. Mia, das war perfekt. Ein dickes Lob an dich.« In dem Moment, wo ich es sage, stürzen die Mundwinkel der anderen Drei ins Bodenlose. »Aber ihr wart auch nicht schlecht.« Sie lächeln verhalten.

»Das nächste Spiel wird besser. Lasst euch nicht von euren Gegenspielern durcheinanderbringen. Wenn sie aufstehen und durch die Gegend gehen, wollen sie euch nur verwirren.«

»Die nächste Runde beginnt«, hören wir von nebenan.

Ich treibe meine Kleinen vor mir her und setze mich, nachdem sie ihre Plätze gefunden haben. Die ersten paar Minuten warte ich ab, doch dann rutsche ich zunehmend nervöser auf dem Stuhl hin und her. Glücklich sehen meine kleinen Eichhörnchen alle nicht aus.

Magnus schafft ein Unentschieden und kommt besser gelaunt zurück. Er wagt kaum einen Blick zu mir, doch ich streiche ihm über den Kopf. »Siehst du, schon viel besser.« Ich erkenne für eine Sekunde die Andeutung eines Lächelns, doch dann ist er wieder der Coole und stellt sich an meine Seite, um auf die anderen zu warten. Mia und Louis haben leider verloren und drücken mir ihre Partieformulare in die Hand.

All unsere Hoffnung liegt nun auf Rieke. Sie spielt schon eine ganze Weile, was ein Hinweis auf einen ebenbürtigen Gegner ist. Ihren Kopf stützt sie mit ihren

Händen ab und blickt hochkonzentriert aufs Brett. Innerlich feiere ich schon ihre Überlegenheit. Dem zeigt sie es! Von solchen Jungs lassen wir uns nicht unterkriegen. Rieke eilt auf uns zu. Vor mir bleibt sie stehen, sieht zu mir hoch und schüttelt den Kopf. »Lasst uns rübergehen.« Wie vorhin kommen sie hinter mir her, nur diesmal alle mit hängendem Kopf. Auf dem Weg dorthin überfliege ich Riekes Spielzettel und würde ihn am liebsten zerknüllen. Sie hat so stark begonnen.

Die Vier setzen sich um mich und wir spielen die Partien nach. Bei jedem Fehler lege ich eine Pause ein und erkläre, wie sie es hätten besser machen können, und bitte sie, es gewiefter anzugehen, wie Eichhörnchen eben.

Zuletzt nehme ich mir Rieke vor. Auch ihr erläutere ich alle Fehler und Alternativen, doch ich muss einen Schritt weiter gehen. Sie ist unsere Kapitänin. »Beim nächsten Mal konzentriere dich bitte besser. Du spielst am ersten Brett und kannst damit die meisten Punkte holen.« Sie steht mit großen Augen vor mir.

Ich erstarre. Mist. Was mache ich hier? Wieso setze ich sie unter Druck?

Die nächsten beiden Runden verlaufen ähnlich. Nachdem Rieke als Letzte fertig ist und ihr Spiel gewonnen hat, gehen wir in den Aufenthaltsraum und warten auf die Siegerehrung. Ole kommt herein. Neben ihm im Türrahmen steht Herr Wibell. Beide sehen ernst aus. Schade, ich hätte mich so für die Kinder gefreut, wenn wir unter die ersten Drei gekommen wären und sie einen Pokal erhalten hätten.

Mein Schachlehrer kommt auf uns zu und legt mir den Arm um die Schultern. »Gleichstand zwischen dem Dritten und Vierten.«

Erst verstehe ich nicht. Das hört sich doch gut an, doch dann wird mir bewusst, ich muss ran. Von mir ist es abhängig, ob wir mit einer Medaille um den Hals hier rausgehen.

»Gegen wen?«

»Schachtiger Berlin.«

Das ist ja sowas von klar. Gegen Herrn Fuchs. Ich höre schon seine dreckige Lache und erinnere mich nur zu gut, wie er mir erklärt hat, Schach sei nichts für Mädchen. Das wird doch nie was.

Mein ganzes Zeug stopfe ich in meinen Rucksack und gehe mit gesenktem Blick los. Die Kinder schauen mir stumm nach. Niemand sagt etwas.

In dem Moment, in dem ich an den beiden Männern vorbeigehe, nehme ich im Augenwinkel eine Bewegung wahr. Das darf doch nicht wahr sein!

»Hallo Leopoldine.« David steht vor mir und grient mich an.

»Bist du nicht auf Mallorca?«, krächze ich.

»Schon zurück«, grinst David. Er sieht zwischen Ole und mir hin und her und kommt einen weiteren Schritt auf mich zu. »Willst du mich nicht angemessen begrüßen?« Er hält mir sein Gesicht hin.

»Hat sie doch«, kontert Ole und stellt sich dicht neben mich. Er ist mir so nahe und ich spüre seine schützende Aura, aber als ich ihn ansehe, lese ich auch Zweifel in seinen Augen. Mein Herz verkrampft sich. Mir wird schlecht.

»Das ist Ole.« Ich rücke noch ein Stück näher und lege ihm meinen Arm um die Hüfte.

»Ihr Freund«, kommt er mir zuvor.

David lacht überheblich auf. »Leo.« Er betont meinen Namen, als wäre ich ein kleines Kind, das etwas Dummes angestellt hat. Dann weist er mit dem Kopf auf Ole und verzieht abfällig sein Gesicht. »Sag mir, dass das nicht dein Ernst ist.«

Was ist er nur für ein arroganter Vollidiot. Ich balle meine Fäuste. Da ich weiß, wie gern er andere provoziert und runtermacht, muss ich mich schnell wieder einkriegen. Zuckersüß lächle ich ihn an. »Oh, doch.«

Für eine Sekunde ist er perplex. David kann nicht der Unterlegene sein. Nie. »So ein Loser?«

Unter meiner Hand spüre ich, wie Ole seine Muskeln anspannt. Ich tippe ihn zweimal unauffällig an, damit er nicht noch darauf einsteigt. Meine Sorgen sind aber unbegründet, denn mein Freund legt mir locker seinen Arm um die Schultern und zieht mich liebevoll an sich. Die Schmetterlinge in meinem Bauch spielen verrückt und ich kann es nicht fassen. Endlich ist es da.

Auf genau dieses Gefühl habe ich immer gewartet und es ist unbeschreiblich. Zu jemanden zu gehören und um seiner selbst willen gemocht zu werden, ohne Verpflichtungen und Abhängigkeiten. Ich schmiege mich eng in Oles Umarmung.

Das reizt David nur noch mehr und er kneift seine Augen gefährlich zusammen. Seinen Blick starr auf mich gerichtet, zischt er: »Du weißt, welche Konsequenzen das für dich hat?«

Ich nehme all meinen Mut zusammen. »Du meinst wohl: für dich? Mal sehen, ob du der Star der Schachmannschaft bleibst.«

David schnieft verächtlich aus. »Meinst du, er kann mir was anhaben?« Er nickt mit dem Kopf in Oles Richtung. »Wenn ich mich nicht irre, hat der Trottel schon mal gegen mich verloren.«

Ich sehe Ole fragend an, in dessen Gesicht für einen Moment Beschämung aufleuchtet. David war es also, der Ole damals einen falschen Tipp gegeben, und ihm den Sieg genommen hat. Ganz leicht drücke ich meinem Freund in die Seite. Er soll wissen, dass ich zu ihm stehe. Außerdem will ich diese Schlacht allein kämpfen.

»Wieso er? Ich werde dein absoluter Albtraum. Glaubst du echt, du hast eine Chance?« Entgegen meiner sonstigen Art betone ich meine Worte nun bewusst herablassend.

Stille. David ist eine Sekunde sprachlos. Sein Gesicht färbt sich rot und seine Nasenflügel weiten sich mit jedem Atemzug. »Werden wir ja gleich sehen.«

»Wie meinst du das?«

»Die Betreuer spielen doch bei Gleichstand gegeneinander.«

»Du betreust die Schachtiger? Die Armen. Ich bin gespannt, was du dir jetzt einfallen lässt. Deine bisherige Strategie wird bei mir wohl nicht mehr funktionieren«, stichle ich.

David blickt mir hasserfüllt in die Augen. Niemals würde er es darauf beruhen lassen. Dafür kenne ich ihn zu gut. Und tatsächlich. Er nickt mir bewundernd zu. »Hey, hey, hast du's endlich gemerkt?« Wie ein ängstlicher Hund beißt er um sich.

Ich nehme meinen Rucksack wieder ab, zerre meinen Hefter heraus und schlage ihn David vor die Brust. »Bis gleich.«

Als ich aus dem Raum stürme, höre ich, wie Rieke mir nachruft, ich soll mir nichts gefallen lassen.

Mit den Unterarmen lehne ich vorgebeugt auf dem kühlen Rand des Waschbeckens im Schulklo des Carolinums und starre auf die vielen feinen Haarrisse in der weißen Keramik.

Ich lasse eiskaltes Wasser aus dem Hahn über meine Hände laufen. Ein angenehmer, betäubender Schmerz breitet sich von den Fingerspitzen in meine Arme und Schultern aus. Hab ich den Mund nicht zu voll genommen? Doch sofort verwerfe ich diesen Gedanken. Auch wenn es manchmal ausweglos scheint, darf man nicht aufhören, für sein Ziel zu kämpfen. Es sind nicht die anderen, die werten und beurteilen, ob man gut genug für eine Sache ist, sondern man selbst.

Ole hat die Wilderer gekriegt, weil er an sich und die Sache geglaubt und nicht aufgegeben hat, egal vor welchen Hindernissen er stand. Durch seinen Mut und seinen Willen habe auch ich mich getraut, Dinge zu wagen, die vorher undenkbar waren.

Ich bin platt von meiner Erkenntnis, bereit für David.

Fünf Minuten später betrete ich die Aula. David sitzt schon am Brett und auch ich nehme jetzt meinen Platz ein. Es ist still, nur eine verirrte Wespe surrt durch den Raum. Meine Mannschaft, Ole und Herr Wibell haben sich in den Zuschauerbereich gesetzt. Herr Fuchs schleicht um uns herum. Vielleicht denkt er, damit schüchtert er mich ein, aber die Zeiten sind vorbei.

»Ladies first.« David weist auf das Brett.

Ich baue die weißen Figuren vor mir auf und muss kurz schmunzeln, als ich an Riekes Spruch denke. Heute beweise ich das Gegenteil. Auch Herrn Fuchs.

Dann schließe ich kurz die Augen und gehe in mich. Beim Schach mag ich die Bauern am liebsten. Sie wirken klein und unscheinbar, haben aber das größte Potenzial. Wenn niemand mit ihnen rechnet, schlagen sie zu und überrumpeln den Gegner.

In dieser Rolle gehe ich heute aufs Brett und eröffne mit dem Damengambit.

Die erste Phase des Spiels besteht in der Regel daraus, die Figuren zu entwickeln und das Zentrum zu erobern. Dabei schenken David und ich uns nichts. Jeder will seine Strategie spielen und sich durchsetzen. Eine Figur nach der anderen verlässt das Brett.

Nach ungefähr einer Stunde dominiert David das Mittelspiel und hat einen Springer mehr als ich. Den setzt er auf b8 und glaubt damit, meinen Freibauern endgültig unschädlich zu machen und so das Spiel zu gewinnen. Sein Mund verzieht sich zu einem überheblichen Grinsen. Doch so einfach lasse ich mir die Chance nicht nehmen, die gegnerische Grundreihe zu erreichen und den Bauern in eine Dame zu verwandeln. Ich setze meinen Turm auf g7 und stelle damit seinen König auf g6 ins Schach.

David fährt sich lässig durch die Haare und will sich nichts anmerken lassen, aber ich kenne ihn zu gut. Den Schock sehe ich in seinen Augen. Mein Bauer erreicht sein Ziel und wird zu einer Dame, die daraufhin unermüdlich Davids König übers Brett jagt, bis er schachmatt ist.

Wie es sich gehört, reiche ich als Siegerin meinem geschlagenen Gegner respektvoll die Hand, doch David steht auf und geht.

Ich blicke zu Herrn Wibell, der mir freundlich zuzwinkert.

»In zehn Minuten ist Siegerehrung«, brüllt jemand auf dem Flur. Ich schieße herum und sehe auf die laut tickende Uhr über der Tür. Mittlerweile ist es fast fünfzehn Uhr.

Dann stürme ich in Oles Arme und er wirbelt mich herum. »Hast du toll gemacht.«

Ich setze mich neben Herrn Wibell.

»Danke.«

Er lächelt mich an.

Wir stehen auf und gehen zur Tribüne, wo gleich die Pokale überreicht werden.

Herr Wibell und ich nehmen am Rand Platz. Die Kinder haben uns die Plätze freigehalten, damit ihr Schachlehrer bequem sitzen kann.

Die Siegerehrung beginnt und die Mäuse neben mir zappeln die ganze Zeit. Plötzlich dreht sich Rieke zu mir. »Ich hab noch was vergessen.« Sie beugt sich nach vorn und wühlt in ihrer kleinen Tasche. »Das ist für dich.«

»Danke, meine Kleine.«

»Das ist nicht von mir. Das ist von Ole.«

Ich hole mein Geschenk aus der Plastikverpackung heraus und schüttle es aus. Es ist ein T-Shirt mit demselben Aufdruck wie Riekes. Mit einer Bewegung gleite ich in mein neues Mannschafts-Shirt. Jetzt gehöre ich dazu.

Jemand klopft leise aufs Mikro, um die Aufmerksamkeit der Zuschauer auf sich zu lenken. Er liest seine Liste vor und bittet die Siegermannschaft auf die Tribüne, die eine ordentliche Show abzieht. Sie erhalten Medaillen und einen Pokal.

Danach sind die Zweitplatzierten dran, die den Ersten in nichts nachstehen.

Zu guter Letzt sind wir an der Reihe.

»Leo!« Rieke rüttelt an meinem Arm. »Komm!«

Ich blicke in ihr stolzes Gesicht und mir schnürt sich die Kehle zu. Sie fasst meine Hand und zieht mich hinter sich her. In der anderen Hand hält sie Puschel. Gemeinsam betreten wir die Bühne und eins steht fest: Diese Mannschaft ist die Siegerin der Herzen. Es wird laut applaudiert und gejubelt. Ole winkt seiner Schwester zu und Herr Eickhoff klatscht euphorisch. Rieke empfängt den Pokal und lässt sich feiern. Dann reicht sie ihn mir. »Für dich.«

Ich schüttle den Kopf. »Den habt ihr euch verdient und ich bin stolz, so eine tolle Mannschaft zu haben, von der auch ich noch lernen kann.«

Kapitel 22 - Leo

Es ist kurz nach siebzehn Uhr und wir fahren aus Neustrelitz raus. Rieke trällert ein Kinderlied. Herr Eickhoff und Herr Wibell singen laut mit und auch wir stimmen mit ein.

Während die Bäume an mir vorbeisausen, blicke ich zu Ole. Es ist noch alles gutgegangen. Zumindest für ihn. Vince wird

wohl noch eine ganze Weile mit seinen Verletzungen zu tun haben und muss noch ein paar Tage im Krankenhaus bleiben. Er hat eine Gehirnerschütterung und darf nicht aufstehen. Vielleicht ist es die Strafe des Schicksals. Wie hat Vince sich nur in diese Situation bringen können? Was wäre passiert, wenn Maltes Eltern von seiner Homosexualität erfahren hätten? Jetzt ist es eh raus und sie müssen damit leben.

Was soll man auch gegen seine Gefühle tun? Wie habe ich am Anfang versucht, dagegen anzukämpfen, und wie bescheuert ist das? Nur weil Ole jünger ist und ich Angst habe, was die anderen dann über mich denken.

Erneut schiele ich zu ihm rüber. Er schaut seinem Vater beim Fahren über die Schulter und konzentriert sich auf die Autos vor uns. Im Seitenprofil werfen seine markanten Wangenknochen leichte Schatten. Er sieht echt gut aus. Und seine Lippen! Ich freue mich auf unsere restliche gemeinsame Zeit, auch wenn es nicht mal mehr zwei Wochen sind. Da Ole den Kopf jetzt frei hat, und ich meinen damit auch, werden wir es genießen, jede einzelne Minute.

Ole beugt sich vor. »Setzt ihr uns bitte bei Leos Eltern ab?«

»Klar.«

Hinter dem Ortseingangsschild biegen wir links auf unser Grundstück. Ole schnallt sich ab und steigt aus.

Ich ruckle an meinem Gurt, der verschweißt zu sein scheint, stoße die Tür auf und springe heraus.

»Viel Spaß, ihr zwei, und bis nachher.«

Wir schlendern den Weg zur Waldbrücke eng aneinander geschmiegt entlang, auch wenn es ziemlich schwül ist und wir noch schneller schwitzen.

Vögel zwitschern und flattern glücklich von einem Baum zum nächsten. Ameisen krabbeln emsig mit Tannennadeln im Gepäck über den staubigen Waldweg. Ansonsten ist es ruhig.

An der nächsten Gabelung halten wir uns rechts. Genau diesen Weg bin ich auch an unserem ersten Tag in Papiermühle gegangen. Zu dem Zeitpunkt schien meine Situation ausweglos und ich war total deprimiert.

Von Weitem sehen wir schon die Waldbrücke und kämpfen uns durchs hohe Gras.

313

Ole und ich lehnen uns auf das Geländer und sehen den Kanal entlang zum zweiten See. Wir schweigen eine ganze Weile. Dann weist er auf einen dicken Baum auf der linken Seite. »Dort war es.«

»Was?« Stirnrunzelnd sehe ich ihn an.

»Dort hab ich mich versteckt und dich gemalt.«

»Stalker«, entfährt es mir laut und ich knuffe ihn.

Ole lacht auf. »Welche Schwierigkeiten du mit dem hohen Gras hattest!« Ein Lachkrampf übermannt ihn.

»Falls du die Brennnesseln meinst«, ich setze eine ernste Miene auf, »da hast du mich reingeschubst.«

»Reingeschubst?« In der gleichen Sekunde schnappt Ole mich und wuchtet mich über das Brückengeländer.

»Wag es nicht!«, schreie ich.

»Sonst?«

»Ole. Bitte nicht!«

Er setzt mich wieder ab, zieht mich aber gleich in seine Arme. »Ich bin froh, dass du hier bist.«

Fragend blicke ich ihn an.

»Vorhin dachte ich schon, ich müsste mich den angriffslustigen Karpfen zum Fraß vorwerfen.«

Ich schmunzle. »Was meinst du?«

»Für einen Moment sah es aus, als würdest du dich für David entscheiden.« Ole senkt seine Lider.

»Bist du verrückt?« Ich stelle mich auf die Zehenspitzen und zwinge ihn, mir in die Augen zu sehen. Tatsächlich erkenne ich einen Hauch Unsicherheit, doch die werde ich ihm in den nächsten Tagen und Wochen nehmen. Mit meinen Lippen beginne ich, zärtlich an seinen zu zupfen, bis er seinen Mund öffnet und wir miteinander verschmelzen. Ole drückt mich fest an sich, fährt durch meine Haare und krault meinen Rücken, während ich mich an ihm festklammere.

Wenn ich überlege, wie ich mich gewehrt habe, hierher zu fahren. Ich habe geglaubt, es würde mein schlimmster Sommer werden und fühlte mich wie die letzte Looserin. Aber so ist es eben. Manchmal gewinnt man und manchmal verliert man. Wenn ich diesen Sommer als Spiel oder als eine Partie des Lebens betrachte, stehe ich nun ganz oben auf dem Siegertreppchen.

Epilog - Leo

Ich packe meine lila, hochglanzpolierte E-Gitarre, die mir meine Eltern zu Weihnachten geschenkt haben, in den dazugehörigen Lederkoffer.

»Bis zum nächsten Mal und viel Glück«, sagt Frau Weichelt, meine frühere Klavierlehrerin, die mir nun Gitarrenunterricht gibt.

»Vielen Dank.«

Seit ungefähr einem dreiviertel Jahr darf ich nun dieses wunderbare Instrument lernen und es macht mir riesigen Spaß. Freitags nach der Schule genieße ich jede Sekunde der fünfundvierzig Minuten und vergesse alles um mich herum.

Vor dem Eingang parkt mein silberner Flitzer, den ich seit ein paar Tagen endlich fahren darf. Ich schwinge mich auf den Fahrersitz und kontrolliere das Display meines Handys. Noch nichts.

Erst danach fahre ich los. Nach fünfzehn Minuten erreiche ich den Hinterhof meines Zuhauses und parke vorschriftsmäßig ein. Bevor ich aussteige, schnappe ich mir vom Beifahrersitz meinen Rucksack und sehe mich suchend um. Er ist nicht da.

Hoffentlich ist nichts passiert. Ich brauche ihn. Die wichtigste Woche meines Lebens liegt vor mir.

Mit hängenden Schultern gehe ich zum Hintereingang, meinen Blick starr auf die Einfahrt geheftet, und warte ein paar Minuten im Schatten des Hauses, doch niemand verirrt sich hierher.

Da ich noch Sachen packen muss, kann ich nicht länger warten und steige die Treppen rauf. Der Duft nach meinem Lieblingstee begrüßt mich beim Eintreten in die Wohnung.

»Leo?«, ruft meine Mama.

»Jaa.«

»Bin in der Küche.«

Ich lege meinen Rucksack ab und betrete den kleinen, gemütlichen Raum, der durch die Junisonne hell ausgeleuchtet wird. Das Fenster steht offen und die Gardine weht ausgelassen. Auf dem Tisch steht ein hübscher, selbstgepflückter Strauß Wicken und verströmt ein angenehmes Aroma.

»Setz dich.« Meine Mama gießt uns einen Tee ein und legt jedem eine Puddingschnecke auf den Teller. »Lass es dir schmecken.«

»Du dir auch.« Vor einem Jahr wäre diese Situation undenkbar gewesen, aber es hat sich eine Menge verändert. Herzhaft beiße ich in den süßen Blätterteig und kaue genüsslich. »Wie war dein Tag?«

»Super.« Sie lächelt mich an. »Heute Morgen war ich zur Therapie, danach hab ich nur drei Stunden gearbeitet und dann hab ich einen schönen Spaziergang entlang der Schrebergärten gemacht.«

Ich weise auf die Wicken. »Du hast die doch wohl nicht etwa geklaut?«

»Kind, wo denkst du hin?« Sie klingt echauffiert, aber an ihrem Gesichtsausdruck erkenne ich, dass ich richtig liege.

»Wie war's bei dir?«

»Gut.« In Gedanken bin ich schon wieder in der nächsten Woche und überlege, wie ich meine vielen Aufgaben am besten angehe.

»Um Himmels Willen! Lass mich doch auch mal zu Wort kommen«, neckt sie mich.

Ich strecke ihr die Zunge raus.

»Bist du schon sehr aufgeregt?«

Ich rümpfe die Nase und nicke.

»Das schaffst du, Süße. Wir glauben an dich.«

»Danke.« Über den Tisch nehme ich die Hand meiner Mama und zwinkere ihr zu.

Dann höre ich endlich das erlösende Geräusch. Bevor meine Mama etwas sagen kann, schnelle ich hoch und springe ans Fenster. Laut juchzend renne ich los.

Ich fliege die Treppen hinunter und erreiche keuchend den Hinterausgang. Genau in diesem Moment knattert er mit seiner Simmi und einem übergroßen Rucksack auf seinem Rücken um die Ecke und sein erster Blick gilt mir. Immer noch reicht seine bloße Anwesenheit, um die Schmetterlinge scharenweise in meinen Bauchraum einfallen zu lassen. Ich zeige auf mein Auto und er parkt das Moped ein.

Ole hat noch nicht mal seinen Helm abgenommen, da falle ich ihm schon um den Hals.

Er protestiert liebevoll: »Warte mal. Wie soll ich dich denn sonst richtig begrüßen?«

Für zwei Sekunden lasse ich ihn los, dann kommt er mir jedoch zuvor. Er schnappt mich und wirbelt mich übermütig durch die Luft, bis ich vergnügt quietsche.

Wie ein Fisch zapple ich in seiner Umarmung. »Es reicht jetzt, sonst wird mir schlecht«, kichere ich.

Und dann küsst er mich endlich. Seit Sonntag habe ich darauf warten müssen. Vier lange Tage ohne ihn. Aber das hat bald ein Ende.

Im Juli werde ich umziehen. Ich hoffe auf einen Studienplatz in Early Education an der Hochschule in Neubrandenburg. Durch mein neues Selbstbewusstsein und den Rückhalt meiner Eltern, insbesondere meiner Mama, haben sich meine Leistungen verbessert, obwohl ich vorher schon nicht schlecht war. Und ohne dass ich überheblich klingen will, ich werde einen grandiosen Durchschnitt schaffen.

In den letzten Sommerferien ist mir bewusst geworden, dass ich unbedingt mit Kindern arbeiten will. Ich glaube, Rieke hat den entscheidenden Ausschlag gegeben. Möglicherweise ist auch Magnus nicht ganz unbeteiligt, dieser kleine Macho. Jedenfalls gibt es für mich keine Alternative.

»Und, bist du bereit?« Ole blickt mich stolz an.

»Ich weiß nicht.« Schulterzuckend schiele ich zu ihm hoch und spiele die Unsichere.

»Was ist denn nun los?« Er zieht seine Stirn kraus.

Ein paar Sekunden spanne ich ihn auf die Folter. Dann knuffe ich ihm in die Seiten. »Klar. Aber sowas von.«

»Genauso.« Er hält mir beide Hände zum Abklatschen hin und ich lasse mich nicht lange bitten.

Morgen Früh brechen wir mit meinen Eltern nach Willingen zu den Deutschen Jugendeinzelmeisterschaften im Schach auf. Wir haben uns beide qualifiziert und ich gelte nach den Vorrunden als Favoritin.

Alles nur, weil dieser Sommer mich gelehrt hat, mich nicht von anderen Meinungen und Menschen abhängig zu machen, sondern einfach nur ich selbst zu sein.

--------------------------ENDE----------------------------

Danksagung

Dieses Buch wäre nie ohne die Unterstützung furchtbar lieber und hilfsbereiter Menschen entstanden, die mich immer wieder aufs Neue motivieren.

Danke an meine Leserinnen und Leser, die dieses Buch gekauft haben und mich damit meinem großen Traum ein Stück näher bringen. - Ihr würdet mir eine weitere riesige Freude bereiten, wenn ihr eine Rezension schreibt und online stellt.

Danke an meine Lektorin Daniela Pusch (www.scriptdoktor.com), die meinen Debütroman behutsam und mit viel Geduld wie ein Küken aus dem Ei gepellt hat. Durch dich habe ich so viel dazugelernt.

Danke an meine Korrektorin Petra Jecker, die nicht nur Zeichen gesetzt hat.

Danke an Serena Avanlea für den Klappentext und alles andere. Mit deinem Feedback hast du mir so viele Zweifel genommen.

Danke an Jacqueline Vellguth für die wöchentlichen E-Mails an ihre Newsletter-Abonnenten. Du motivierst und inspirierst mich immer wieder aufs Neue.

Danke an Annika Bühnemann, die ihr Wissen über das Schreiben mit mir geteilt und mein Projekt mit ihrer Offenheit vorangebracht hat.

Danke an Martina Oldewurtel für ihre Rückmeldungen. Du hast mir immer wieder Mut gemacht (vielleicht auch unbewusst), nicht aufzugeben.

Danke an alle Kolleginnen und Kollegen aus dem WoW-Kurs. Eure Hinweise und Ratschläge waren unbezahlbar.

Ein riesiges Dankeschön an meine Tochter. Du hast mich mit allem so großartig unterstützt und mich für meine peinlichen Fragen nie ausgelacht. ♥♥♥

Meinem Mann gilt ein besonderer Dank. Er hält mich in all meinen Facetten aus (und das ist nicht immer einfach). Du gibst mir den nötigen Freiraum und den Rückhalt für mein Hobby und sein zu können, wie ich eben bin.♥♥♥

Auch meinen Eltern möchte ich ganz besonders danken. Ihr seid die großartigsten Eltern der Welt! Ihr habt mir immer den nötigen Raum gelassen, die Welt zu entdecken und mich frei zu entfalten, ohne sich den Meinungen, Normen und Werten anderer zu unterwerfen. Danke, dass ihr mich zu der selbstbewussten, unabhängigen Frau erzogen habt, die ich heute bin, mit dem nötigen Maß an Respekt dem Leben und den Menschen gegenüber. Ich habe euch lieb bis zum Himmel! ♥♥♥

Über die Autorin

Anni Dares wurde 1980 in Neubrandenburg geboren. Heute lebt sie mit ihrem Mann, der gemeinsamen Tochter und ihrem kleinen Malteser in einem Dorf in der Mecklenburgischen Seenplatte.

In ihrer Freizeit liebt sie es über die erste Liebe zu schreiben. Mit viel Humor, aber auch vielen Emotionen stellen sich ihre Protagonistinnen persönlichen Herausforderungen und spannenden Abenteuern.

Ideen für ihre Bücher sammelt sie bei romantischen Bootsfahrten durch unberührte Kanäle im Naturpark Feldberger Seenlandschaft und bei ausgedehnten Spaziergängen durch die Wälder dieser Gegend.

Anni freut sich, von ihren Lesern und Leserinnen zu hören, egal ob über die sozialen Netzwerke

Instagram: https://www.instagram.com/anni.dares/
Facebook: https://www.facebook.com/annidaresautorin

oder über ihre

Webseite: https://www.annidares.com